KB238120

박이문 선집
2

이카루스의 날개와 예술

2
박이문 선집

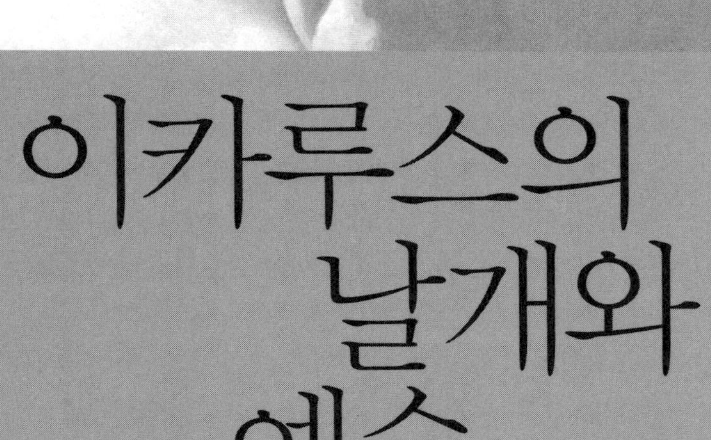

이카루스의 날개와 예술

민음사

머리말
—— 예술 양상론

    지금 뒤돌아보면 딱딱한 시골의 유교 집안에서 자랐지만 나는 멋을 느끼고 신명에 쉽게 빠져들기 쉬운 소년이었다. 중학교 시절 한때 나는 빈 캠퍼스 위에 세상을 아름다운 형상으로 바꾸어놓는 화가가 되고 싶어했다. 성악가, 여러 종류의 기악 연주가들, 특히 그러한 이들의 바탕이 되는 작곡가들은 나에게는 불가능한 꿈인 줄 잘 알고 있었지만 내 사춘기 내내 줄곧 황홀한 감동의 원천이며 경외심과 선망의 대상이었다. 칠순이 훨씬 넘은 바로 현재에도 이러한 사실에는 변함이 없다.

    강아지를 눈앞에 놓고 그것을 그려도 그것이 강아지로 알아볼 수 있을 정도만큼이라도 제대로 재현할 수 있는 솜씨도 없고, 작곡은 물론 하모니카도 못 불고, 유행가 하나 부를 재주조차 없는 내가 화가나 음악과는 먼 '철학'의 길을, 나는 지난 반세기 이상 걸어왔다. 그런데도 나의 중요한 철학적 관심사의 하나가 예술의 철학적 문제였던 것은 아주 자연스럽고 필연적이었다.

    예술 철학자로 나의 핵심적 문제는 나에게 마술적 감동을 가져오면서 그 이유가 알 수 없는 '예술'의 정체를 밝혀보는 데 있어 왔다. 예술가, 예술 비평가, 예술사학자는 물론 예술 애호가 그리고 일반인들도 '예술'이 무엇인가를 모르는 이는 없어 보인다. 그러나 막상

‘예술이 무엇인가?’라는 물음에 대한 앞뒤가 정연한 대답을 하려 할
때, 대부분의 사람들뿐만 아니라 가장 논리적으로 정리된 사유를 한
다는 철학자들조차도 당황한다. 서양에서는 플라톤에서 칸트를 거쳐
하이데거 그리고 단토 및 굿맨에 이르기까지 수많은 이론가들이 철
학적 이론을 펴냈다. 그리고 필자가 알기로는 그 어떠한 것 하나 만
족스럽지 못하다. “예술은 무엇인가?”라는 물음이 근본적으로 찾고
자 하는 것은 ‘예술’이라는 범주에 분류되는 사물, 제품, 행위 등을
그 밖의 범주에 속하는 것들과 구별할 수 있는 근거를 찾아내는 데
있다. 과거에 믿어왔던 예술의 정체성이 20세기 초엽 이래 더 이상
유지될 수 없게 되었기 때문이다. 뒤샹이 하나의 화장실 변기를 「샘」
이라는 제목을 달아 ‘예술 작품’으로 등장하고 그 이후 수많은 예술
가들이 「샘」과 유사한 성격을 지닌 물건이나 행동들을 역시 예술
작품으로 내놓고 미술관 등에 진열되면서부터 예술 작품과 그 이외
의 제품이나 행위들의 물리적 차이를 육안으로는 구별할 수 없게
되고, 예술가들이 하고자 하는 의도, 예술 작품의 인간적 및 사회적
의미가 도대체 무엇인지를 차츰 알 수 없게 되었다. 바로 이런 점에
서 오늘날 예술은 심리적, 사회적, 종교적 문제 이전에 철학적 문제
를 제기하고 그에 대한 대답을 요구한다.

　이 책은 위와 같은 종류의 예술과 예술을 둘러싼 여러 문제들에
관해 필자가 지난 약 40여 년 관심을 갖고 생각해 왔고 그것을 써서
기록하여 이곳 저곳의 지면에 이미 발표되어 산만하게 흩어진 채 발
표했던 글들을 하나로 묶은 것이다. 이 글들 가운데 책의 제2부의
제5장에 들어간 「둥지의 건축학」만은 금년 4월 한국건축학회의 기
조 강연으로 발표했을 뿐 아직 아무 책에도 발표되지 않은 것임을
잠깐 부언해 둔다. 이 책의 구성에 관해 한 마디 언급하자면, 예술
에 관한 다양한 문제들에 대한 담론들에 나름대로의 논리적 구조를
부여하는 뜻에서 이 책을 1. 예술 존재론, 2. 예술과 환경, 3. 예술 작

품 평가로 분류하고, 그 모든 것들을 '예술 양상론'(modal theory of artwork)이라고 명명한 한 필자 나름의 이론의 틀에서 꾸몄다는 점이다. 이러한 데는 필자가 오늘날 예술이 부닥치게 된 예술의 존재론적 문제 즉 예술과 그 밖의 다른 사물과 행동을 구별하는 근거 대답을 찾았다는 신념을 갖게 된 데 근거한다. 이 책과 연관하여 필자의 저서 『예술 철학』(문학과지성사, 1983)을 참고해 주기 바란다. 바로 위의 책에서 본인은 그 낱말은 사용하지 않았지만, 이미 '예술 양상론'을 깔고 있었다. 물론 필자의 양상론적 예술 존재론을 비롯한 예술에 관한 여러 가지 하위적 주장들에 대한 논증의 설득력 유무 문제는 이 시점에서 필자가 아니라 독자의 문제가 된다.

이 책을 선뜻 내주신 민음사의 박맹호 사장에 감사하고, 그곳의 박상순 주간, 이 책 담당자 조영남 씨 외 편집부에서 교정을 맡아준 여러분, 그리고 연세대의 조교 이은정 여러분께 이 자리를 빌려 그들의 노고에 감사의 뜻을 전한다.

박이문
2003년 11월 1일
일산 문촌마을

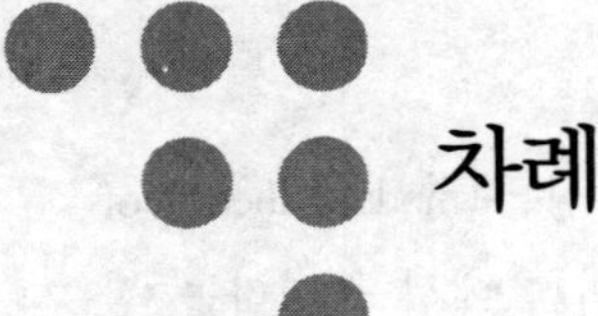

차례

제1부
예술 작품 존재론

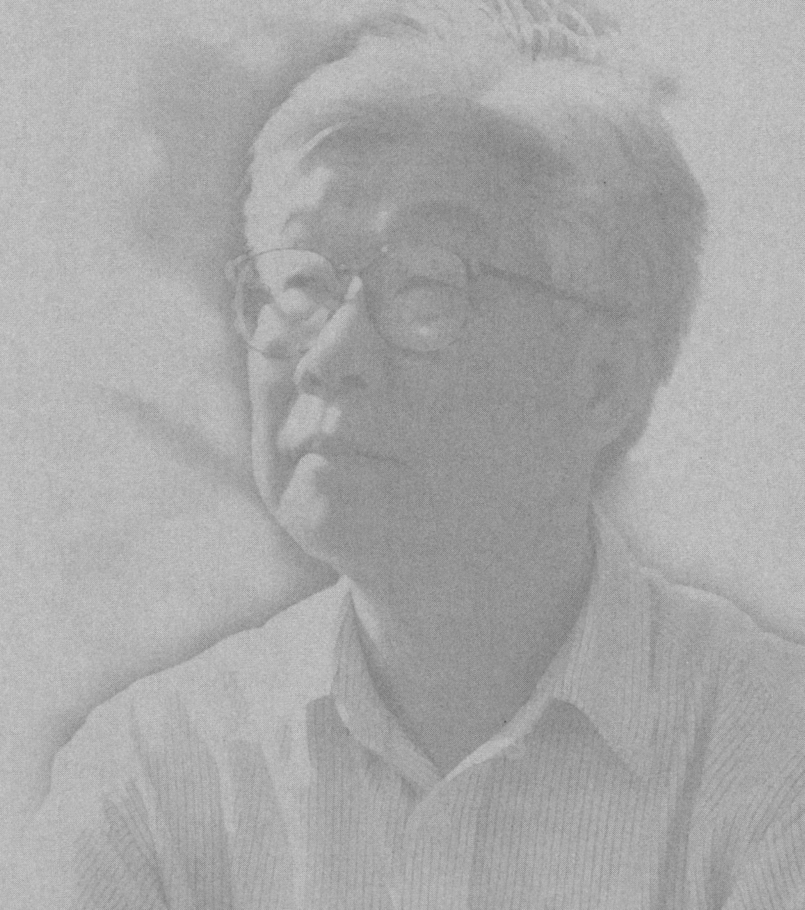

예술의 철학적 문제

1 예술 철학이란 무엇인가

(1) 예술과 미학

전통적으로 예술과 아름다움은 구체적 내용에 있어서 동일하다는 생각, 즉 아름다운 것이 곧 예술이며 예술이 곧 아름다운 것이라는 생각이 우리를 막연하게 지배해 왔다. 따라서 예술에 대한 탐구가 곧 아름다움에 대한 탐구이며, 예술에 대한 인식으로서의 예술 철학이 곧 아름다움에 대한 인식으로서 미학으로 여겨져 왔다. 이러한 관례적 생각은 일반인들은 말할 것도 없이, 예술을 여러 측면에서 연구하는 학자들이나 예술가 자신들, 예술 철학을 한다는 사람들에게서까지도 아직도 사라지지 않았다는 인상을 받는다.

이런 상황에서 첫째, 예술 철학과 미학(Aesthetics)의 개념적 구별이 우선 필요하다. 예술 철학과 미학은 그 대상의 폭에서 구별된다. 미학은 '심미적(aesthetic)'이라 부를 수 있는 특별한 경험과 경험 대상에 대한 철학적 및 과학적 즉 심리학적, 사회학적, 문화적, 정치적, 생물학적 지적 탐구를 지칭한다. 예술 작품이 미적 가치의 구현이며 필연적으로 미적 감상의 대상이라고 전제하는 한, 미학의 대상은 예술 작품을 필연적으로 포함한다. 그러나 예술 작품과 전혀 상관없는 모든 자연현상이나 인공품이 다같이 미적 경험의 대상이 될 수 있는 만큼, 모든 경험 대상이 미학의 대상이 될 수 있으며, 예술 작품은 그러한 대상들 가운데의 단 한 종류에 지나지 않는다. 미학은 예술 철학보다 무한히 포괄적인 학제적 개념이다.

둘째, 예술 철학은 미학만이 아니라 예술과학(Sciences of Art)과도 개념적 혼동을 피해야 한다. 예술 철학과 예술과학의 대상이 예술 작품에 한정되어 있다는 점에서 그들은 동일하다. 그러나 그 대상을 접하는 시각은 논리적으로 다르다. 예술 철학적 시각이 어디까지나 철학적 즉 개념 분석적인 데 반해 예술과학의 시각은 어디까지나 과학적 즉 실증적이다. 그렇다면 예술 작품에 대한 철학적 시각은 어떻게 설명될 수 있는가?

(2) 예술 철학

예술 작품을 떠나 예술을 얘기할 수 없다. 또한 예술 작품은 예술가를 전제하고, 예술 감상을 함의한다. 그러므로 예술의 문제는 어떤 작품을 어떻게 제작할 것인가, 어떻게 훌륭한 예술가가 될 수 있는가, 무엇을 어떻게 감상할 것인가 등 때와 장소에 따라 허다하고 다양하다. 그리고 이러저러한 허다한 문제는 그것과 관련된 더욱 다양한 문제를 또다시 제기한다. 이러한 문제들은 경제적, 기술적, 정치적, 사회적, 심리학적, 교육적, 도덕적, 종교적, 법적 성격을 띠게 된다. 그러나 이와 같이 예술을 둘러싼 직접적 혹은 간접적 문제들은 그 어느 하나도 철학적 문제에 속하지 않는다. 예술의 철학적 문제는 도대체 어떤 것인가? 이런 물음은 예술에 관한 물음이기도 하지만 그 이전에 철학에 관한 물음이기도 하다. 왜냐하면 그것은 '철학'의 개념을 정하기 전에는 논리적으로 대답할 수 없기 때문이다.

그런데 '철학'이라는 말이 일반인들뿐만 아니라 철학자들 사이에서
도 일정하지도 않고 분명하지도 않게 사용되고 있는 데 문제가 있
다. '철학'의 개념을 정리하지 않고는 '예술의 철학적 문제가 어떤
것인가?'라는 물음에 대한 대답은 찾을 수 없다. 그렇다면 여기서
우선 '철학'의 개념을 정리할 필요가 있다.

2 철학이란 무엇인가

인간의 활동 특히 지적 활동은 그 대상의 성격에 따라 역사학, 문
학, 예술학, 과학, 물리학, 화학, 심리학, 법학, 의학, 사회학, 경영학,
정치학 등으로 구분한다. 철학도 다른 학문들과 마찬가지로 지적 탐
구의 한 분야이다. 각 분야의 문제는 그 대상에 대한 이론적 인식
문제와 동일하다. 가령 역사학은 역사적 사건을, 문학은 문학 작품
을, 예술학은 예술 작품을, 물리학은 물리적 현상을, 화학은 화학적
현상을, 심리학은 심리적 현상을 인식 대상으로 삼는다.

철학이 다른 학문과 구별된다면 그것 고유의 탐구 대상이 있어야
할 것인데 그 대상이 분명치 않다는 점이다. 그럼에도 철학이 다른
모든 학문과 구별될 뿐 아니라 가장 심오한 학문으로 여겨져 왔다
면 철학이란 도대체 무엇에 대한 학문 즉 진리 탐구를 하는 것인
가? 고전적인, 그리고 아직까지도 널리 퍼져 있는 신념에 의하면,
철학이 다른 학문들과 구별되는 것은 철학의 진리 탐구 대상이 모
든 것의 근본이 된다는 생각이다. 이러한 사실은 근대 철학의 기초
를 닦은 데카르트에서 분명해진다. 그는 절대적으로 확실한 존재를
밝히려 했고, 그러한 결과 인식 주체로서 선험적 자아, 유일신, 물질
적 세계 등의 존재와 그것들의 각기 다른 본질을 밝히는 인식적 탐
구 활동을 철학으로 믿었다. 이러한 철학관은, 비록 그 성질은 다르

지만, 철학도 다른 학문과 마찬가지로 역시 자신의 고유한 탐구 대상을 갖고 있음을 전제한다. 이런 맥락에서 진, 선, 미, 정의, 영혼, 인간, 삶, 자연, 우주, 신, 존재 등이 철학 고유의 인식 대상으로 믿어져 왔다.

그러나 사실은 꼭 그렇지 않다. 철학은 자기의 특별한 대상을 갖지 않는다. 그 이유를 몇 가지 들 수 있다. 첫째, 다른 학문의 대상인 역사적 사건, 예술 작품, 물리적 존재, 화학적 존재, 심리적 존재, 법적 제도, 정치적 사건 등이 다같이 관찰 대상일 수 있는 현상인데 반해, 진, 선, 미, 정의, 영혼 등은 물리적이든 아니면 정신적이든 어떠한 종류의 현상도 아니다. 둘째, 비록 철학이 영혼, 인간, 삶 등의 인간에게 중요한 문제와 자연, 우주, 신 등과 같은 거시적이고 근원적 대상을 탐구하지만, 한편으로 이러한 대상들은 철학에서만이 아니라 심리학, 신학, 생물학, 동물학, 지질학, 우주학, 신학에서도 탐구되고 있으며, 다른 한편으로 가령 '옥순희'라는 고유명사의 '의미' 결정이나 또는 분석적 명제와 경험적 명제의 관계 등과 같은 극히 세분된 언어적 혹은 논리적 문제가 철학의 핵심적 문제로 취급되고 있다. 그런데도 철학이 위와 같은 탐구 분야와 구별된다면 철학과 다른 학문의 구별은 인식 대상의 종류나 크기에 따라 결정될 수 없다. 그것은 유독 철학이 문학, 역사, 과학, 수학 등의 분야와는 다른 학문적 범주에 속해 있음을 말해 주고, 철학적 인식이 기타 학문적 인식과는 논리적으로 다름을 뜻한다.

따라서 철학을 그 외의 다른 학문과 같은 지평에서 이해하려는 것은 잘못이다. 다른 과목들이 각기 인식 대상의 차이에 근거한 개념인 데 반해서 철학은 어떤 대상에 접근하는 논리적 지평에 근거한 개념이다. 철학은 인식의 대상이나 폭에 대한 개념이 아니라 어떤 대상에 대한 시각에 관한 개념이다. 어떤 시각에서 볼 때 다양한 학문의 인식 대상일 수 있는 모든 것들은 또 다른 시각에서 볼 때 다같이 철학적 인식 대상일 수 있다. 어떤 시각에서 역사적 현상, 문학 텍스트, 예술 작품, 물리 혹은 화학 혹은 심리, 사회 등의 현상들은 역사학, 문학, 예술학, 물리학, 화학, 심리학, 사회학 등 서로 구별되는 별개의 학문적 인식 대상이 되지만, 다른 시각에서 볼 때 그것들은 한결같이 철학적 인식 대상이 된다. 바로 이러한 사실에 비추어볼 때 '예술 철학', '과학 철학', '종교 철학', '법 철학', '도덕 철학', '자연 철학', '심리 철학', '언어 철학', '교육 철학', '경제 철학', '사회 철학' 등 여러 가지 '철학'들의 개념이 의미를 갖는다.

철학적 시각과 비철학적 시각의 차이, 즉 철학적 앎과 비철학적 앎의 차이는 후자가 어떤 인식 대상에 대한 경험적 시각인 데 반해 전자는 후자에 의해 주어진 인식에 대해 인식한다는 데 있다. 철학 외의 학문이 그 인식 대상을 표상하는 데 있다면, 철학은 그러한 인식의 표현으로써 다른 모든 학문적 담론을 자신의 인식 대상으로 삼는다. 철학은 다른 모든 지적 탐구 분야가 그러하듯 일종의 담론이다. 문학 작품이나 평론을 쓰고, 과학 이론을 탐구하는 것이 결과적으로 텍스트 쓰기인 것과 마찬가지로 철학함이란 결국 일종의 텍스트 쓰기에 지나지 않는다. 그러나 다른 텍스트 쓰기가 대상에 대한 일차적 텍스트 쓰기인 데 반해 철학 텍스트 쓰기는 그와 같이 쓰인 일차적 텍스트 쓰기에 대한 이차적 즉 메타 텍스트 쓰기이며, 다른 분야에서 이룩한 텍스트를 일차적 텍스트라 한다면 철학이 만드는 텍스트는 '텍스트에 대한 텍스트' 즉 메타 텍스트이다. 다른 모든 학문을 담론이라 할 수 있다면 철학만은 그냥 담론이 아니라 '담론에 대한 담론' 즉 메타 담론으로 규정할 수 있다. 언어를 떠난 담론은 있을 수 없다. 담론은 언어로서만 존재하고 '담론에 대한 담론'은 필연적으로 '언어에 대한 언어' 즉 메타 언어이다.

그러나 모든 메타 담론·언어가 곧 철학은 아니다. 기존의 텍스트·담론에 대한 텍스트·담론·언어라는 점에서 언어학, 문학비평

또는 적지 않은 일상 담화의 대상은 분명히 메타 텍스트·담론·언어이다. 그럼에도 불구하고 언어학, 문학비평, 일상생활의 담론 그 자체는 철학과 구별된다. 메타 담론, 메타 언어라는 개념은 철학의 특수성을 극명히 밝혀주지 못한다. 언어 텍스트는 구문론적, 음성학적, 의미론적, 화용론적, 수사학 등의 측면에서 언어학적 서술 대상이 될 수 있고, 문학 텍스트는 심리학적, 사회학적, 형이상학적, 구조적 측면 등에서 다양하게 서술 및 해석될 수 있다. 문학평론이란 다름 아니라 바로 이러한 활동을 뜻한다. 그럼에도 불구하고 언어학이나 문학평론이 철학과 구별되어야 한다면 그 근거는 어디에 있는가?

철학이 언어학이나 문학평론과 마찬가지로 언어 텍스트를 인식 대상으로 삼는 메타 텍스트, 메타 언어지만 언어학이나 문학평론의 관심의 초점이 그 대상을 서술하고 설명하는 데 초점을 둔다면, 철학은 이미 존재하는 텍스트들이나 그러한 텍스트들을 둘러싼 담론에 사용된 언어적 의미의 투명성과 논리적 일관성에 초점을 두어 그러한 담론을 보다 더 철저히 이해하고 그런 담론에 담긴 신념의 진위를 보다 더 극명하게 밝혀보고자 한다. 물리학은 어떤 현상을 인과법칙으로 설명하고, 신학은 '신', '영혼' 등을 언급하고, 모든 학문은 어떤 명제의 '진리'를 따지지만 이러한 낱말들의 의미는 한없이 불분명할 수 있다. 이처럼 반성 없이 그 뜻이 자명하다고 전제된 낱말 혹은 명제들의 의미의 불투명성이 의식될 때 철학적 사유가 시작되고 철학적 인식이 생긴다. 바로 이와 같은 맥락에서 볼 때, 다른 학문과 구별되는 철학이라는 학문이 아직도 존재할 수 있다면 그것의 특수성은, 분석철학의 주장대로, '개념적 해명'이라는 점에서 찾을 수 있다. '개념적 해명'은 곧 개념의 불투명성에 대한 의식이며, 이러한 의식은 우리가 일상적 생각, 신념 그리고 그러한 것들의 표현에 사용하는 개념에 대한 반성을 전제한다. 철학이 일종의 사유 형태라면 철학적 사유의 본질은 반성적인 데 있다.

철학자는 자신들이 일반인들은 물론 다른 분야에서 진리를 탐구하는 학자들도 발견할 수 없는, 더욱 심오하고 근본적인 진리를 발견한다고 자처해 왔고, 일반인들도 그렇게 생각해 왔다. 그런데 철학이 여러 담론에 사용되고 있는 개념의 해명에만 관심을 두고 언어적 의미만을 세밀히 따진다면 철학은 일종의 말장난에 불과하고 진리의 발견과는 전혀 상관없어 보인다. 그러나 이러한 결론은 잘못된 속단이다. 진리를 언어의 그물 밖에서 발견할 수 없는 이상, 언어의 의미가 분명치 않다면 진리는 올바로 잡히지 않는다. 그렇다면 진리를 담았다는 언어의 의미를 분명히 함으로써만 비로소 진리는 발견될 수 있다. 이런 의미에서 언뜻 보아 언어의 유희처럼 보이는 철학은 진리에 봉사한다.[1]

3 예술의 철학적 문제

(1) 예술에 대한 철학적 물음의 논리 구조

예술에 대한 철학적 탐색은 무엇보다도 먼저 그 대상인 다른 사물의 범주와 구별되는 '예술 작품'이라는 범주에 속하는 무엇인가의 존재를 전제한다. 어떤 것들이 다른 것들과 구별된다면 그 구별의 근거나 기준이 전제된다. 생물과 물질의 구별은 생명에서 찾을 수 있고, 소와 닭의 구별은 그들의 각기 다른 모양에서 찾을 수 있고, 책상과 의자의 구별은 그들의 각기 다른 기능에 의거해서 결정되고, 아버지와 아들은 생물학적 관계를 바탕으로 구별될 수 있으며, 교수와 학생의 구별은 사회적 제도가 기준이 된다. 어떤 구별 기준을 전

---

1) 박이문, 『철학이란 무엇인가』(일조각, 1976).

제해야 함은 예술 작품의 경우라고 달라질 수 없다.

우리는 어떤 관례에 따라 예술 작품을 구별해 왔다. 미술관에 걸려 있는 그림이나 글씨, 박물관의 항아리, 진열된 동상, 돌조각, 삽자루, 변기, 걸레짝, 음악회에 가서 듣는 소리, 극장에서 관찰되는 사람들의 동작들이 예술 작품인 데 반해서 잡지의 광고란을 채운 그림, 현수막에 쓰인 글씨, 된장이 담겨 있는 항아리, 조상 무덤 앞에 세워놓은 석물, 헛간에 둔 삽자루, 화장실에 있는 변기, 방구석에 굴러다니는 걸레짝, 음악당 밖의 거리에서 들리는 갖가지 소리들, 바람소리, 빗소리, 새소리, 집안 혹은 거리에서 관찰되는 사람들의 동작을 예술 작품으로 여기지는 않는다.

예술 작품과 그 외의 것들의 이와 같은 구별의 근거는 어디에 있는가? 그것은 전자가 미술관, 박물관, 음악당, 극장에 위치하고 있는 데 반해서 후자가 그렇지 않다는 데 있다. 그러나 이러한 대답은 순환적이다. 문제는 어떤 근거나 기준에 따라 어떤 것들이 그러한 장소에 속할 수 있는 데 반해 다른 것들은 그렇지 못한가 하는 데 있다. 이러한 물음에 대해 예술 작품을 규정하는 여러 가지 속성들이 제안되어 왔다. 예술을 결정하는 속성들 중에서도 '아름다움'은 가장 결정적 속성으로 믿어져 왔다. 예술과 아름다움은 동서를 막론하고 뗄 수 없는 관계가 있는 것으로 보였지만, 칸트가 진·선·미의 독자적 가치를 구별한 후부터 이러한 신념이 최근까지 지배해 왔다.

그렇지만 불행히도 '아름다움'이란 개념은 너무 막연하다. '아름다움'이 인간의 주관적 경험의 심리적 내용을 지칭하는 것인지 아니면 인간의 경험과는 독립된 어떤 객관적 존재를 가리키는지 분명치 않다. 만약 전자의 경우가 맞다면 사람이나 경우에 따라 그 내용이 다를 수 있기 때문에 똑같은 대상이 아름답기도 하고 그렇지 않기도 하며, 따라서 똑같은 것이 예술 작품이기도 하고 예술 작품이 아니기도 하다는 결론이 나온다. 그렇다면 '아름다움'은 예술 작품을 분류하는 근거가 될 수 없다. '아름다움'이 어떤 객관적 존재를 지칭한다고 전제할 때도 똑같은 문제가 남는다. '아름다움'이라는 객관적 존재가 정확히 무엇인지를 구체적으로 결정할 수 없는 이상 '아름다움'이라는 속성은 예술 작품을 다른 것들로부터 구별하는 기준이 될 수 없기 때문이다.

이런 맥락에서 '아름다움'이라는 말을 사용하기 전에 그 정확한 의미를 분명히 하고자 할 때 '아름다움이란 무엇인가?'라는 철학적 물음이 제기되고, 무비판적으로 수용되고 있는 예술 작품의 정의를 반성적으로 물어볼 때 '예술 작품이란 무엇인가?'라는 철학적 물음이 던져진다. '아름다움'이란 개념 규정은 전통적으로 예술에 있어서 핵심적인 철학적 문제였고, 문학에서는 다다이즘 이후, 미술과 조각에서는 뒤샹 이후, 그리고 음악에서는 케이지 이후 예술 작품의 근본적 속성으로서 '아름다움'이라는 개념의 문제에 앞서, 과거에는 전혀 문제되지 않았던 '예술 작품' 자체의 개념이 오늘날 가장 핵심적이고 어려운 철학적 문제로 등장하게 되었다.

이러한 사실은 예술을 둘러싼 담론에 전제되어 있는 가장 기본적인 낱말의 개념들이 불투명하고 그것들 간의 논리적 관계가 혼란스러움을 말해 준다. 이러한 사실은 위와 같은 기본적 낱말들의 개념적 의미가 확실하다는 전제하에 그것들에 종속된 예술에 관한 수많은 담론에 동원되는 다른 낱말들의 개념의 의미가 불확실하다는 것을 입증한다. 그럼에도 불구하고 일상적 차원에서 이러한 사실을 의식하고 그것을 반성해 보지도 않은 채 일반인들은 물론 예술가들도 그러한 낱말들을 사용하고, 그런 낱말들을 갖고 예술에 대한 담론을 편다. 예술에 대한 철학적 문제는 이러한 낱말들의 개념적 불투명성과 이러한 담론들의 논리적 혼란을 의식할 때, 예술에 대한 철학적 사유는 반성적으로 그러한 낱말들의 개념의 투명성과 그러한 담론의 논리적 혼란을 반성적으로 밝혀보고자 할 때 시작된다.

예술을 둘러싼 담론에 사용되는 낱말에는 '예술 작품', '아름다움' 등 외에도 '예술가', '예술감상', '예술평가', '예술적 진리' 등 허다한 낱말들이 존재하고, 예술가의 의도와 예술 작품의 의미, 예술의 기능, 예술과 사회의 관계, 예술과 교육의 관계, 예술과 문화의 관계, 예술과 언어의 관계, 예술과 진리의 관계 등 한없이 다양한 문제, 예술 작품의 의미, 그러한 의미 해석의 방법 그리고 예술 작품 평가 기준 등에 대한 이론과 주장이 허다하다. '예술 작품'이나 '아름다움' 의 개념적 불투명성이 의식될 때 이런 개념들에 대한 철학적 물음 이 제기되듯이 위와 같은 개념들의 불투명성이 감지될 때, 그리고 위와 같은 문제들에 대한 이론이나 주장들 간에 갈등이 생기거나 아니면, 어떤 주장에서 사실적인 착오나 논리적 모순이 발견될 때 그러한 문제는 예술에 대한 철학적 문제의 성격을 띠고, 그러한 문제에 대한 반성과 담론은 곧 예술에 대한 철학적 사유이며 담론이 된다.

(2) 예술의 철학적 문제의 역사적 조명

인간에게 가장 절실한 것은 의식주다. 식량의 채집이나 재배, 의복의 고안, 거처의 제작은 생존을 위해 필수적이다. 원시적 단계에서 인간은 이러한 기본 필수품을 구하느라고 다른 어떤 활동을 할 육체적 및 심리적 여유도 갖지 못했으리라는 것은 쉽사리 짐작된다. 그림, 조형물, 노래, 춤, 시낭송이나 시작(詩作) 등은 우리의 굶주린 배를 채워주지도 않고, 추위나 더위로부터 우리를 보호해 주지도 못하며, 우리가 자거나 누워 쉬는 데 전혀 도움이 되지 않는다. 그럼에도 불구하고 아득한 옛날부터 인간은 음식을 찾거나 농사짓는 일, 옷을 깁거나 집을 짓는 활동 외에도 무엇인가를 그림, 조형물, 노래, 춤 그리고 글씨 등으로 표현해 왔고, 문신, 채색, 목걸이, 팔찌 등으로 몸을 장식했고, 다양한 무늬, 조형들로 옷, 항아리, 문, 집 등 무엇이고 장식해 왔다. 그렇다면 인간에게 표상과 표현 장식에 대한 욕구는 의식주에 대한 필요 다음으로 절실하고 보편적인 것임에 틀림없다. 이러한 사실은 표상과 표현에 대한 욕망이 인간에게 본질적이며 보편적임을 말해 준다. 이러한 추론은 가까이는 현재 아프리카나 남미 등의 일부 원주민들의 문화가 입증해 주고, 더 멀리는 '인류'의 시조였던 크로마뇽 인들이 아득한 옛날 만들었던 스페인의 알타미라 동굴이나 프랑스의 라스코 동굴에 있는 벽화로 확인된다.

이러한 표현·표상·장식적 활동 그리고 그러한 활동의 산물들은 의식주를 위한 실용적 활동이나 산물과 구별된다. 인간의 활동이나 제품은 그런 것들의 밑바닥에 깔려 있는 의도와 목적을 떠나서는 의미를 가질 수 없는 만큼, 인간이 지적으로 성숙하게 되면서부터 언뜻 보아 실용적 가치가 전혀 없는 활동이나 제품들의 기능과 그 의미도 생각하게 되었음은 당연하다. 사실 그러했다. 그것은 서양사의 맥락에서 더욱 분명하다. 늦어도 고대 그리스 시대부터 오늘에 이르기까지 위와 같이 선뜻 설명되지 않는 무상(無償)적 즉 실용을 목적으로 하지 않은 행위와 제품들에 대한 지적 관심과 담론은 그치지 않고 지속되어 왔다.

플라톤은 당시 그가 알 수 있었던 표현·표상으로서 그림, 조형, 시, 노래, 춤, 연극 등의 보편적 기능이 '미메시스' 즉 모방으로서 표상에 있다고 믿었고, 장식적 활동과 제품들을 '아름다움'이라는 정서적 가치로서 설명했으며, 이런 신념을 전제로 이러한 종류의 표상·표현·장식 활동의 인지적, 도덕적 및 사회적 가치를 부정적으로 평가했다. 한편 아리스토텔레스는 '시'라는 글쓰기의 특수한 기능을 설명하기 위해 '역사'라는 글쓰기와 비교하면서 『시학』이라는 저서를 남겼고, 고대 그리스 비극의 본질을 구조적으로 밝혀내기 위해 연극에 대한 이론을 폈고, 그러한 비극의 심리적 가치를 설명하기 위해

‘카타르시스’ 즉 감정정화(感情淨化) 이론을 고안해 냈다.

오늘날 ‘예술’의 분류적 범주 속에는 그림, 조형물, 시, 노래, 춤, 연극, 장식물 등이 포함되어 있다. 비록 ‘예술’이라는 말을 사용했던 것은 아니지만, 동굴 생활을 시작했을 때부터 인류는 이미 의도적으로 ‘예술’ 활동을 하고 ‘예술’ 작품을 창조했으며, ‘예술’이라는 낱말이 통용되었던 고대 그리스 시대에는 플라톤이나 아리스토텔레스가 이미 예술에 대한 반성적 사고 즉 예술 철학을 하고 있었다고 말할 수 있다. 그러나 과연 고대 그리스 이전의 인류가 오늘날과 같이 순수한 예술 활동을 하고 예술 작품을 창작했는지, ‘예술’이라는 말을 사용하고 ‘예술’에 대한 반성적 담론을 폈다고 해서 플라톤이나 아리스토텔레스가 현재 우리가 이해하고 있는 예술의 개념을 갖고 있었는지, 그들의 담론을 예술에 대한 철학적 담론이라 할 수 있는지는 의심스럽다.

그 이유는 이렇다. 첫째, 개념이 존재하지 않은 상황에서 그 개념이 지칭하는 어떤 대상에 대한 담론이 있을 수 없다. ‘소’라는 말의 의미를 모르는 상황에서 어떤 동물을 가리켜 ‘좋은 소’다, ‘힘센 소’다라고 하는 것은 논리적으로 불가능하다. 따라서 ‘예술’이라는 개념이 존재하지 않는 상황에서 아무리 어떤 그림을 그리고, 어떤 노래를 부르고 어떤 시를 써도 예술 작품을 창조한다고 말할 수는 없다. 둘째, ‘사람’이라는 낱말과 ‘사람’이라는 낱말의 개념은 동일하지 않다. ‘사람’이라는 낱말로 표시되는 동일한 하나의 개념은 가령 영어의 ‘human being’이라는 낱말, 불어의 ‘l’homme’라는 낱말, 독어의 ‘das Mann’이라는 또 다른 낱말 등을 표시할 수 있으며, 동일한 하나의 낱말, 가령 ‘눈’이라는 낱말이 개념적으로는 ‘동물의 시각적 기관’을 뜻하기도 하고, ‘겨울에 하늘에서 떨어지는 흰빛 물리 현상’을 지칭하기도 하기 때문이다. 따라서 플라톤이나 아리스토텔레스가 현재 우리가 가령 ‘과학’이라는 개념과 구별 대립시켜 사용하고 있는

‘예술(art)’이라는 낱말을 어휘적으로는 똑같이 사용했다 하더라도, 이 때 그들이 사용한 ‘예술’이라는 말은 ‘과학’과 대립된 표상양식으로서 의 ‘예술’을 뜻하지 않고 원래 ‘기술(technē)’의 뜻으로 ‘예술(artē)’이 라는 낱말을 사용했는지 모른다. 그리스어의 ‘예술(artē)’는 그 어원 상 ‘기술(technē)’을 뜻하기 때문이다. 위의 두 그리스 철학자들은 ‘예 술’을 일종의 ‘표상·표현 양식’으로 보지 않고 ‘기술’을 갖추거나 필 요로 하는 ‘제작물’로 생각했는지 모른다. 어쨌든 플라톤이나 아리스 토텔레스에서 르네상스에 이르기까지 ‘예술’이라는 말은 무엇인가 실 용적 혹은 장식적 혹은 종교적 목적을 위해서 제작된 기교(technic) 를 필요로 하는 공예품(craft)을 뜻했고, ‘예술가’는 일종의 기술자 (craftman)로 인식되었다.

그러나 ‘예술’이 ‘기술’ 혹은 ‘기술적으로 제작된 작품’으로 정의된 다면, 예술은 미로의 비너스나 피디아스의 파르테논 신전의 조각들 이나, 소포클레스의 비극『안티고네』만이 아니라 허다한 조각물들이 나 항아리나 건축물들이나 플라톤 또는 아리스토텔레스 자신들의 텍스트들도 포함해야 할 것이다. 그렇다면 예술 작품과 그 밖의 사 물들의 구별은 불가능하게 되고, 또한 그렇다면 분류적 범주의 뜻으 로서 ‘예술’이라는 개념은 별 의미를 갖지 않는다. 그렇지 않고 ‘예 술’이라는 말이 고유한 의미를 가지려면 그것은 다른 것과 구별되어 독자적으로 존재하는 사물로 전제되어야 한다. 그러므로 미로의 비 너스나 일본의 국보 제1호로 제정된 목조미륵보살반가사유상(木造 彌勒菩薩半伽思惟像)이나, 석굴암 불상이나 파리의 노트르담 대성 당, 아프리카 흑인들의 목공예품 등이 귀중한 ‘예술 작품’으로 버젓 이 존재하지만 현재와 같은 뜻의 ‘예술’이라는 개념이 존재하지 않 았던 그리스인들, 백제인들, 신라인들, 중세 프랑스인들에게 그러한 것들은 예술 작품으로 존재하지 않고, 각기 하나의 표상으로, 하나 의 종교적 숭배 대상으로, 하나의 종교적 의식의 장소로만 존재했을 뿐이다. 소박한 상식과는 너무나 배치되지만, '소'라는 개념이 있기 전에 '소'에 대한 담론은 물론 '소'라는 사물은 존재하지 않고, '예술'이라는 개념이 형성되기 전에 '예술 작품'에 대한 담론은 물론 '예술 작품'이라는 것도 존재하지 않는다.

오늘과 같이 현대적 뜻으로 사용하게 된 '예술'이라는 말의 개념은 다른 종류의 제품, 다른 종류의 기능, 다른 종류의 경험과 완전히 구별되는 '예술적 제작 제품', '예술적 기능', '예술적 경험'이 독자적으로 존재한다는 의식에서 비롯한다. 즉 미로의 비너스, 목조미륵보살반가사유상, 석굴암 불상, 불국사, 노트르담 대성당이 표상적, 종교적, 그리고 그 밖의 다른 도구적 기능과 구별되는 특수한 기능을 갖고, 그러한 대상들에서 얻는 경험의 성격과 가치가 생물학적, 지적, 종교적, 도덕적으로 완전히 설명할 수 없는 그러나 '미학적'이라고밖에는 달리 부를 수 없는 특수한 것이라고 전제될 때 비로소 그것들은 '예술 작품'이라는 개념 안으로 묶이게 되는 것이다.

서양 정신사의 맥락에서 볼 때, 이러한 '예술적'이라는 독자적 제품, 독자적 경험, 고유한 가치 등의 존재에 대한 의식이 나타나기 시작한 것은 르네상스 이후이며, 그러한 의식은 근대 즉 18세기에 칸트가 그의 『순수이성비판』, 『실천이성비판』, 『판단력비판』 등의 위대한 저서를 통해서 지적 탐구의 영역을 과학적, 도덕적, 미학적 영역으로 세분하고, 각 분야의 가치를 진, 선, 미로 명확히 구별함으로써 철학적으로 투명해졌다. 엄격한 관점에서 볼 때, '예술 작품'과 '예술'에 관한 모든 담론은 근대 이후에야 비로소 존재하기 시작했다고 해야 한다.

이러한 사실은 르네상스 이전, 아니 칸트 이전의 모든 제품, 행위 등이 영원히 예술 작품의 범주에서 제외된다는 말은 아니다. 과거 것이거나 현재 것이거나 모든 것들은 근대적 뜻의 '예술'의 시각에서 새롭게 조명될 수 있고 실제로 그렇다. 원래 마술적 목적을 위해 제작된 아프리카 원시인들의 목공예품들이나, 원래 실용적 목적을 위해서 구워진 청자나, 원래 종교적 목적을 위해서 제작된 불상이나 건물들이 오늘날 '예술 작품'으로서 미술관이나 그 밖의 제도 속에서 보존되어 감상 평가되고 있다. 그림, 조형물, 춤, 노래, 시, 연극 등에 대한 플라톤, 아리스토텔레스 등의 담론과 이론들은 그들에게는 '예술'에 대한 담론이나 이론들이 아니었지만 오늘날 바로 위와 같은 근대적 뜻으로 '예술'의 관점에서 볼 때 우리에게는 '예술'에 대한 담론이요 이론으로서 새롭게 해석되고 감상 혹은 평가될 수 있다.

똑같은 현상도 그것이 놓여 있는 시대와 그것을 대하는 이가 누구냐에 따라 다르며, 관심의 초점, 보는 시각에 따라 해석하는 의미가 다르기 마련이다. 예술현상이라고 이와 다를 수 없다. 예술의 독자성을 발견한 18세기의 예술에 대한 철학적 관심의 초점이 예술 작품의 '유일성'을 밝히는 데 있었다면, 19세기에는 예술 작품에서 얻게 되는 특수성으로서의 '미적 경험'의 본질과, 예술가의 예술 작품 창작 과정 등이 예술에 대한 철학적 담론의 핵심을 차지하였다. 그러나 20세기에 들어와서 근대적 예술관에 전제된 예술의 독자성·유일성에 대한 회의가 생기고, 예술 작품의 과거의 정의를 비롯해서 예술에 관한 다양한 세부적 신념이나 이론들에 대한 탐색이 아직도 진행되고 있다.

예술의 철학적 문제들에 대한 위와 같은 통시적 서술은 예술 철학의 문제가 어떤 것인가를 이해하는 데 도움이 되지만 그것은 만족스러운 철학적 대답일 수 없다. 이 물음에 대한 보다 더 철학적인 대답을 위해 예술 철학의 문제들을 공시적 입장에서 이해할 필요가 있다. 예술은 크거나 작은, 영원하거나 시대적인 철학적 문제를 무수하게 제기한다. 이러한 문제들을 모두 열거하고 검토할 수 없는 이상, 이 자리에서는 초점적 문제들을 몇 가지로 분류해서 검토하는 것으로 만족하기로 한다.

4 예술 철학의 쟁점

(1) 예술 작품의 개념

앞서 말했듯이 예술의 철학적 문제는 예술에 관한 담론을 전제하고, 그에 앞서 예술에 관한 담론은 예술 작품의 존재를 전제하고, 또한 예술 작품의 존재는 예술 작품의 개념을 전제한다. 그러므로 예술에 관한 모든 담론은 각기 나름대로의 분류적 개념으로서 '예술 작품'에 대한 정의를 내포한다. 통시적으로 볼 때 예술 작품의 정의는 인지주의적(cognitivist), 표현주의적(expressionist), 형식주의적(formalist), 제도주의적(institutionalist)인 것으로 대강 분류하여 정리할 수 있다. '예술 작품이란 무엇인가?'라는 물음은 각 이론에 따라 '어떤 객관적 존재에 대한 객관적 정보를 담고 있는 언어', '인간의 감정을 표현하는 매체', '감각적으로 아름다운 제품', '제도에 의해 감상의 대상으로 정해진 것' 등으로 정의할 수 있다는 것이다.

그러나 이중 어떠한 정의도 논리적으로 만족할 수 없다는 점에서 철학적 문제가 제기된다. 인지주의는 예술적 인지 언어와 과학적 인지 언어의 구별에 혼동스러워하고, 표현주의는 예술적 표현 매체와 비예술적 표현 매체를 구별해야 하는 문제를 낳는다. 형식주의는 예술 작품의 아름다움과 비예술적 사물의 아름다움의 구별과 아울러 아름답지 않은 예술 작품이 얼마든지 있다는 사실을 설명해야 하는 어려움을 직면하고 있으며, 제도주의는 제도적으로 무엇이든 미적 감상 대상으로 정할 수 있다는 사실에서 도출하는 문제를 풀어야 하는 난점을 갖고 있다. '개념 미술', '설치 예술', 뒤샹의 「샘」이라 불리는 변기의 출현, 케이지의 「4분 33초」라는 침묵 음악의 연주 등으로 예술 작품과 비예술 작품의 구별은 더욱 어려워지고 있으며 그만큼 '예술 작품'이라는 개념은 가장 핵심적인 철학적 문제를 제

기하고 있다. 1980년대부터 단토에 의해서 "예술의 종말"이라는 말
이 사용되고 있는 것도 바로 위와 같은 맥락에서이다.

(2) 예술 작품의 해석

예술 작품의 개념이 분명해지고 어떤 것을 예술 작품으로 분류하
는 데 문제가 없다고 가정하자. 우리는 어떤 예술 작품 앞에서 그 의
미를 찾는다. 세잔의 그림 「사과」의 의미를 '사과'라 하고, 베토벤의 「
고향곡 5번」의 의미를 '운명과 싸운 인간의 승리'라 흔히 말한다. 그
러나 이런 식의 예술 작품의 의미 해석은 논리적 벽에 부딪친다. 세
잔의 그림의 의미를 '사과'로 보기는 쉽다. 그 그림은 우리가 지각할
수 있는 '사과'와 시각적으로 유사하기 때문이다. 그러나 서로 조금
은 다르지만 사과를 표상하는 수많은 그림들이나 사진들이 있다. 그
렇다면 그러한 모든 그림들의 의미는 모두 똑같다는 결론을 내려야
한다. 그렇다면 세잔의 예술가로서의 위대성만이 아니라 그의 예술
작품으로서 「사과」의 특수한 의미는 사라지는 모순이 생긴다. 세잔
의 구상적 그림인 「사과」가 제기하는 이런 문제가 없다고 가정해도
예술 작품의 의미를 해석하는 데 생기는 철학적 문제는 쉽게 관찰
된다. 베토벤의 「교향곡 5번」이 어떤 근거에서 '운명과 싸워 승리하
는 인간'을 뜻한다고 해석할 수 있으며, 완전히 비구상적 그림 즉
추상화의 의미를 어떻게 해석할 수 있는가 등의 물음을 무시할 수
없기 때문이다.

이런 문제에 앞서 예술 작품의 해석 문제에는 비문자적 예술 작
품인 그림, 조각, 춤, 음악 등이 어떤 뜻에서 언어일 수 있는가 하는
문제가 제기된다. 만약 이런 물음에 대한 만족스러운 대답이 나올
경우에도 문자적 언어와 비문자적 언어, 한 언어가 예술적 맥락에서
사용되었을 때와 그렇지 않은 맥락에서 쓰였을 때의 의미의 차이를

분명히 해야 하는 문제도 생긴다. 바로 이러한 맥락에서 볼 때, 한편으로는 과학과 예술의 구별을 부정하는 굿맨의 주장, 그리고 다른 한편으로는 철학과 문학의 구별을 부정하는 로티나 데리다의 주장이 이해된다.

(3) 예술 작품의 평가

'예술 작품'의 독자적 존재를 인정할 때 그것은 필연적으로 감상의 대상으로 존재하며, 감상 대상이라는 말은 곧 가치평가의 대상이라는 뜻을 함의하고, 모든 평가는 반드시 평가 기준을 전제한다. 그렇다면 예술 작품의 고유한 기능은 무엇이며, 한 작품이 지니고 있는 그러한 기능의 가치는 어떻게 평가되고 있으며, 어떻게 평가되어야 하는가의 철학적 문제가 제기된다. 이러한 문제가 제기될 수밖에 없는 이유는 똑같은 종류의 예술 작품들이 개인에 따라, 문화와 시대에 따라 다양하게 평가되거나 또는 흔히 상충되기 때문이다. 비록 한 예술 작품이 모든 사람들한테 그리고 모든 시대에 있어서 보편적으로 다같이 높이 평가되어 있는 경우라도 그러한 평가의 이론적 근거는 논리적으로 결코 투명하지 못하고 그만큼 지적 설득력이 없다.[2] 예술 작품의 가치에 대한 위와 같은 의견들 간의 갈등, 예술 작품의 가치를 평가하는 논증에서 도출되는 논리적 불투명성이 예술 작품의 가치평가에 관한 철학적 문제를 제기한다.

예술의 철학적 문제를 예술 작품의 개념, 예술 작품의 해석, 예술 작품의 가치평가라는 세 가지 범주 속에 갈라 묶을 수도 없고, 모든 예술의 철학적 문제가 위의 세 가지 문제에 한정되는 것도 결코 아니다. 예술과 언어, 예술과 심리학, 예술과 사회학, 예술과 철학적

---

2) 박이문, 『예술 철학』(문학과지성사, 1983).

신념 등 무한히 세분된 문제들에 대한 철학적 문제가 제기될 수 있기 때문이다. 인간의 신념, 어떤 현상이나 문제에 대한 인간의 이론이 존재하는 한 철학적 문제는 필연적으로 제기될 수 있다. 그러나 사람과 사회와 시대에 따라 어떤 문제는 다른 문제보다 더 중요시되기도 하고 덜 중요하게 생각되기도 한다. 그 이유는 다른 지적 분야의 신념이나 이론과는 크게 다르기 때문이다. 어떤 새로운 자연적 혹은 사회적 문제는 과거에는 주목되지 않았던 철학적 문제를 제기하고, 새로운 철학적 사조는 비철학적 담론에 관한 새로운 철학적 문제를 제기한다. 예술의 경우도 마찬가지이다.

그러나 한 가지 확실한 사실은 예술의 철학적 문제는 예술 창작의 문제와 별도의 문제며, 위대한 예술 철학자는 물론 위대한 예술 평론가와도 직접적 관계가 없다는 것이다. 예술 철학의 문제는 예술을 둘러싼 신념, 이론, 활동의 의미를 이해하는 데 있을 뿐이다. 예술 철학은 철학적 활동이지 그 자체가 예술적 활동은 아니다.

예술과 미

　다양한 사물 현상을 가리켜 아름답다고 말한다. 그러나 산, 사람, 꽃, 집, 만년필 그리고 어떤 사람의 행동은 아름답지 않더라도 역시 그것들은 존재한다. '미'는 그들의 본질과는 상관없다는 말이다. 이런 것들과는 달리 예술품은 필연적으로 아름다운 것으로 얘기된다. '미'는 예술품의 필연적 요소라는 생각이다. 모든 아름다운 것들이 반드시 예술품은 아니지만 모든 예술품은 반드시 아름답다는 뜻이다. 예술이 반드시 아름다운 것이라는 관념은 동서고금을 막론하고 일반적으로 넓고 깊게 깔려 있다. 그럼에도 불구하고 이런 생각은 초현실주의와 큐비즘 등으로 대표되는 모더니즘, 뒤샹과 워홀 등의 팝아트, 그리고 최근 포스트모더니즘 등의 예술 운동에 의해서 흔들리게 된다. 상식적인 뜻에서 '아름다움'이라는 개념이 위와 같은 새로운 운동으로 창조된 예술 작품에 선뜻 적용되지 않을 것 같기 때문이다. 뒤샹의 「샘」이라고 이름붙은 양변기, 피카소의 「게르니카」라는 그림, 크리스트의 「우산」이라는 환경예술 작품이 상식적인 관점에서 아름답다고 할 수 있기는커녕, 그것들은 오히려 더럽다든가 흉측하다든가 이상하다는 느낌만을 준다. 도스토예프스키의 『지하 생활자의 수기』나 조이스의 『율리시스』는 통상적인 감수성에 비추어 볼 때 어떤 측면으로 보거나 아름답지는 않다. 이른바 아방가르드 예술이라는 명목으로 걸레 조각 혹은 쓰레기로밖에 볼 수 없는 예술 작품들이 진열된 미술관에서 우리는 여전히 아연실색하고 만다.

그럼에도 불구하고 '미'는 예술을 예술로서 관찰하게 하는 가장 포괄적인, 따라서 가장 기본적인 범주로 남아 있다. 그것이 정확히 어떤 의미로 사용되는가와는 상관없이 '아름다움'이라는 개념을 떠나서 예술이란 개념은 이해되지 않는 듯하다. 과학적 진술이 '참과 거짓'이라는 기준에 의해 판단되고 평가될 수밖에 없고 도덕적 언명이 '선과 악'이라는 테두리에서만 의미를 가질 수밖에 없듯이 예술 작품은 궁극적으로 '미와 추'라는 테두리를 떠나서는 그것의 존재적 특수성이 설명될 수 없다. 과학적 탐구가 '진리'를, 도덕적 고행이 '선'을 성취하는 데 있다면, 예술적 작업은 '미'를 창조하는 데 있다는 말이다.

그렇다면 뒤샹의 「샘」, 피카소의 「게르니카」, 크리스트의 「우산」, 도스토예프스키의 『지하 생활자의 수기』, 조이스의 『율리시스』 등이 그냥 예술 작품이 아니고 '위대한 예술 작품'인 이상 그것들은 반드시 '아름다운' 것일 것이며, 걸레 조각이나 쓰레기도 그것들이 미술관에 진열된 예술 작품인 이상 어느 정도 아름다운 것이어야만 할 것이다. 그러나 이러한 논리는 명백한 모순을 띠고 있다. 왜냐하면 위와 같은 예술 작품을 두고 '추하지만 미다', '더럽지만 아름답다'라는 주장을 하게 되는 상황에 처해 있기 때문이다.

도대체 '아름다움'이란 정확히 무엇을 의미하는가? 예술 작품이 반드시 아름다운 것의 범주에 속한다면, 도대체 엄격히 어떤 뜻에서 예술 작품은 아름다우며, 아름다움을 지향하는가?

예술 작품을 아름다운 것이라 부를 수 있다 해도 '아름다움'의 개념은 '예술'의 개념보다 훨씬 포괄적이다. 예술 작품뿐만 아니라 모든 사물 현상에 대해서 아름답다는 표현이 가능하기 때문이다. 우리는 미로의 「비너스」, 세잔의 「사과」, 모차르트의 음악과 같은 예술 작품을 아름답다고 하고, 클레오파트라, 나무에 매달린 사과, 설악산 등도 아름답다고 말한다. 그러나 플라톤의 『대화론』, 마르크스의 『자본론』, 아인슈타인의 『상대성 이론』을 아름답다고 부르지 않는다. 그런 것들을 찬탄하는 뜻에서 아름답다는 말을 사용할 경우에도 그것은 오로지 은유적으로만 의미를 갖는다. 『대화론』이나 『자본론』이나 『상대성 이론』에 대해서 우리가 할 수 있는 말은 그것들이 진리이다라든가, 설득력이 있다는 표현일 뿐이다.

사물 현상이나 예술 작품들에 대해서 '아름답다'는 말이 마땅히 적용되는 데 반해 플라톤, 마르크스, 아인슈타인의 저서에 대해서 똑같은 형용사가 적용될 수 없는 이유는 전자가 감각적 지각 대상인 데 반해 후자는 지적 이해의 대상으로 존재하기 때문이다. 이런 사실은 '아름다움'이 감각적인 것과 반드시 관련되어 있음을 말해 준다. 오직 감각적 대상만이 아름다운 것이 될 수 있다는 뜻이다.

감각적 대상은 그것을 지각하는 자에게 긍정적이거나 부정적 반응을 일으킬 수 있고, 둘 중 어느 반응을 일으키느냐는 감각적으로 지각하는 사람에게 달려 있다. 왜냐하면 어떠한 사물이나 현상도 그 자체만으로는 긍정적인 것도 부정적인 것도 아닌, 가치중립적인 것이기 때문이다. 가치는 인간의 욕망과 뗄 수 없다. 사르트르가 말했듯이 가치는 인간의 욕망에서 솟아난다. 이런 점에서 가치는 근본적으로 주관적일 수밖에 없다.

어떤 대상이 아름답다는 것은 인간의 주관성에 의해서 긍정적인 반응을 받는다는 뜻이다. 이와 같이 볼 때 '아름다움'은 주관적인 인간의 어떤 욕망을 채워준다는 의미를 띠고, 어떤 개별적인 사물 현상이 아름답다는 말은 그것이 인간의 어떤 욕망을 채워주는 데 기여한다고 판단됐음을 의미한다.

'아름다운 것'이 감각적으로 욕망을 충족시킨다고는 하지만 감각적으로 욕망을 채워주는 것이 한결같이 '아름다운 것'은 물론 아니

다. 섹스나 음식이 인간뿐만 아니라 모든 동물의 가장 근원적인 감
각적 욕망을 충족시킨다고는 하지만 그렇다고 섹스나 음식을 문자
그대로 아름답다고 말할 수 없기 때문이다.

아름다움이라는 특수한 감각적 가치는 어떤 특수한 욕망을 충족
시켜 주는 것인가? 이 물음에 대한 대답은 우리에게 어떤 만족이나
즐거움을 제공하는 감각적 지각의 대상이나 혹은 감각적 욕망의 특
수성에서보다는 감각적 지각 대상에 대한 우리의 태도로부터 찾아
볼 수 있을지 모른다. 칸트 이후 현대 미학에서는 이런 입장이 지배
적이다.

이런 특수한 태도를 이른바 '미학적 태도'라고 부르는데, 그것의
특수성은 '탈이해성(脫利害性)'에 있다. 사물 현상에 대한 우리의 태
도는 대체로 '이해적'이다. '젊은 여자'나 '사과'나 '해변이 내려다보
이는 산'은 성적 욕망의 대상으로, 식욕의 대상으로 혹은 집을 짓고
그 속에서 편안히 살고 싶은 소유의 대상으로 보여진다. 그것들이
우리의 관심을 끌면서 소유하고자 하는 욕망의 대상으로 보이는 이
유는 그것들이 우리들의 어떤 욕망과 타산적 관계를 갖고 있기 때
문이다. 그러나 위와 같은 것들이 우리의 욕망과 타산적 관계 없이
단지 어떤 형태와 색깔과 같은 감각적 지각 대상으로 바라볼 수 있
기도 하다. 그런 경우 나에게는 그것들이 실제로 존재하든 말든 상
관이 없다. '탈이해적'인 입장에서 그것은 감각적 지각 대상이 될 수
있다. 그뿐 아니라 나는 그것을 그런 태도로 지각하고 관찰하는 가
운데 어떤 종류의 즐거움, 만족감을 얻게 된다. 아름다움이란 실질
적으로 또는 물질적으로서가 아니라, 탈이해적으로 우리들의 감각을
즐겁게 해준다는 것이다.

사실 우리는 물질적으로 어떤 구체적인 도움을 전혀 주지 않는다
는 것을 처음부터 잘 알고 있으면서도 어떤 풍경, 어떤 소리, 어떤
운동, 어떤 색깔, 어떤 선, 어떤 형태, 어떤 조합을 감각적으로 지각

함으로써 그 속에서 즐거움을 체험한다. 이런 경험을 한번이고 경험하지 않은 사람은 없으리라. 따라서 칸트의 말을 빌리자면 '목적 없는' 가치를, 무상적(無償的) 충족감을 '아름다움'의 본질로 규정할 수 있을 것 같다.

그러나 무상적 가치, 아무런 욕망과도 관계되지 않는 즐거움이나 만족감은 논리적으로 모순된다. 앞서 말했듯이 가치, 만족감, 즐거움 등은 욕망, 소원과 떼놓고 생각될 수 없다. 만일 어떤 대상이 우리들을 감각적으로 매혹시키고 즐겁게 해준다면, 설사 그것이 우리들의 욕망과는 아무런 상관이 없어 보인다 해도 반드시 무엇인가의 욕망을 채워주기 위해 존재하는 것이라고 볼 수 있다.

여기서 우리는 바슐라르의 정신분석학적 설명과 사르트르의 형이상학적 설명을 들어봐야 한다. 바슐라르나 사르트르는 '아름다움'이라는 긍정적 경험이 무상적인 것이 아니라 인간의 근본적 욕망과 뗄 수 없는 관계를 갖고 있다고 말했다. 그 욕망은 어떤 특수한 성질로 규정될 수 없고 가장 근원적인, 따라서 가장 일반적인 욕망에 지나지 않는다. 그것은 바슐라르에게서 '행복'이라는 말로 표현되고 사르트르에서는 '궁극적 욕망'이라고 말해진다. 그들에 의하면 '아름다움'의 경험은 '행복하게 하는' 경험이며, 인간의 '궁극적 만족감'을 의미한다.

그러나 이러한 미적 경험은 경험의 주체인 우리의 태도에 좌우되지 않고, 경험 대상의 객관적 조건에 의존한다. 바슐라르는 미적 경험을 도출할 수 있는 이미지를 '시적'이라 부르고, 예를 들어 새 둥지, 옷장, 서랍, 다락방 등의 물상을 시적 이미지라고 말한다. 이러한 사물 등이 우리들에게 미적 경험 즉 '행복하게 하는 경험'을 갖게 할 수 있는 이유는 그것들이 인간의 가장 행복한 상황을 상기시킬 수 있기 때문이라는 것이다. 인간이 가장 행복할 수 있었던 이상적 상황은 어머니의 자궁 속에 있었던 때다. 새 둥지는 어머니의 자궁과 같은 상황을, 즉 우리가 가장 행복했던 때를 상기시킨다. 옷장, 서랍, 다락방 등도 우리들이 어렸을 때의 달콤하고 따뜻했던 추억과 관련됐기 때문에 미적 경험을 일으킨다. 달빛의 해변, 기암절벽, 단풍 든 산, 호수 등의 자연현상도 모든 인간에게 보편적인 미적 경험을 저절로 일으킨다면, 이런 경험 현상도 바슐라르처럼 정신분석학적으로 설명할 수 있을 것이다.

사르트르에 의하면 인간은 그 존재 구조상 필연적으로 상반되는 두 가지 욕망을 동시에 가질 수밖에 없다. 인간은 자율적인 동시에 비자율적 '주체'로서 존재하고자 하며 또한 동시에 인간관계에 의해서 결정된 물질적 '대상'으로서 존재하고자 한다. 주체와 대상은 갈등 관계를 갖고 있지만 그것들은 각기 다른 편을 전제하지 않고는 그 자체의 존재가 생각될 수 없다. 이런 두 가지 존재 즉 주체로서의 존재와 객체로서의 존재는 그 어느 한쪽만으로는 완전하지 못하다. 따라서 완전한 존재, 완전히 만족될 수 있는 존재 형태는 주체인 동시에 그것의 대상일 수 있는 형태다. 사르트르에 의하면 인간의 모든 노력은 궁극적으로 위와 같은 존재 양식을 성취하는 데 있다. 그러나 이러한 인간의 궁극적 목적은 성취될 수 없다. 왜냐하면 논리적으로 주체와 그 대상은 갈등 관계를 갖고 있기 때문이다. 그러나 주체와 그 대상의 관계는 어떤 상황에서는 다른 상황에서보다 궁극적인 이상적 조건에 가까울 수 있다. 사르트르에 의하면 이런 이상적 조건에 가까움을 의식할 때, 즉 나의 주체성과 그 대상이 내속에서 공존하게 된다고 의식될 때 미적 경험이 생긴다.

사르트르에 의하면 스키는 누구에게나 보편적으로 일종의 환희나 행복감을 가져온다. 눈 쌓인 산비탈을 스키를 타고 막 미끄러져 달릴 때 주체로서의 나는 극히 위험한 상황에 놓여 있다. 아차 하는 순간 나의 존재는 주체로서보다는 객체 즉 대상으로서 파악된다. 그러나 바로 그러한 나는 흰 눈에 덮인 높은 산에서 달려 내려오면서

온 자연, 온 세계를 지배하고 그 백지 같은 세상에서 마치 창조주처럼 마음대로 무엇인가를 만들어낼 수 있다는 느낌을 갖게 된다. 스키를 타고 산골짜기를 내려오면서 나는 강력한 주체인 동시에 객관적 대상으로서의 나 자신의 존재를 경험한다는 것이다. 스키 타기가 모든 사람에게 보편적으로 스릴과 밀도 높은 기쁨을 준다면, 그것이야말로 미적 경험의 좋은 예가 된다. 즉 그런 경험을 아름답다고 부를 수 있다.

바슐라르와 사르트르의 미적 경험에 대한 이론은 서로 동일하지 않지만 미적 경험을 인간의 욕망과 결부시켜 설명했다는 점에서 다 같이 미적 경험의 '비이해적 성격' 혹은 '무상성'을 주장하는 이론과 구별된다. 그러나 그들은 다같이 미적 만족감이 다른 종류의 만족감과는 달리 구체적이거나 실질적인 것이 아니고 오로지 상상의 차원에서 심리적으로만 이뤄지고 있다고 생각하는 점에서는 똑같다. 이런 관점에서 그들은 미적 경험을 일종의 '무상적'인 것으로 보고 있는데, 나는 그러한 입장이 옳다고 믿는다. 결국 아름다움이란 인간의 어떤 보편적 욕망이 오로지 상상적 차원에서만 채워지는 심리적 만족감을 의미한다.

'미'에 대한 이와 같은 정의에 입각해서 모든 사람들이 말하는 미적 체험이 설명된다 해도 이런 정의만으로는 예술 작품의 특수성, 구체적으로 말해서 예술 작품의 특수한 기능 즉 예술의 존재 의미는 정확히 이해되지 않는다. 왜냐하면 예술 작품을 보고 아름답다고 하지만, 즉 예술 작품으로부터 미적 경험을 한다고는 하지만, 자연 현상이나 예술 작품이 아닌 인공품에서도 똑같은 미적 경험을 할 수 있기 때문이다. 그러므로 '예술'과 '미'가 뗄 수 없는 관계를 맺고 있다는 사실을 정확히 이해하려면 우선 예술 작품에서 얻는 미적 경험과 예술 작품이 아닌 모든 것들에게 얻는 미적 경험과의 차이를 밝혀내야 한다.

우리는 꽃, 젊은 여자, 추석날 밤의 달, 해가 지는 해변 등을 보고 한결같이 아름답다고 한다. 앞서 말했듯이 적지 않은 현대 예술 작품들은 위와 같은 의미에서는 결코 아름답다고 할 수 없다. 그럼에도 불구하고 원칙적으로 이러한 예술 작품들은 예술이라는 점에서 우리들의 마음을 사로잡고 흥분시킨다. 이런 점에서 그것들에게도 또한 '아름답다'라는 개념이 적용될 수 있다.

상식적인 의미와는 정반대로 이상스럽고 흉측하고 강렬한 인상을 주는 예술 작품들에 대해 우리들의 마음을 사로잡고 일종의 즐거운 충격도 줄 수 있다는 점을 들어 '아름답다'라는 개념을 적용한다면, 예술 작품을 아름답다고 부를 수 있는 이유는 달이나 꽃이나 여인이 아름답다고 부를 수 있는 이유와는 다를 것이다. 단지 자연현상이나 사물이 우리의 관심을 끌고 만족감을 자아내듯 모든 예술 작품이 우리의 마음을 끌고 즐거움을 준다 해도 그 이유는 달라야 할 것이다. 요컨대 자연미와 예술미는 구별되어야 한다. '아름다움'이 심리적인 의미에서, 즉 상상으로 경험하는 인간의 어떤 욕망을 충족시킨다는 뜻에서의 만족감이라면, 예술 작품이 채워줄 수 있는 욕망과 자연현상을 비롯한 모든 비예술적 공산품이 채워줄 수 있는 욕망은 구별되어야 한다.

바슐라르나 사르트르가 설명하는, 자연현상을 비롯한 비예술적 사물 현상에서 느끼는 미적 경험은 근원적 행복에 대한 우리들의 생물학적 욕망에 기인한다. 이와 반대로 예술 작품에서 느끼는 미적 경험은 관념적 구속으로부터 해방되고자 하는 정신적 욕망에 근거한다고 볼 수 있다.

예술 작품이 감각적 지각 대상이란 점에서는 여느 사물 현상과 똑같지만, 그것은 단지 물질적으로만 존재하지 않고 그것을 넘어선 차원 즉 무엇인가를 '의미하는 것', 다시 말해서 비가시적이고, 비감각적인 지각 대상으로서 존재한다. 다시 말해서 예술 작품은 감각적 지각 대상으로서뿐만 아니라 필연적으로 지적 이해의 대상으로 존재한다. 예술 작품은 그냥 있지 않고 무엇인가를 뜻한다. 엄격한 의미에서 오로지 언어만이 '의미'할 수 있는 이상, 예술 작품이 무엇인가를 반드시 '의미'한다면 그것은 일종의 언어일 수밖에 없다. 그러므로 예술 작품은 각기 서로 다른 '언명(proposition)' 아니면 '담론(discourse)'이기 마련이다. 그래서 예술적 미는 언어적 미다.

그러나 과학이나 철학과 같은 여러 언어 활동에서 우리는 예술 작품과는 구별되는 언명이나 담론을 발견할 수 있다. 그렇다면 언명이나 담론으로서의 예술 작품과 그 밖의 언명이나 담론은 어떻게 구별되는가? 비예술에 있어서의 언명이나 담론이 어떤 사실을 객관적으로 실재하는 진리로서 전제하는 반면, 언명이나 담론으로서의 예술 작품은 필연적으로 어떤 가설적 사실이나 상황을 상상한다. 그러므로 예술 작품에 나타나는 사실이나 사건, 생각, 세계는 언제나 상상 속에서만, 과거나 현재가 아니라 미래에 있을 수 있는 사실이나 사건, 생각, 세계로 남는다.

예술 작품이 우리의 관심을 끌고 마침내 우리를 사로잡고 희열을 주며 우리로 하여금 그것이 '아름답다'고 일컫게 하는 이유는 예술의 상상적 관점, 생각, 세계를 통해서 우리에게 새로운 가능성을 보는 희망, 과거의 경직된 관념의 틀을 깨뜨리고 그런 관념의 억압으로부터 해방되는 기쁨을 무의식적 차원에서나마 생생하게 체험케 하는 데 있다. 그러므로 예술 작품은 반드시 감각적 지각 대상으로서 존재하지만, 그것은 본질적으로 자연현상과는 달리 지적 이해와 인식의 대상으로 존재한다.

예술 작품을 평가할 때는 그 내용뿐만 아니라, 형식, 기교, 구성 등에 초점을 맞춰 얘기하곤 한다. 왜냐하면 생각이나 세계관은 언어를 떠나서는 불가능하고 언어에 의해서 지배되기 때문에 적어도 예술에 있어서 내용과 언어 표현의 형식은 엄격히 구분될 수 없기 때문이다. 그러므로 형식주의자들의 생각처럼 예술 작품의 '미'를 내용과 분리된 형식에서만 찾을 수는 없다. 예술 작품에 있어서의 형식미는 사실상 언어로서의 '미'를 의미하고, 언어로서의 예술 작품의 '미'는 예술 작품이 제시하는 새로운 상상의 세계에 바탕을 둔다.

현대 예술 작품은 물론 예술 작품 일반, 더 나아가 예술 작품뿐만 아니라 예술 제작에의 충동, 예술 작품이 주는 감동을 정확히 이해하는 작업은 그리 수월치 않다. 그러나 예술 작품의 기능을 위와 같이 이해하고, '미'의 일반적 의미와 예술에서의 '미'의 의미를 위와 같은 입장에서 구별할 때 '예술'과 '미'라는 개념의 관계가 밝혀질 수 있다. 그럼으로써 그것은 일반인뿐만 아니라 전문가들까지도 당혹시키는 최근의 많은 현대 예술 작품의 의미를 이해하는 데 도움이 될 수 있다.

예술과 철학과 미학

칸트가 과학과 윤리 및 예술을 명확히 구별했을 때 그는 인간 의식의 영역을 지적인 것과 감성적인 것으로 구별할 수 있음을 전제했다. 이런 전제 속에는 과학과 마찬가지로 인지적 활동의 한 분야로서의 철학도 감성의 활동으로 나타나는 예술과 선명하게 구별될 수 있다는 신념이 깔려 있다. 예술과 철학의 칸트적 구별은 인지적 언어의 의미와 감동적 언어의 의미를 명확히 구별한 논리실증주의의 메타 언어 이론에서 극단적인 형태로 이어진다.

그러나 다행히도 예술의 특수한 기능에 대한 칸트적 전통의 이론과 상충되는 또 하나의 이론적 전통이 동서고금의 예술사를 통해서 언제나 흐르고 있다. 그것은 적어도 플라톤에서 비롯하여 낭만주의 예술가들을 거쳐 하이데거[1]로 대표되는 철학 속에 깊이 흐르고 있는 전통이다. 이 전통적 신념을 따른다면 예술은 과학이나 철학과 마찬가지로, 아니 그 이상으로 과학이나 철학이 미칠 수 없는 보다 본질적 진리를 표상해 준다는 것이다. 사실 철학자들이 어떠한 이론을 내든 상관없이 예술가 자신들의 작품이 단순히 개인적인 감정의 표출 내지 독자나 감상자들의 감각적 쾌감의 자극을 목적으로 창조

---

1) Martin Heidegger, "The Origin of the Art Work," in *Basic Writings*, David F. Krell ed.(Harper & Row, 1977) 참조.

된 것이라고 선언할 예술가를 상상하기란 어렵다는 것이다.[2] 한편 굿맨(Goodman)은 언어 철학적 입장에서 과학과 예술이 다같이 우열을 따질 수 없는 인식적 기능을 한다는 철학적 주장을 편다.[3]

그러나 예술이 정확히 어떻게 객관적 진리를 발굴하며, 예술 고유의 진리가 있다고 가정할 때 과연 그것이 어떻게 과학적이거나 철학적 진리와 다른가를 밝혀내는 일은 쉽지 않다. 이러한 상황에서 해체주의자 데리다나 반기저주의자(antifoundationalism) 로티(Rorty) 등은 예술과 철학, 예술적 표현과 철학적 표상의 차이를 전면적으로 부정한다.[4] 또한 단토(Danto)가 1984년에 발표한 「문학으로서의 철학과 문학에 관한 철학(Philosophy as · and · of Literature)」이란 제목의 논문의 의도는 예술과 철학의 전통적 구별에 대한 철학적 도전에 대해 철학적으로 대응하면서 예술과 철학의 고유한 영역이 있음을 역설하고 그것을 설명함에 있었다.[5] 그러나 그의 의도와는 상관없이 그 논문의 역설적인 제목은 언뜻 보아 예술의 본질에 대한 오늘의 실천적 및 이론적 혼란 상황을 명료하게 축소시켜 보여준다.

우리는 오늘날 피카소나 샤갈(Chagall)이나 클레(Klee) 등의 그림, 조이스(Joyce)나 로렌스(Lawrence)나 밀러(H. Miller) 등의 소설, 스

---

2) Clive Bell, "Aesthetic Emotion is Derived from Our Cognition with the Ultimate Nature of Reality" 및 Rilke, "Poetry and Creative Literature, is Nothing but the Elementary Emergence into Words, the Becoming Uncovered, of Existence as being-in-the-World" 및 Kandinsky, "The Abstract Painting Leaves the Skin of the Nature but Not Her Laws, Cosmic Laws." 참조.

3) Nelson Goodman, *Ways of Worldmaking*(Indianapolis : Hackett, Publishing co. 1978) 참조.

4) Jacques Derrida, *De la grammatologie* 및 Richard Rorty, "Philosophy as a Kind of Writing." in *Consequences of Pragmatism*(ST. Paul-Minneapolis, University of Minnesota Press, 1982) 및 "Heidegger, Kundera, and Dickens," in *Essays on Heidegger and Others* (Cambridge Univ. Press, 1991)." 참조.

5) Arthur Danto, "Philosophy as · and · of Literature," in *Post-Analytic Philosophy*, ed. John Rajchman & Cornel West(N.Y. : Columbia University Press, 1985), 78쪽 참조.

트라빈스키(Stravinsky)나 쇤베르크(Schönberg) 등의 음악 그리고 브
랑쿠시(Brâncuşi)나 무어(H. Moore) 등의 조각에 이미 익숙해 있다.
그러나 일반인들은 물론 교양 높은 대부분의 사람도 워홀(Warhol)의
그림이나 칼더(Calder)의 '모빌' 조각이나 보르헤스(Borges)의 소설이
나 케이지(Cage)의 음악이나 뒤샹(Duchamp)의 조각이나 백남준으로
대표되는 '비디오 아트' 등 최근 적지 않은 아방가르드 예술 작품들
을 대할 때 당황한다. 이러한 작품들은 정서적, 심리적이기보다는
개념적, 이론적 그리고 철학적으로 당혹감을 일으킨다. 예술로 자칭
하는 그것들 앞에서 우리가 갖고 있던 예술에 대한 기존의 관념이
혼란스러워진다는 것이다. 예술 작품이 도대체 어떻게 정의될 수 있
으며, 그러한 정의가 가능하다면 예술 작품이라는 하나의 의미체,
즉 상징적 언어는 과학이나 철학적 담론, 즉 개념적 언어와 어떻게
다를 수 있는가의 문제를 제기한다. 우리들은 예술과 미를 뗄 수 없
는 것으로 배워왔다. 그런데 그 작품들은 우리에게 아름답다는 감동
을 일으키기는커녕 경우에 따라 오히려 불쾌감을 자극하기까지 한
다. 그렇다면 "예술은 무엇인가?" "어떤 것이 예술이라면 그것을 예
술로 만드는 것은 도대체 어떤 성질의 것인가?"라는 철학적 문제가
부득이 제기된다.

예술사를 뒤돌아보면 이러한 철학적 문제가 제기될 수 있었던 것
은 소위 현대 예술에서 비롯된 것은 아니다. 어쩌면 멀리는 고대 그
리스의 비극에서 시작하여 16세기 셰익스피어, 라블레(Rablais) 등의
문학을 거쳐 도스토예프스키의 문학, 뒤러(Dürer)나 브뤼겔(Brueghel)
또는 인상파 등의 그림으로 시작하여 초현실주의적 그림, 큐비즘적
그림, 자연주의적 문학과 조이스의 소설, 베케트의 희곡, 첼란(Celan)
의 시 등은 예술이 '미'라 부르는 캐논(canon) 즉 기준 또는 범전(範
典)으로는 다른 사물들과 구별될 수 없음을 실증해 준다. 위와 같은
작품들은 최근의 전위 작품들과 마찬가지로 절대 대다수의 사람들

에게 아름답기는커녕 추하거나 흉하게 보이고, 정서적인 표현이라기
보다는 어떤 철학적 사색을 나타내는 것으로 보여진다.

수많은 중요 현대 예술가들 중에도 에셔(Escher)[6]나 마그리트
(Magritte)[7]는 각별히 우리의 주의를 끈다. 그들의 작품은 예술의 철
학적 문제만이 아니라 예술과 철학이 어떤 관계를 가질 수 있는가
하는 극히 철학적인 문제까지도 제기한다. 이런 시각에서 위의 두 예
술가들이 예술사에서 차지하는 철학적 의미는 크다. 큐비즘(Cubism),
추상 미술(abstract art), 팝아트(pop art) 등의 다양한 현대 예술 작품
의 출현과 더불어 예술 행위는 막연하나마 '미'라는 감각적 속성으
로는 이해될 수 없는 일종의 오직 철학적이라고밖에는 부를 수 없
는 관념적 존재로 봐야 할 것 같다. 그럴 경우 예술이라는 범주는
철학이라는 범주와 같고 예술적 의도는 철학적 의도와 동일하다는
결론을 내릴 수 있는가? 도대체 예술이라는 활동과 예술 작품은 정
확히 어떻게 이해하고 그 작품 하나 하나의 가치를 어떻게 헤아려
야 할 것인가? 이러한 물음에 대한 답을 찾기 위한 전략으로서 첫
째 예술과 철학의 가능한 관계를 검토하고 둘째 예술과 '미학'의 관
계를 재검토해 봐야 한다.

1 예술과 철학

a) 예술과 철학의 관계는 보다 구체적으로 말해서 예술 작품과
관념의 관계에 지나지 않는다. 그것들의 관계는 대충 세 가지 다른
측면에서 분석될 수 있다.

---

6) Michel Foucault, *This is Not a Pipe*, tr. & ed. James Harkness(Berkeley : Univ. of
   Calif. Press, 1982).
7) M. C. Escher, *The Graphic Work of M. C. Escher*(N.Y. : Ballantine Book, 1960).

　첫 번째 입장은 예술 작품의 기능을 철학적 진리 혹은 관념을 표현하는 것으로 보는 입장으로 나타난다. 여기서 '철학적'이란 '과학적' 혹은 그 밖의 인지적 방법 즉 경험적으로 미칠 수 없는 관념적 혹은 본질적인 것을 의미한다. 그렇다면 예술은 그가 인지하고 표상하고자 하는 객관적 대상의 존재를 전제한다. 이런 입장에서 볼 때 논리실증주의자들이 주장하고 또 과학적 사고에 젖은 이들이 자명한 것으로 전제하고 있는 것과는 달리 예술 작품의 기능은 한 개인의 주관적 감정을 노출함에 있지 않다. 예술가는 과학자나 철학자와 마찬가지로 진리를 추구하며 그러한 진리를 표상코자 한다는 것이다. 다만 예술가가 과학자와 다른 것은 한편으로 전자의 인식 대상이 경험으로 미칠 수 없는 관념적 존재라는 데에 있고, 또 다른 한편으로 철학자와 다른 것은 전자의 진리는 후자가 포착하고 표현할 수 있는 것보다 더 본질적이며 더 표상하기 어려운 것이라는 주장이 설 수 있다. 낭만적 예술가들뿐만 아니라 거의 모든 예술가들은 자신들의 작업을 이러한 식으로 이해하고 그러한 자신들의 작업에 자부심을 갖고 그러한 자신들의 예술적 작업을 옹호해 왔다. 세잔은 자신의 예술적 의도가 "존재의 뿌리에 엉켜 있는 신비로움"[8]이라고 했고 메를로퐁티(Merleau-Ponty)는 세잔 예술의 철학적 의미를 설명하면서 "예술 특히 회화는 과학주의가 무시하는 야생적 존재의 짜임・천(fabric)에 접근한다."[9]고 철학적으로 뒷받침한다. 예술의 철학적 인식 기능에 대한 위와 같은 신념은 동양적 예술관에 자명한 것으로 깊이 뿌리 박혀 있다. 많은 현대 예술 작품은 이러한 시각에서 그 의미를 설명하고 그 가치를 평가하고자 한다. 현대 예술 작품만이 아니라 사실적 혹은 자연주의적 표상 형식을 갖춘 고전적인 모

---

8) Maurice Maerleau-Ponty가 그의 글 "Eye and Mind," in *The Primacy of Perception* (Northwestern Univ. Press, 1964, 159쪽)에서 인용.
9) 같은 책, 161쪽.

든 표상 예술 작품도 그것의 고유한 예술적 의미와 가치를 다른 방법으로는 이룩할 수 없는 객관적 진리의 표상에 둔다. 하이데거에 의하면 그러한 깊은 철학적 사고와 진리를 담은 예술 작품의 예는 고흐의 그림이나 휠덜린의 시에서 찾아볼 수 있다.[10] 예술은 이와 같은 의미에서 인지적일 뿐만 아니라 철학적이고자 함에는 의심할 바 없다. 그러나 그와 같은 것을 의도하고 그와 같은 것을 성취했다는 주장과 그러한 주장이 실제로 맞느냐 하는 문제는 동일하지 않다. 예술 작품이 담고 있다는 진리가 철학적으로나 과학적으로 표현된 진리보다 더 본질적이라는 주장의 진위를 결정하는 문제는 경험적으로나 과학적으로 해결할 수 있는 성질의 것이 아니라 철학적 문제이며 그것을 풀기란 그리 용이하지 않다. 예술이 철학보다도 더 깊은 철학적 진리에 접근한다는 주장을 차치하고서라도, 과연 예술이 엄격한 의미에서 사물 현상에 대한 객관적 사실, 즉 진리를 표상하는 인식적 기능을 갖고 있는가가 우선 크게 문제된다. 예술적 진술이 원칙적으로 그 진위를 따질 수 없는 것이라면 그것은 그것의 인지적 가치 판단을 받을 자격을 처음부터 상실하고 있다. 백보를 양보해서 예술 작품이 철학적이거나 그 밖의 지적 내용 즉 관념 혹은 누군가의 신념을 표상하는 데에만 있다면 어째서 모든 예술 작품은 철학적 저서나 과학적 논문과는 달리 감상(appreciation) 즉 평가적 경험의 대상으로서 존재하여 그림이나 조각이 언제나 같은 곳에 걸려 있거나 설치되어 계속해서 감상되고, 같은 음악이나 연극을 구체적으로 반복적으로 듣거나 구경해야 하는지가 설명되지 않는다. 이러한 사실은 설사 예술 작품이 이른바 철학적 아니 그 이상의 지적 내용을 담고 있다손 치더라도 그것의 인지적 즉 철학적 내용은 그것의 '예술'로서의 충분한 존재 근거가 되지 못함을 증명한다. 한

---

10) Heidegger, "The Origin of the Art Work", *Poetry, Language, Thought*, Albert Hofstadter trans.(Haper & Row Press, 1971) 참조.

예술 작품이 실제로 이른바 '예술적' 평가를 받는 경우 그것의 철학적 내용은 언젠가 그리고 필연적으로 결정적 척도로 작용하지 못한다는 말이다. 깊은 철학적 내용을 담은 예술 작품이 졸작인 경우가 있는가 하면 철학적 내용을 별로 담지 않은 예술 작품이 '예술 작품'으로서 걸작의 자리를 차지하는 예는 예술사를 통해서 허다하게 들 수 있다.

b) 예술과 철학의 관계에 대한 두 번째의 입장은 예술 작품이 특정한 철학적 진리 혹은 신념을 표상하기보다는 다양한 철학적 문제를 제기하도록 지적으로 자극한다는 주장으로 나타난다. 가령 다다이스트들의 시작품, 폴락(Pollack)의 '행동 미술', 놀란드(Noland)나 스텔라(Stella)의 추상화, 야스퍼 존스(Jasper Johns)의 구상화인 「성조기」, 칼더의 많은 '모빌' 조각품 등 수많은 작품들은 어떤 철학적 신념이나 진리를 표상한다기보다 각기 나름대로의 방식에 따라 철학적 문제를 제기한다. 이런 작품들은 그들의 고유한 존재 양식 그 자체로서 기존의 예술에 대한 관념에 도전하고, 경험적으로 대답할 수 없는 따라서 철학적일 수밖에 없는 '그림의 본질', '음악의 본질' 따위, 더 일반적으로는 '예술의 본질'에 대한 재검토를 요구한다. 예술 작품으로서 그것들의 존재 자체가 예술의 개념에 대한 철학적 도전으로 볼 수밖에 없는 이유는 그러한 작품들은 기존의 예술관으로서는 그것들이 정말 '예술 작품'이라는 사실이 설명되지 않는 데 있다. 그러므로 그러한 예술 작품들은 예술이 무엇이며 그것이 철학이나 과학이나 그 밖의 지적 활동과 어떻게 다른가를 재검토할 것을 요청한다. 즉 예술 작품이 철학적 문제를 제기한다는 점에서 예술과 철학의 관계가 설명될 수 있다.

이런 종류의 예술 작품의 가장 두드러진 예로서는 보르헤스의 단편소설 「피에르 메나르, 『돈 키호테』의 저자」에 언급된 '소설 돈 키호테'나 뒤샹의 「샘」이라 이름붙인 조각으로서의 변기 등을 들 수 있다. 한편 보르헤스는 「피에르 메나르, 소설 『돈 키호테』의 저자」라는 단편에서 세르반테스가 쓴 『돈 키호테』를 처음부터 끝까지 복사해서 자신이 창작한 소설이라고 내놓은 한 작가를 상상해 낸다. 보르헤스가 이 단편에서 보이고자 하는 점은 세르반테스가 쓴 『돈 키호테』의 이야기와 피에르 메나르가 쓴 『돈 키호테』에 대한 이야기가 물리적으로는 완전히 동일한 예술 작품이지만 그 의미는 사뭇 다르다는 것이다. 두 개의 작품은 다른 두 저자에 의해서 다른 두 개의 의도와 의미를 가진 작품들이라는 것이다.[11] 뒤샹의 「샘」이라는 작품은 예술품과 비예술품이 물리적으로 구별될 수 없음을 말해 준다. 이런 점에서 보르헤스의 소설은 작품들이 예술 작품으로 물리적으로 정의될 수 없다는 철학적 이론을 창출할 수 있다. 그렇다면 예술적 속성이 이른바 '미'라는 개념으로 표현되는 감각적 속성에 의해서 결정된다는 막연하지만 깊이 뿌리박은 예술관은 재검토되어야 한다. 위와 같은 종류의 작품들이 그냥 하나의 예술 작품으로 수용될 뿐만 아니라 예술사에서 중요한 예술 작품 즉 가치 있는 예술 작품으로 거론되는 결정적 이유가 바로 여기에 있다.

그러나 위와 같은 예술 작품이 존재하고 그러한 작품들이 위와 같은 논리로서 철학적 문제를 제기하는 기능을 하고 그런 기능에 비추어 그러한 작품들이 그만큼 높이 평가될 수 있는 것이 사실이긴 하지만 예술의 위와 같은 기능은 아직도 만족스럽게 예술의 본질을 밝혀주지는 못한다. 만약 예술의 기능이 위와 같이 관념적으로 설명될 수 있는 철학적 문제를 제시하는 데 있다면, 예술이라는 애매모호한 언어와 기호를 쓰는 대신 일상적 언어로 표현함이 보다 효과적이고 따라서 보다 합리적일 것이며, 일단 그러한 관념적 생각

---

11) Jorge Luis Borges, "Pierre Menard, Author of the Quixote," in *Labyrinths*(N.Y. : A New Directions Book, 1964) 참조.

이 전달됐다면 그러한 의도를 전달하기 위해 제작된 예술 작품을 구태여 번거롭게 보존하거나 전시해 놓을 필요는 없다. 그럼에도 불구하고 그러한 작품들이 제작되고 귀하게 보존되어 전시되고 감상되고 있다는 사실은, 예술과 철학 간에 뗄 수 없는 관계가 있다 하더라도, 예술의 특수한 기능과 가치가 철학적 즉 관념적 생각을 전달하기 위해서만 있지 않음을 웅변적으로 증명해 준다.

c) 여기서 우리는 예술과 철학 간에 설립될 수 있는 세 번째의 경우를 검토할 차례에 이른다. 어떤 예술 작품은 어떤 철학적 신념을 표상하기 위해 제작되지도 않고 예술로서의 그 존재 자체가 예술의 본질에 대한 철학적 문제를 제기하는 것도 아니다. 이런 예술 작품들은 그냥 그대로 철학적 명제로 볼 수 있다. 호프스태터(Hofstadter)가 "지금까지 세계에 존재한 모든 스케치들 가운데 지적으로 가장 자극적인 것을 그렸다."[12]고 칭찬한 바 있고 판화가로서의 자신의 목적이 예술적 테크닉을 발휘함에 있지 않고 개념적·관념적 성질의 것이라고 밝힌[13] 에서의 판화와 푸코가 깊은 철학적 의미를 발견하고 그의 책[14]에서 이 화가의 그림에 관해 쓴 바 있으며, 예술가로 불리기를 싫어하고 사상가로 불리기를 원했다는[15] 초현실주의 화가 마그리트의 후기 회화는 그러한 예술 작품의 가장 두드러진 예이다.

한편 에서가 그린 새들로도 보이고 동시에 들판으로도 보이는 「낮과 밤(Day and Night)」은 단선적인 논리적 사고의 불완전성을 얘기하며, 낮은 곳은 물론 높은 곳으로도 자연스럽게 흐르는 물의 이미지를 나타내는 「폭포(Waterfall)」(그림-1)는 철학적 대답을 요구하는

---

12) Douglas Hofstadter, *Gödel, Escher, Bach*(N.Y. : Random House, 1980).

13) M. C. Escher, 7쪽.

14) Michel Foucault, *This is Not a Pipe*, Jomes Harkness trans & ed.(University of Califormia Press, 1983) 2쪽.

15) James Harkness, "Introduction," in *This is Not a Pipe*, 2쪽.

존재의 역설, 지각의 환상성, 기호의 이중적 의미에 대한 철학적 물음을 제기하고, 한 생선을 그 생선과 똑같은 모양의 비늘로서 표현한 판화, 「생선과 비늘(Fishes and Scales)」은 보기에 따라 전체와 부분이 동일할 수 있다는 극히 철학적인 역설을 고려해 볼 것을 요구한다.

　다른 한편 마그리트의 「인간 조건」이란 그림에서 표상 대상과 표상 언어에 얽혀 있는 철학적 문제를 발견하는[16] 호프스태터는 마그리트의 「두 가지 신비」라는 그림에서 인식론의 근본적인 불확실성에 대한 현대 철학의 지배적 입장을 보여준다고 설명한다. 그에 의하면 이 그림은 모든 수학적 문제의 수학적 증명의 궁극적 한계에 대한 철학적 이론으로서의 '괴델의 공리'를 표상한다.[17] 그리고 페리스(Ferris)에 의하면 이 그림은 "인위적 테두리를 벗어난 모든 것은 실재한다는 철학적 신념에 대한 철학적 도전"을 함으로써 그러한 철학적 전제를 부정하는 또 하나의[18] 철학적 주장이다. 그것은 곧 "우리가 알고 있는 우주가 사실은 우리 의식의 창조물에 지나지 않는다."라는 철학적 주장으로 풀이된다.[19] 한편 푸코는 같은 화가의 작품 「설명」을 논리를 추구하는 모든 사고가 마침내는 빠질 수밖에 없는 철학적 패러독스를 보여주는 것이라는 주장으로 풀이한다.[20]

　에셔나 마그리트의 그림의 의미를 위와 같은 식으로 해석할 수 있으며 예술을 일종의 철학적 진술로도 볼 수 있다. 위의 두 예술가의 작품들이 크게 주의를 끌고 이미 예술사에서 빼놓을 수 없는 중요한 자리를 잡아가고 있는 결정적 이유의 하나도 그것들이 철학과 바로 위와 같은 관계 즉 위와 같은 철학적 의미를 갖고 있기 때문

---

16) Hofstadter, 706쪽.
17) 같은 책, 702쪽.
18) Timothy Ferris, *The Mind's Sky*(N.Y. : Bantham Book, 1992), 5쪽.
19) 같은 책.
20) Harkness, in *This is Not a Pipe*, 8쪽.

일지도 모른다. 그러나 예술과 철학의 위와 같은 관계는 모든 예술 작품을 대하는 우리들의 보편적 태도와 행위를 설명하진 못한다. 즉 이미 앞에서 말했듯이 우리는 예술 작품의 철학적 의미를 이해하는 것으로 끝내지 않고 감각적으로 감상하려는 것이다. 즉 예술 작품이 지적 이해의 대상임에는 틀림없다 해도 그것은 또한 언제나 그 이상의 것, 즉 감각에 의한 즐거운 경험 대상 즉 감상의 대상으로 마주서 있다. 만일 그렇지 않다면 이미 그 뜻을 이해하고 난 후에도 그림을 걸어두거나 음악을 되풀이해서 듣거나 하는 사실이 설명되지 않는다. 일부 사람들의 생각과 입장과는 달리 예술은 철학과 어떤 식으로든지 뗄 수 없는 관계를 갖고 있는 것은 틀림없는 사실이지만 예술은 철학적 관계로서만 만족스러운 설명을 찾아낼 수 없다. 철학이 어디까지나 지적인 것, 관념적인 것과 관계된다면, 이른바 미학은 감각적인 것, 경험적인 것과 관계된다. 예술 작품이 철학적으로만 만족스럽게 설명될 수 없다는 그 이유는 예술 작품은 반드시 미학적으로 즉 심미적으로 함께 설명되어야 한다는 것이다.

예술과 미학은 예술에 대한 의식이 생기면서부터 뗄 수 없었던 것으로 생각되어 왔다. 이러한 생각은 현대 예술이 변모해 가면서도 예술가들이나 예술 이론가들을 제외한 일반 사람들이 자명한 진리로서 보편적으로 믿어왔던 신념이다. 그러나 불행히도 오늘날 예술 평론가나 철학자들은 물론 예술가 자신의 이론들은 일반적으로 예술의 미학적 측면을 무시했거나 지나치게 망각하고 있다. 성서의 말대로 인간이 빵으로만 살 수 없다면 그와 마찬가지로 예술은 철학적 관념으로만 존재할 수 없다. 성서가 뜻한 것이 정신성 없는 인간 존재를 이해할 수 없다는 점이었다면 우리가 여기서 강조해야 할 것은 예술 작품의 존재는 철학적 관념으로 표현되는 정신성 외에 감각적 즉 물리적인 측면을 떠나서는 이해될 수 없는 다시 말해서 미학적 즉 감각적 측면을 제외할 수 없다는 점이다. 가령 뒤샹의 「샘」이라는 조각 예술 작품, 에서의 「폭포」 같은 종류의 많은 판화들, 마그리트의 「두 가지 신비」와 같은 종류의 그림들이 예술사에서 중요한 위치를 차지하고 있는 이유는 무엇보다도 그것들이 내포하고 있는 철학적 의미 때문이라는 데는 이의가 없다. 그러나 그것들의 철학적 의미를 명확히 파악한 후에도 우리들의 거실 벽에 걸어놓고 항상 시각적 감상의 대상으로 삼는 이유는 예술 작품의 가치가 그것의 철학적 즉 관념적 내용만으로는 소진되지 않기 때문이다. 크리스토(Christo)의 「회선적(回旋的) 방파제」와 같은 종류의 이른바 '해프닝 아트'는 그 표현 매체의 성격상 부득이한 사정으로 제외되지만 모든 예술 작품의 이상은 감각적 경험 대상으로서 지속적으로 존재하는 데 있다.

이처럼 예술의 만족스러운 이해는 철학과의 관계로서만은 부족하고 미학과의 뗄 수 없는 관계에 비추어 이해될 수 있다면, 예술과 미학은 어떤 관계로 봐야 하는가?

2 예술과 미학

그렇다. 예술은 아름다운 것과 똑같은 것, 아니면 아름다움과 뗴어서 생각할 수 없는 것임은 누구나 다 알고 있다. 동시에 노벨 화학상 수상자이며 시인[21]인 어떤 이가 과학 특히 화학은 일종의 예술적 활동이며 화학 구조는 일종의 예술 작품이라고 했을 때 그는 예술과 아름다움, 예술과 미학이 서로 상충되지 않는 것임을 말하려 했던 것이다. 그는 가령 화학적 원소의 구조를 '예술 작품'으로 볼 수 있다는 것이다. 그러한 구조가 미학적으로 즉 감각적으로 그것을

---

21) 《교수신문》 제31호(1993년 10월) 참조.

관조하는 사람에게 순수한 즉 '실용성이 없는' 즐거움을 주기 때문이라는 것이다.

그러나 그의 발언은 예술과 미학의 관계를 밝혀주기보다는 오히려 혼동스럽게 하고, 어쩌면 그러한 발언 뒤에 숨어 있는 그의 생각은 잘못이기 쉽다. 예술과 미학, 예술적 가치와 미학적 즉 심미적 가치가 뗄 수 없이 얽혀 있기는 하나 그것들을 혼동할 경우, 예술 작품은 물론 미적 즉 심미적 경험의 본질은 밝혀지기에 앞서 더 알 수 없게 된다.

화학적 원소의 구조가 시각적으로 '아름답게', 미학적으로 만족스럽게 그리고 감각적으로 즐겁게 느껴질 수 있다. 각별히 그 화학자인 시인에게만 아니라 모든 사람들한테 보편적으로 그럴 수 있다. 그러나 무엇이 아름답게 느껴진다고 해서 그것이 자동적으로 예술 작품이 되지는 않는다. 헤아릴 수 없이 많은 작고 큰 제조품들이 경우에 따라 로댕이나 피카소나 브랑쿠시나 무어나 칼더의 작품보다 감각적으로 무상적 즐거움을 줄 수 있다. 최근의 수많은 가지가지 기계 제품들은 시각적으로 뛰어나다. 산업 디자인의 경제적 중요성도 이런 점에서 충분히 설명된다. 허다한 자연 경치도 마찬가지다. 어떤 자연 풍경은 동서고금을 막론하고 인류에게 위대하다는 그 어느 예술 작품 이상으로 미학적 가치를 갖고 보편적으로 인류의 감각을 매료한다. 우리가 직접 보기도 하는 아침 안개 낀 한국의 산들로부터 추사 김정희 혹은 청전 이상범의 어느 그림보다 더 강렬한 미적 경험을 할 수 있다. 그럼에도 불구하고 가전 제품이나 기계 제품이나 건축물들이나 그리고 그 밖의 공산품은 거의 전부가 결코 예술 작품이 아니며 오직 극히 적은 수의 제작품만이 예술 작품의 범주에 속한다. 그것이 아무리 아름답다 해도 단풍 든 설악산이나 구름에 달 가는 추석날 밤하늘이나 주홍빛 감이 몇 개 달린 시골 누군가의 돌담 너머 있는 가을날 감나무의 모습이 아무리 고귀한 미적 감각을 자아내지만 그것은 역시 예술 작품이 아니다. 오직 추사나 청전의 동양화만이 예술 작품에 속한다.

예술과 미, 예술 작품과 '아름다운 것'을 구별해야 한다는 말은 자연이나 그 밖의 예술 작품의 범주에 속하지 않는 것만이 미학적으로 만족스러울 수 있고, 예술 작품은 미학적으로 그렇지 못하다는 것이 결코 아니다. 예술 작품이 그 본질상 반드시 '감상'의 대상 즉 실용성이 없는 가치로서 존재하게 마련이라는 사실은 예술 작품은 미학적 가치를 내포하고 있음을 말해 준다. 예술 작품과 그 밖의 사물 현상들이 다 같이 미학적으로 만족될 수 있으면서도 오로지 그러한 미학적 가치에 의해서 그것들이 구별되지 않는다는 사실은 그것들이 결코 다 같은 '미학적' 가치이기는 하지만 예술에서 얻을 수 있는 미학적 가치의 성격과 자연이나 그 밖의 사물들에서 느낄 수 있는 미학적 가치의 성격이 서로 다름을 시사한다.

지적 혹은 실용적 경험과 구별될 수 있는 '미적'으로 형용될 수 있는 경험이 있는 것만은 확실하다. 미적 경험의 본질은 여러 가지로 설명될 수 있다. 칸트의 인식론적 설명이 있을 수 있는가 하면 바슐라르식 심층 정신분석학적[22] 설명이 있을 수 있고 사르트르식 실존주의적[23] 설명이 가능하다. 그러나 이런 철학자들 외의 수많은 철학자, 심리학자들의 노력에도 불구하고 그것이 정확히 어떤 성질을 갖고 있는가를 보편적으로 만족스럽게 규정하기란 거의 불가능하다. 그럼에도 불구하고 그것이 막연한 뜻으로서의 '무상성' 즉 '비실용성'과 뗄 수 없는 관계를 맺고 있는 것만은 확실하다. 어떤 사물의 형태, 색채, 현상이나 또는 어떤 언어적 표현 혹은 어떤 관념 등은 그것의 시각적 실용성과 상관없이 그것을 관조하는 이의 의식

---

22) Gaston Bachelard, *The Poetics of Space*, tr. Maria Jolas(Boston : Beacon Press, 1964) 참조.
23) J. P. Satre, *L'Etre et le neant*(Paris : Gallimard, 1943) 참조.

을 감각적으로 만족시킬 수 있다는 사실을 부정할 사람은 아무도 없을 것이다.

그러나 예술 작품에서 받는 미적 감각의 성격과 그냥 자연이나 물건에서 받는 미적 경험의 의미는 다르다. 가령 꽃이나 하나의 건물 또는 자동차의 겉모양에서 받는 미적 감동과 예술 작품 속에 그려지거나 묘사된 같은 꽃, 같은 건물, 같은 자동차에서 받는 미적 감동은 동일하지 않다. 전자의 미적 감동이 순전히 감각적 차원에서 심리학만으로도 충분히 설명될 수 있다면 후자의 미적 감동은 그러한 차원을 넘어 지적 차원과 언어적 차원에서 철학적 설명으로 보완되어야 한다. 전자의 미적 가치를 창출하기 위한 모든 인위적 행위를 '장식적'이라 한다면 후자의 미적 가치를 창출하기 위한 시도를 '예술적'이라고 말할 수 있다. 예술이 미학과 뗄 수 없는 관계를 가져야 한다면 즉 예술 작품은 반드시 어떤 미적 감동을 창출해 낼 수 있는 것이어야만 한다면, 그 감동은 감각적으로만 설명될 수 없고 그러한 차원을 넘어 필연적으로 의미적 즉 개념적일 수밖에 없는 '언어적' 설명을 필요로 한다.

3 예술과 언어

목포에 있는 남농 박물관에는 수석이 많이 진열되어 있고 각 수석마다 이름이 붙어 있다. 이 수석들은 자연 속에서 그냥 주워온 것들이지만 이 박물관에서는 그것들을 여느 예술 작품들과 마찬가지로 예술 작품으로 감상될 수 있음을 전제한 것으로 보인다. 수석만이 아니라 자연의 파편들이나 아니면 여느 공산품들이 거실이나 박물관에 진열되어 예술 작품의 행세를 하는 경우가 적지 않다. 아프리카의 많은 목제품들이나 고대 그리스나 그 밖의 다른 지방에서 어떤 특수한 목적으로 사용되던 물건들 가운데 적지 않은 수가 이미 예술 작품의 행세를 하게 됐다. 뒤샹의 유명한 「샘」이라는 변기도 그러한 예의 하나로 볼 수 있다. 그러나 산이나 개천에서 주워온 돌조각들이나 창고에서 가져온 변기가 어째서 예술품이 될 수 있다고 생각될 수 있는가?

그러한 물건들이 미적 감각을 긍정적으로 자극해서 쾌감을 주기 때문이라고 말할 수 있다. 미학적 쾌감이 예술 작품의 충분조건이라면 들판이나 개천에서 골라낼 수 있는 무수한 돌들과 어느 창고에 싸여 있거나 화장실에 있는 모든 변기도 다 같이 예술 작품으로 취급해야 한다는 논리가 선다. 만일 이러한 논리적 결론을 수용할 수 없다면 예술 작품과 비예술 작품의 구별은 미학적 감각을 긍정적으로 자극할 수 있는 물리적 속성으로 더 간단히 말하자면 미학적으로 결정되지 않는다. 이러한 사실은 예술의 본질을 미학적 속성 아닌 다른 속성에서 찾아야 할 것을 요청한다. 다른 속성은 다름 아니라 언어이다.

예술을 문학으로 대표되는 언어적 예술가 조각이나 음악 혹은 춤으로 대표되는 비언어적 예술로 구별하는 것은 오래된 관례다. 그러한 구별은 쉽고 여러 가지 면에서 편리하다. 그러나 모든 예술은 예외 없이 넓은 의미에서 언제나 언어적 예술이다. 그것이 어떤 매체를 쓰고 있든지 예술 작품은 예외 없이 그 성격상 그 자체가 언제나 바로 언어다. 예술 작품은 반드시 무엇인가의 '언어적 의미' 즉 '의미론적 의미(semantical meaning)'를 갖는다는 말이다. 그렇기 때문에 예술 작품은 어떤 관념을 표현하고 전달할 수 있으며 철학적일 수 있고 언제나 '해석'의 대상이게 마련이다. 그러므로 예술 작품을 그냥 감각적으로 자극을 주는 여느 물리적 대상과 마찬가지로 그냥 대한다는 것은 예술 작품을 예술 작품으로 대하는 자세에서 벗어나는 행위다. 예술은 감각적 자극을 주는 물리적 존재지만 그와 동시에 관념적으로 존재한다. 바로 여기에 예술과 철학이 뗄 수 없는 관계를 맺고 있는 이유가 있다.

예술적 가치는 언어적 가치 더 정확히 말해서 개혁적 혹은 창조적 언어의 가치에 지나지 않는다. 이러한 예술적 언어의 개혁 혹은 창조의 가치는 근본적이며 중요하다. 세계에 대한 인식 혹은 철학적 관념은 인간의 삶에 있어서 실용적인 면에서도 절대적으로 중요하다. 보다 바람직한 삶을 위해서 우리는 보다 참신한 생각, 보다 정확한 지식을 언제나 필요로 한다. 그러나 그러한 우리의 사고나 인식은 언어를 떠나서는 존재할 수 없다. 보다 나은 사고와 세계 인식을 위해서 보다 새로운 언어가 고안되어야 한다. 예술은 그와 같은 언어의 실험적 활동이며 모든 예술 작품은 그중 하나며 그러한 실험의 잠정적 결실이다. 예술 작품이 과학이나 철학적 담론과 분명히 다르면서도 언제나 철학적 즉 관념적일 수밖에 없는 이유가 바로 여기에 있다.

그럼에도 불구하고 예술 작품은 관념적으로만 존재하지 못하고 반드시 감각적으로 즉 미학적으로 존재한다. 관념적으로 그 의미가 명확해졌다고 확신되는 작품인데도 불구하고 그것을 몇 년이고 거실에 걸어놓고 쳐다보거나 같은 곡을 백 번이고 듣거나 하는 데서 즐거움 즉 미학적 쾌감을 느끼는 까닭은 언어로서의 예술 작품이 철학적이거나 그밖의 성질의 관념으로서만 이해될 수 없기 때문이다. 예술 작품은 언어적 가치 즉 관념적 가치가 있는 동시에 감각적 가치 즉 미학적 가치를 떠나서는 존재할 수 없다. 관념적 의미가 없는 예술 작품이란 생각이 자기 모순인 것과 똑같이 미학적 가치가 없는 예술 작품이란 개념도 똑같은 자기 모순을 범한다.

언뜻 보다 모순된 듯한 이런 사실을 어떻게 설명할 수 있는가? 예술 작품에 있어서 그것의 내용 즉 관념적 메시지에 못지않게 혹은 그 이상으로 중요시되는 것은 형식에 있다는 것은 누구나 잘 알고 있다. 예술 작품의 형식이야말로 그것을 다른 것과 구별하는 결정적인 예술성을 구성한다고 막연히나마 알고 있다. 예술에 있어서의 형식은 스타일과 기술성, 즉 솜씨, 섬세성, 내용만이 아니라 표현이나 표상의 형식적 참신성 혹은 독창성 등도 지칭한다. 예술에서 형식과 내용의 대조는 대상으로서 '무엇'과 그것의 표현 양식으로서 '어떻게'의 대조이며, 여기서 '무엇'은 예술 작품의 관념적 측면을 의미하며 '어떻게'는 그런 관념을 표현하기 위해서 사용된 언어적 측면을 지칭함에 지나지 않는다. 그러므로 형식, 스타일, 기술성, 섬세성, 창의성 등이 한 예술 작품의 미학적 속성을 가장 잘 드러낸다는 말은 예술 작품에서의 미학적 가치는 그 작품을 구성하는 언어적 가치에 불과하다는 말이며, 예술 작품에서 경험할 수 있는 미학적 감동이란 언어적 감동이란 말이 된다.

객관적 대상의 인식은 물론 우리의 사고 그리고 의식조차도 언어 없이 불가능하다면 어떤 언어를 갖고 그것을 사용할 수 있느냐에 따라 우리들의 객관적 세계 인식은 물론 사고나 의식 세계까지도 달라질 것이다. 이와 같이 볼 때 한 사람의 언어 세계는 그 사람이 믿고 있는 객관적 세계나 사고 능력과 구별되지 않으며 우리의 창의적 언어의 개발과 세련화는 곧 우리가 살고 있는 객관적 세계의 개발과 우리들의 경험의 세련화를 의미한다. 우리가 보고 느낄 수 있는 세계가 언어에 의해 결정된다면 새로운 언어의 개발은 곧 우리가 세계를 새롭게 경험하게 됐음을 의미하며, 그것은 곧 우리가 과거의 세계로부터 그만큼 해방되고 그만큼 자유를 찾게 됨을 또한 의미한다. 예술 작품이 주는 미학적 기쁨이란 바로 이와 같이 언어가 마련한 해방과 자유의 경험을 지칭함에 지나지 않는다.

과학적 혹은 철학적 논문이나 예술적 작품이 다 같이 넓은 의미에서 언어인데도 불구하고 오로지 후자의 언어만이 미학적 감동을 줄 수 있는 것은 후자의 언어가 기존 언어의 개념 즉 관념으로는 표현할 수 없는 새로운 세계나 경험을 표현하기 이해서 비개념적 즉 억지로 말하자면 감각적 언어 즉 구체적 언어로 표현하고자 하며 그런 차원에서 그 의미가 이해되고자 하기 때문이다. 언어의 의미는 관념적일 수밖에 없는 이상 가능하면 구체적 즉 감각적 언어로 그러한 관념 즉 의미를 전달하려는 의도는 근본적으로 모순이다. 예술의 의도가 관념적인 것을 구체적으로 표상하고 구체적인 세계와 경험을 관념적으로 표현하려는 데 있다면 예술의 의도는 모순이며, 따라서 사르트르의 말대로 즉자(l'en-soi)와 대자(le pour-soi)를 종합하려는 인간의 궁극적 의도도 모순이어서 결국 인간의 모든 노력이 허사로 돌아가듯이 예술의 노력도 궁극적으로는 허사로 돌아간다. 그러나 바로 그러한 이유 때문에 마치 허사로 돌아갈 것을 알면서도 무거운 바위를 어깨에 메고 다시 높은 산정으로 올라가는 시지프스와 같이 예술가들은 부질없음을 알고도 역시 그들의 작품을 끊임없이 계속 창작해 낼 것이며 그렇게 유한한 자신들의 작업에 무한한 삶의 환희를 경험할 것이다. 왜냐하면 예술이야말로 인간 조건을 가장 본질적으로 드러내주는 것이기 때문이다.

예술과 과학[*]
──'하이테크 아트'는 정말 예술인가?

한국과학진흥재단이 '과학과 예술'이란 주제를 걸고 큰 세미나를 마련했다는 사실은 과학과 예술 간의 상호 관계가 21세기의 문턱에 선 오늘날 새삼 중요한 문제로 의식했음을 말해 준다. 예술과 과학의 관계에 대한 문제에는 세 가지 측면이 있다. 첫째, 날로 발전하는 과학 지식과 과학 기술을 어떻게 예술의 향상을 위해서 유용하게 사용할 수 있는가의 기술적 문제이며, 둘째, 보기에 상반되거나 아니면 이질적인 과학과 예술을 어떻게 문화적으로 조화시키느냐의 사회학적 문제가 따르고, 셋째, 앞의 두 문제를 따지기 이전에 예술과 과학이 도대체 개념적으로 양립하고 상호 관계를 맺을 수 있는가의 문제의 논리적 즉 철학적 측면이 있다. 고도의 과학 기술이 사용된 이른바 '하이테크 아트'의 출현으로 각별히 문제되게 된 것은 예술의 본질 혹은 개념 자체이다. 예술의 개념에 혼란이 생겼고 그러한 혼란은 철학적 반성과 해명을 통한 정리를 필요로 하게 됐다.

주최 측의 관심과 의도는 예술과 과학의 관계에 대한 기술적 및 사회학적 측면에 있는 것으로 추측되지만 그러한 문제 접근은 철학적 측면에 대한 문제의 해결을 전제한다. 그러므로 후자에 대한 대

─────────

[*] 이 글은 한국과학진흥재단 주최로 열린 '과학과 예술'이라는 주제의 세미나에서 발표된 것이다.

답이 선행해야 한다. 예술과 과학의 관계가 제기하는 가장 핵심적이고 철학적인 문제는 '예술'이라는 개념 자체이다.

이 강연에서 나는 첫째, 어떻게 해서 예술의 개념이 예술과 과학의 관계에 의해서 새롭게 철학적 문제로 제기되는가를 살피고, 둘째, 예술과 미의 관계에 관한 검토를 근거로 예술성과 심미성을 동일시하는 널리 퍼진 예술관을 비판적으로 검토하고, 셋째, 예술에 대한 새로운 관점을 제안한 끝에, 결론적으로 위와 같은 예술의 개념적 이해에 비추어 예술과 과학 일반 간의 관계를 어떻게 풀어야 하며, 더 나아가 각별히 '하이테크 아트'를 어떻게 대할 것인가를 검토하기로 한다.

1 예술과 과학의 철학적 문제

a) 예술과 과학의 관계가 제시하는 문제의 철학적 성격은 이 두 가지 문화 현상 간의 관계가 백남준이 제작한 TV 세트로 된 비디오 아트로 상징되는 이른바 하이테크 아트의 등장과 더불어 비로소 제기됐다는 사실에서 그 실마리를 찾을 수 있다. 그러나 과학과 과학 기술을 넓은 의미로 해석할 때 예술과 과학의 관계는 그것들이 존재했을 때부터 언제나 그리고 어디서나 있어왔던 것이지 전자공학으로 대표되는 오늘의 하이테크의 생산에서 비롯된 것이 아니다.

'과학' 즉 '앎'이라는 말은 흔히 지식과 기술을 함께 뜻한다. 이 두 가지 뜻에서 과학과 예술은 그것들이 존재하기 시작할 때부터 뗄 수 없는 상호 관계 즉 상호 영향이 있었다는 것을 예술사와 과학사를 잠깐이라도 반성해 보면 금방 알 수 있다. 먼저 과학이 예술에 준 영향을 생각할 수 있다. 기술적 앎과 생산품으로서의 과학은 예술과 떠날 수 없는 관계를 갖는다. 예술은 반드시 어떤 표현 매체나 도구 없이는 존재할 수 없기 때문이다. 가장 원초적 그림의 하나인 라스코 동굴의 그림들은 그런 것을 그릴 수 있는 물감을 만드는 기술을 떠나서는 존재할 수 없었으며, 고도의 과학 기술을 요하는 악기들이 없었던들 오늘날 즐길 수 있는 교향악은 불가능했을 것이다. 영화 예술은 과학적 기술이 없었던들 그것의 존재조차 상상할 수 없다. 피카소, 스미스 같은 예술가들의 대형 철제 조각품은 원초적인 수준에서 과학 기술 없이는 불가능했으며, 칼더의 '모빌'이라 불리는 조각품들은 그의 엔지니어로서의 교육 배경이나 과학 기술에 의한 생산품을 떠나서는 존재할 수 없었으며, 백남준의 비디오 예술품들은 비디오라는 과학 기술에 전적으로 의존하고 있다. 이러한 비디오 아트, 컴퓨터 아트, 설치 아트 등의 이른바 하이테크 아트들은 과학 기술이 예술에 미치는 가장 최신의 예이다.

과학은 기술로서만이 아니라 그냥 지식으로서도 예술에 영향을 미쳐왔다. 르네상스의 그림에서 처음으로 사용된 원근법은 그 당시의 망원경의 발명과 더불어 발견된 원근법의 과학적 이론을 전제하며, 졸라가 예술에서의 이른바 '자연주의'를 제창하며 과학자가 실험하듯 '실험소설'을 썼던 것은 당시의 세계관을 지배하기 시작했던 과학적 사상 때문이다. 달리, 클레, 미로 그리고 샤갈 등의 미술 작품들은 프로이트의 정신 분석학에서 결정적 영감을 받았음에 틀림없다.

예술과 과학의 관계는 일방적이지 않다. 과학이 예술에 영향을 미치는 것과 마찬가지로 예술이 과학에 미치는 영향의 경우도 들 수 있다. J. 베른이나 H. G. 웰스의 공상적 과학소설이 당시의 과학 지식에 영감을 얻은 것임은 의심할 바 없지만 오늘날 현실화된 수많은 인공 위성 발사나 한때 미국에서 추진되었던 '스타워즈 프로젝트'는 위와 같은 소설가들의 예술적 상상력에 적지 않은 영향을 받았음에 틀림없다. 과학적 지식과 기술이 실증적인 것에 바탕을 두고 있다지만 그러한 것들의 발전은 예술가에 못지않은 상상력을 반드시 전제한다. 예술과 과학의 깊은 관계는 다빈치가 뛰어난 과학자이자 엔지니어이면서도 위대한 화가였던 사실에서 가장 두드러지게 드러난다.

b) 예술과 과학의 관계가 제기하는 철학적 문제의 성격은 예술과 과학 사이에 위와 같은 인과적 관계가 언제나 있어왔음에도 불구하고 그것들 간의 관계에 대한 반성과 문제는 하이테크 아트가 출현하게 된 오늘에서야 제기된 사실에 주목하고 그런 점을 분석함으로써 보다 잘 밝혀질 수 있다.

가령 주로 TV 세트로 구성된 백(白)씨 류의 이른바 하이테크 아트를 미술관이나 그 밖의 전시장이나 책을 통해서 처음 접하는 일반인이나 철학자들은 당혹한 충격을 피할 수 없다. 우선 예술은 아름다움과 뗄 수 없다는 것이 어느 경우에도 부정할 수 없는 일반적 관념이다. 아무리 포스트모더니즘적인 현대 전위 예술의 풍토에서 미학적 정서를 길러 온 하이테크 아트라도 심미적으로 저항감을 일으키기는 마찬가지이다. 이런 정서적 차원을 떠나서 TV 세트라는 과학 기술 제품에 하이테크 아트라는 명목을 부여한 것으로는 그런 물건들이 예술로서 불리는 사실이 쉽게 납득되지 않는다. 하이테크 아트는 개념적 혼돈을 야기한다는 말이다.

여기서 우리가 이른바 하이테크 아트를 문제시하는 이유는 최근에 나타난 다양한 하이테크 아트가 예술 작품에 대한 기존의 관념과 언뜻 맞지 않기 때문이다. 하이테크 아트는 문자 그대로 첨단 과학과 예술의 밀접한 공생·접목 및 통합의 구체적 예가 된다. 앞서 보았듯이 예술과 과학은 과거에도 언제나 서로 인과적 관계가 있었으며 두 분야가 공존하며 통할 수 있었다. 하이테크 아트가 나타나기 전까지 당시 전위적 예술이었던 초현실주의의 예술, 큐비즘, 추상화, 칼더의 모빌 조작들이 그때마다 적지 않은 충격을 주었던 것은 사실이나 예술과 과학의 관계에 대한 철학적 문제는 물론 기술적이거나 사회적인 문제로도 의식되지 않았다.

그 이유는 이런 종류의 전위 예술 작품들이 우리가 다 같이 오랫동안 갖고 있었던 예술에 대한 관념과 날카롭게 배치되지 않게 보였던 데 있다. 그러나 하이테크 아트는 우리가 알고 있는 예술의 범주 속에 묶어놓기에는 너무나 배치되는 것으로 보인다. 왜냐하면 암암리에 갖고 있던 일반적 관념으로나 플라톤 이래 전해 내려오고 있는 예술과 과학에 대한 각각의 지배적 이론에 의하면 각기 그것들은 서로 상충하는 것으로 생각되기 때문이다.

하이테크 아트에서 받는 정서적 충격과 개념적 혼돈을 일단 겪고 냉정한 정신을 되찾았을 때 우리는 서로 다른 두 가지 태도를 취하고 행동을 할 수 있다. 첫째 이른바 하이테크 아트가 우리들이 이미 오래전부터 굳게 믿고 있는 예술에 대한 관념에 상충되는 한에서 하이테크 아트를 예술이 아니라고 처음부터 문제 삼지 않을 수 있다. 그러나 예술 작품은 우리들의 주관적 결정에 달려 있지 않다. 이제 백씨 류의 하이테크 아트라는 TV 세트가 미술 전람회나 미술관에 전시되고 예술 비평가들의 화제가 되며 적지 않은 사람들한테 예술로서 평가받고 있기 때문이다.

이러한 사실을 인정한다고 해서 우리들이 갖고 있는 종래의 예술관을 포기하고 하이테크 아트를 예술로서 꼭 수용해야 한다는 말은 아니다. 비록 얼마 전부터 일부 '예술가' 혹은 '예술 비평가'라는 이들이 하이테크 아트를 예술이라 불러도 그러한 입장은 잘못된 유행으로 보고, 따라서 하이테크 아트를 예술이 아니라고 끝까지 거부할 수 있다. 설사 결론적으로 위와 같은 입장을 취하게 되더라도, 하이테크 아트의 출현은 '예술이 무엇이냐?'라는 문제를 새삼 제기하고 '예술'이라는 개념을 재검토할 것을 요구한다. 예술의 개념이 정확히

정리되지 않은 상황에서 예술과 과학의 관계에 대해 논의한다는 것
은 무의미하다.

2 예술과 미

예술이란 무엇인가? 이에 대한 대답은 예술을 과학과 대조하고
비교함으로써 보다 쉽게 얻어질 듯싶다. 오랫동안의 흔들릴 수 없는
일반인의 상식적 신념의 하나는 예술과 과학이 상보적으로 공존할
수 있기는커녕 서로 배치된다는 것이다. TV 세트는 분명히 고도의
과학 기술을 상징한다. 그러나 우리는 과학이 예술과 배타적 관계에
있으며 따라서 과학의 발달과 과학적 세계관의 도입은 그만큼 예술
가를 소외시키고 예술의 가치를 축소시키거나 아니면 파괴한다고
오랫동안 믿어왔다. 과학적 세계관과 과학 기술은 예술이 추구하는
자연과 인간의 신비와 그 아름다움을 망친다고 확신했기 때문이다.
　예술과 과학의 위와 같은 상식적이며 보편적 신념은 적지 않은 낭
만주의적 시인 및 그 밖의 예술가들에게 과학에 대한 거센 거부감과
맹렬한 반발 그리고 저주와 20세기 영미 철학을 지배해 온 논리실증
주의 철학적 이론으로 굳어진다. 한편으로 낭만적 시인들은 과학이
예술에 이바지할 수 있기는커녕 그것들은 서로 상충되고 더 나아가
서는 예술이 추구하는 '미'를 파괴한다는 것을 의심치 않았다. 또한
그렇게 확신했기 때문에 과학을 저주했다. 왜냐하면 예술이 추구하
는 '미'가 과학에 의해서 부정되거나 파괴된다고 믿었기 때문이다.
　그것은 첫째 전통적으로 각기 예술과 미의 개념이 흔히 혼돈되어
온 데 있다. 예술은 미, 즉 아름다운 것과 흔히 동일시되어 예술 작
품은 곧 아름다운 것으로 생각하는 수가 많다.
　그러나 이런 생각이 틀렸다는 것은 쉽게 알 수 있다. '미'라는 말

이 무엇인가의 감각적 속성을 지칭한다는 것을 막연히 알고 있더라도 도대체 그 속성이 어떤 것인가를 결정하기는 거의 불가능하다. 똑같은 물건이나 현상 또는 감각체도 그것을 보는 사람에 따라 아름답게 보이는가 하면 그와는 정반대로 느껴지는 경우가 허다하기 때문이다. 그렇다면 어떤 것이 예술이냐 아니냐는 것은 '아름다움'의 척도로 규정할 수 없다. 백보를 양보하여 이런 문제 없이 '미'가 무엇인가를 객관적으로 규정할 수 있고 또한 사실 많은 예술 작품이 '아름답다'고 말할 수 있더라도 그러한 미가 예술 작품들 특히 20세기 이후의 작품들 가운데 적지 않은 것들은 통상적 의미로 볼 때 결코 아름답지 않다. 그것들은 오히려 '추하거나' 혹은 '끔찍하게' 보일 때가 많다. 그런가 하면 우리를 황홀케 할 만큼 '아름다움'에는 틀림없지만 허다한 자연현상이나 공산품들은 분명히 예술 작품에 소속되지 않는다. 자연은 물론 인공품 가운데에 우리들의 미적 감각을 즐겁게 해주는 것은 얼마든지 많다. 이러한 사실들은 예술과 '미'가 동일한 것일 수 없음을 분명히 보여주는 예이다.

예술과 과학이 상충된다고 믿어졌던 둘째 이유로 '미'가 흔히 자연적인 것, 막연한 것, 신비로운 것과 깊이 관계되는 반면 지적인 것, 논리적인 것, 기계적인 것과 배치된다는 생각을 들 수 있다. 그래서 자연, 특히 신기하고 묘한 자연은 흔히 예술적 표현의 대상이 되어왔다. 이는 낭만주의 예술에서 더욱 그러했다. 아울러 기계적인 것, 정확한 것은 미적 속성과 배치되는 것으로 여겨져 왔다. 이것은 동양에서 더욱더 그러했다. 예술가들의 생활이 불규칙적이거나 무질서하고, 그들의 성격이 흔히 기이한 것도 미 그리고 예술에 대한 위와 같은 생각 때문인 것으로 볼 수 있다.

그러나 서양의 전통적인 그림의 핵심 주제는 자연이 아니라 인물이었고, 17세기 프랑스의 정원은 기하학적 질서 속에서 미를 찾을 수 있었다. 브라크나 피카소 그리고 F. 레저 등의 이른바 큐비즘 예술 작품은 기하학적 구성과 기계 같은 과학 기술적 제품이 심심치 않게 등장한다. 그러면서도 그것들은 위대한 작품으로 '아름다운' 것으로 흔히 묘사된다.

예술과 과학을 대립적으로 생각하게 된 마지막 셋째 이유는 예술과 과학의 기능을 각기 잘못 이해했던 데 있다. 과학의 기능이 철학적 기능과 마찬가지로 인식적인 데 반해 예술의 기능은 정서적이라는 것이다. 과학의 목적이 모든 경험 대상을 객관적으로 표상하는 데 있는 데 반해서 예술의 기능은 인간의 감정을 주관적으로 표현함에 있다는 것이다. 이러한 생각은 이미 플라톤의 예술관에서 형이상학적 전제로 되어 있고, 20세기 영미 철학의 방향을 결정지어 주었던 논리실증주의에 의해서 철학적 분석의 뒷받침을 받는다. 플라톤이 자신이 구상한 유토피아 '공화국'에서 시인들을 추방하려 했던 이유가 여기 있었으며, 논리실증주의적 분석철학자들이 예술 철학에 거의 무관심했거나, 비록 관심을 갖는 경우일지라도 이른바 '예술과 관련된 개념 분석'이라는 메타 담론에 그치고 예술에 있어서의 규범 등의 추구를 포기했던 이유도 바로 여기에 있다.

그러나 오늘날 플라톤의 형이상학을 그대로 믿는 이는 없으며 논리실증주의적 예술 및 과학의 각기 기능에 대한 이론의 밑바닥에 깔려 있는 철학적 전제, 즉 서술적 언어와 표현적 언어의 엄격한 구별, 언어의 인식적 의미와 정감적 의미의 투명한 구분을 아직까지도 문자 그대로 추종하는 철학자는 이제 거의 찾아볼 수 없다.

이러한 사실은 지금까지 깊고 널리 퍼져 있는 생각이었음에도 불구하고 예술과 과학의 관계가 배타적이 아니라 공존과 보완일 수 있음을 시사한다.

3 패러다임으로서 예술 작품

a) 아무한테도 그것이 예술 작품이 아니라는 의심을 전혀 받지 않을 제품뿐만 아니라 자연적 물건 내지 행동이나 현상들도 있을 수 있다. 그러나 똑같은 것을 앞에 놓고 어떤 이는 그것을 '예술'로 분류하는가 하면 다른 이는 그렇게 하기를 거절하는 경우가 있다. 이런 일은 문화를 달리하는 사람들 간에, 똑같은 문화 안에서도 교육의 배경을 달리하는 이들 간에, 같은 정도의 교육적 배경을 갖고도 시대를 달리하는 사람들 간에 그리고 때로는 같은 한 사람한테도 똑같은 제품이나 물건이 사건이나 현상과 관련한 관점에 따라 예술처럼 생각되기도 하고 그렇지 않은 것처럼 생각될 때가 있기도 하다. 이것은 다음과 같은 사실을 말해 준다. 즉 어떤 것이 예술 작품이냐 아니냐는 것은 그것이 관찰 즉 지각될 수 있는 물리적 속성에 의해서가 아니고 육안으로 볼 수 없는 그것의 역사적, 사회적 배경과 그것의 존재 과정과 아울러 그것을 관찰 내지 지각하는 이의 이론적 배경 즉 관념 체계에 의해서 상대적으로 결정된다는 사실이다. 지각이 의식에 기계적으로 반영된 감각 대상이 아니라 이미 이론 적제적이라면 사물이나 사건의 분류는 더욱 이론·이념 적제적이라고 말할 수 있다.

어떤 것을 예술 작품으로 보느냐 그렇지 않느냐가 문화적, 역사적, 개인적 그리고 이념적으로 결정된다는 말은 예술의 정의가 관점에 따라 상대적임을 뜻한다. 그러나 이러한 상대성은 모든 관점이 다 같이 평등하게 옳다는 말은 아니다. 여러 관점들의 밑바닥에는 똑같은 더 근본적 관점이 깔려 있을 수 있다. 그렇지 않다면 그중 오직 한 관점만이 옳고 다른 관점이 잘못될 수도 있다. 앞서 봤듯이 예술을 '미'로 규정하는 관점이 오랫동안 보편적으로 수용되고 있었더라도 그러한 관점은 잘못이었다. 우리의 의도는 아직도 가장 적절하고 보편적인 관점 즉 예술에 대한 객관적 정의를 내려보자는 데 있다.

예술과 미의 구별을 지각으로만 구별할 수 없는 이상 우리가 바랄 수 있는 예술의 정의는 실제적 즉 물리적인 것이 아니라 기능적인 것일 수밖에 없다. 어떤 돌조각이 신성한 것인가 아닌가는 그냥 봐서 구별되지 않는다. 보기에 똑같은 두 개의 돌조각 가운데 하나는 부처님의 기능을 하는가 하면 다른 돌조각은 그냥 하나의 여느 돌조각일 뿐이다. 같은 논리로 어떤 것이 '예술품'이라면 그 이유는 그것이 '예술로서의' 기능을 한다고 전제하기 때문이다.

b) 한 사물이나 현상 혹은 사건은 어떤 특정한 기능을 그 속에 내재적으로 즉 본질적, 실재적으로 가질 수 있다. 독물(毒物)은 독을 주는 물리적 기능을 그 자체 속에 갖고 있다. 그러나 어떤 것의 기능은 내재적인 것이 아니라 사람 혹은 제도나 약속에 의해서 외부로부터 부여되기도 한다. 두 개의 막대를 엮을 때 생기는 십자가는 군불을 때는 데 사용될 수도 있지만 그것이 예수의 수난, 더 나아가서 기독교를 상징하는 성스러운 기능을 한다면 그러한 기능은 어떤 체제 내에서 부여된 기능이다. 마찬가지로 칫솔은 가려운 등을 긁거나 구두를 닦는 데 적절히 사용될 수 있지만, 그것은 그것을 제작하고 판매한 사람들의 의도에 의해서 '이 닦는' 기능이 부여되어 있다.

눈으로는 구별될 수 없는 경우에도 어떤 것이 예술로서 다른 것과 구별되고 있다면, 그러한 구별은 예술이 가졌다고 전제된 어떤 기능 때문일 것이다. 그러한 기능을 지각적 대상으로서의 예술품 속에서 내재적으로 찾을 수 없다면 그러한 기능은 문화적 제도에 의해서 사회적으로 부여된 것임에 틀림없다. 칫솔이라는 물건에는 '이 닦는' 기능이 제작자에 의해서 부여됐듯이 '예술'이라는 물건에는

'예술적' 기능이 부여된 것으로 볼 수 있다. 뒤집어 말해서 예술이란 문화적으로 '예술적'이라고 부를 수 있는 특수한 기능이 부여된 모든 것을 지칭한다. 문화는 일종의 제도이다. 따라서 예술 작품은 제도적 물건이다. 이와 같이 볼 때 다른 것들로부터 예술 작품을 구별할 수 있다는 것은 예술이 수용되는 제도를 안다는 말이며, 예술이라는 제도적 작품을 안다는 것은 '예술적' 기능이 무엇을 뜻하는가에 대한 앎을 의미한다.

c) 예술적 기능 즉 예술이라고 불리는 것들에 부여된 고유한 기능은 과학에 부여된 기능과 비교 혹은 대조함으로써 보다 잘 도출된다. 대체로 플라톤에서 논리실증주의자들에 이르기까지 과학과 예술의 차이는 이성과 감정, 인식적 기능과 표현적 기능, 서술적 객관성과 표현적 주관성의 차이로 줄곧 이해되어 왔다. 이런 관점에 근거해서 플라톤은 자신의 이상적 사회인 『공화국』에서 시인들을 추방해야 한다고 믿었던 것이며, 논리실증주의자들은 이른바 메타 언어 분석을 근거로 그 진위를 논할 수 있는 인지 언어 즉 명제와 논리적으로 진위가 거론될 수 없는 감정 언어 즉 사이비 명제를 구별하고, 과학이 전자와 같은 명제에 비유된다고 보았다.

예술과 과학의 관계를 이렇게 볼 때 그것들의 관계는 상충되며 따라서 공존할 수 없다. 과학이 예술에 침입하면 그만큼 예술은 그것의 예술성을 잃게 되며, 역으로 예술적 요소가 과학에 첨부될 때 과학의 과학성은 그만큼 상실된다는 결론이 나온다. 과학적 사고방식, 자연현상의 과학적 설명 및 산업 혁명으로 구체화되기 시작한 과학 기술의 위력에 낭만주의적 시인과 그 밖의 예술가들이 크게 반발한 이유도 예술과 과학의 차이에 대한 바로 위와 같은 생각에 근거를 둔다.

그러나 예술과 과학의 차이에 대한 위와 같은 전통적 생각은 이런 전통에 못지않게 꾸준히 내려오고 있는 또 하나의 전통적 생각과 충돌한다. 후자의 전통에 따르면 예술은 단순히 감정을 배설하는 기능을 맡기는커녕, 과학처럼, 아니 과학 이상의 지적 기능을 맡는다. 예술가들 일반, 특히 낭만주의적 예술가들의 대부분은 과학자는 물론 철학자조차 도달할 수 없는 물리 현상의 본질을 파악하고 있는 자들이며, 따라서 예술은 과학이 미칠 수 없는 진리, 보통 언어로 기술할 수 없는 진리를 표상해 준다는 것이다. 요컨대 예술의 근본적 기능은 과학적 기능처럼 인지적인 것이라는 말이다.

예술의 인지적 기능을 낭만적 시인들처럼 과장해서 신비화하지는 않더라도 예술의 의도가 단순히 감정의 배설에 있지 않고 중요한 의미에서 인지적 기능을 맡고 있으며, 예술가의 근본적 의도는 그것을 어떤 매체로 표현하든 어떤 종류인가의 진리와 관계된다는 것만은 부정할 수 없는 사실이다. 이러한 사실은 예술가 스스로의 말을 직접 듣지 않더라도 그의 일기나 그 밖의 기록에 나타난 것들을 읽거나 혹은 예술가들의 창작 과정을 관찰하고 분석해 보면 충분히 납득할 것이다. 이러한 사실을 인정한다면 예술은 과학과 배타적 관계를 갖고 있지 않고 과학과는 다르지만 역시 과학과 마찬가지로 어떤 종류인가의 진리를 추구하는 작업이며 예술 작품은 바로 그러한 노력의 결실임을 인정해야 한다. 이런 의미에서 예술이 과학과 나란히 일종의 인식 체계라고 고독하게 그러나 꾸준히 주장해 온 N. 굿맨[2]은 옳다. 논리실증주의자들에 의해서 오랫동안 철학적 관심을 잃었던 예술이 지난 몇 십 년 이래 다시금 중요한 철학적 관심을 끌게 된 주요한 이유도 굿맨의 이론에 크게 힘입은 것으로 추측된다.

---

2) Nelson Goodman, *Ways of Worldmaking*(Indianapolis : Hackett Publishing Co., 1978) 및 Nelson Goodman, *Of Mind and Other Matters*(Havard Univ. Press, 1984) 참조.

굿맨식의 이론을 따라 예술이 과학과 똑같은 의미에서 인지적이라면 그러한 두 인지 양식 간의 우열을 결정하는 문제가 생긴다. 그럴 경우 예술적 인지 양식은 과학적 인지 양식에 비추어 원시적이라는 대답이 나올 수 있다. 사실 적지 않은 사람들은 막연하나마 그러한 생각을 하는 것으로 추측된다. 그렇다면 과학은 예술을 완전히 대치하게 될 것이다. 언뜻 보기에 오늘날 예술이 차지하는 문화적 비중은 과학이 차지하는 중요성에 비해 상대적으로 크게 축소되고 있는 현실이다. 그럼에도 불구하고 예술적 활동은 어느 곳에서나 아직도 왕성하다. 하이테크 아트의 출현은 예술이 과학과 상충하거나 경쟁함이 없이 공존은 물론 과학과 더불어 과학을 바탕으로 더욱 활발할 수 있음을 입증한다.

이처럼 예술이 과학과 갈등 없는 또 하나의 인지 양식으로 존재할 수 있는 이유는 예술가 일반 특히 낭만파 시인과 음악가 또는 화가들이 흔히 믿어왔듯이 예술가들은 과학자들의 능력으로는 볼 수도 표상할 수도 없는 진리를 발견하고 표상할 수 있다는 데 있다. 그러나 약간만이라도 반성해 보면 어떤 의미에서 하나의 서정시나 하나의 허구인 소설이나, 피카소의 그림이나 뒤샹의 「샘」이란 제목이 붙은 하나의 변기나 스트라빈스키의 「봄의 제전」이란 음악이 도대체 무엇에 대해서 무슨 진리 즉 정보를 제공해 준다고 봐야 하는가의 문제가 생긴다. 진리라고 생각되는 우리의 지식은 우리들의 행동을 결정하는 가장 결정적 근거의 하나이다. 그러나 과연 어떤 의미에서 예술 작품이 우리들의 구체적 행동의 근거가 될 수 있는지 전혀 알 수 없다. 따라서 예술이 일종의 인지 양식이라 해도 예술적 인지는 과학적 인지의 경우와 그 의미가 전혀 다를 수밖에 없다. 이와 같이 볼 때 이미 필자가 오래전부터 여러 차례 주장했던 것처럼 예술적 인지 기능을 과학적 인지 기능과 동일한 지평에서 보는 굿맨의 예술적 기능에 대한 견해는 다소 수정되어야 한다.

지각을 비롯한 모든 인식은 반드시 어떤 종류인가의 틀 혹은 모델에 비유할 수 있고 '범례'라는 말로 번역할 수 있는 '패러다임'이라는 것을 전제한다. 여기서 말하는 패러다임은 칸트가 말하는 선험적 오성의 범주에 비유할 수도 있고, 이른바 '개념적 도식(conceptual scheme)'으로 볼 수 있고, 경우에 따라 '이론' 혹은 '이념' 혹은 '세계관'을 의미할 수도 있다. 따라서 이런 뜻으로의 패러다임이 달라짐에 따라 똑같은 인식 대상은 달리 보일 것이다. 지식 또는 진리는 원래 보편적이며 객관적이란 의미를 내재하고 있는 이상 어떠한 경우에도 달라질 수 없는 지각과 신념만이 지식이요 진리일 수 있다. 그러나 이러한 인식은 모든 사람이 같은 패러다임을 가졌을 때만 가능하다. 이른바 과학적 지식이 가장 설득력을 갖는 이유는 그것이 모두가, 하버마스의 합리성의 이론에 따르자면, '합의에 의해' 공동적으로 수용하고 있는 패러다임에 근거하고 있기 때문이다.

지각 또는 진리가 패러다임 의존적이라면, 혁명적으로 새로운 지각 또는 진리는 새로운 패러다임을 채택함으로써만 가능하다. 이러한 사실은 순수한 과학적 지식 내부에서도 일어난다는 것을 T. 쿤은 이미 오래전에 '정상 과학'과 '비정상 과학'을 구별함으로써 설득력 있게 주장했다. 하나의 인식적 패러다임은 그러한 인식 공동체의 구성원들에 의해서 전체적으로 수용될 때 비로소 '정상적'인 것으로 되고 그전까지는 '비정상적'으로 남아 있을 수밖에 없다. 또한 모든 지식 또는 진리는 그것의 패러다임이 '정상적'인 것으로 전제됐을 때에야 비로소 그 의미를 갖는다. 달리 말해서 한 인식의 패러다임이 '비정상적'인 경우 그러한 패러다임하에서는 지식 또는 진리라는 말은 전혀 의미를 가질 수 없다.

예술적 의도는 언제나 새로운 지각적 또는 그 밖의 인지적 패러다임을 창조해 내는 데 있으며, 모든 예술 작품은 각기 그 하나 하나가 새로운 인지적 패러다임이 되고자 한다. 따라서 예술이 보여주는 것은 객관적 사물 현상에 대한 진리의 표상 즉 서술에 있지 않고 그러한 것을 새롭게 볼 수 있는 새로운 틀, 관점, 테두리로서 제안된 즉 잠정적, '비정상적' 패러다임 자체에 불과하다. 이와 같이 볼 때 예술은 지식 또는 진리 발견 등의 인지적 기능과는 전혀 달라서 사물 현상에 대한 정보 즉 지식을 제공하지 못한다. 예술이 보이는 세계는 과학이 보이는 객관적 사실로서의 세계가 아니라 하나의 '가설적' 혹은 '잠정적으로 생각해 볼 수 있는' 허구적 존재이거나 세계이다. 이러한 예술적 기능을 통해서 우리는 낡은 패러다임을 반성해 보고 그것의 적절성을 재평가하고, 그것이 억압적으로 의식됐을 경우 그것으로부터 우리 자신을 해방하면서 사물 현상과 세계에 대한 새로운 진리를 부단히 발견할 수 있다. 이런 점에서 예술은 인간의 삶에 있어서 가장 근본적이고 혁명적이며 해방적 기능을 담당하고 그런 의미에서 자유라는 형태로 표현되는 인간의 초월성을 가장 잘 구현한다.[3]

여기서 결론을 간추려 맺어보자. 우리의 초점적 문제는 예술과 과학의 관계, 더 구체적으로 말하자면 소위 하이테크 아트를 어떻게 바라보아야 하는가에 있다. 예술은 미적 감각의 충족과 뗄 수 없지만 예술적인 것과 미적인 것을 혼돈해서는 안 된다. 예술도 과학과 마찬가지로 인식적인 기능을 갖고 있다. 그러나 과학과는 달리 예술의 인식적인 기능은 언제나 간접적이다. 과학이 새로운 정보를 제공한다면, 예술은 과학이 보다 새로운 정보를 제공할 수 있는 새로운 틀 즉 새로운 인식적 패러다임을 제안한다.

---

3) 필자는 이 문제에 대해 오래전부터 여러 차례 여러 기회에 걸쳐 책,『예술 철학』(문학과지성사, 1983) ; 논문 "The function of Fiction," in *Philosophy and Phenomenological Research*(Providence, R.I. March, 1982) ; "The Modality of Artwork," in *Contemporary Philosophy*(Boulder, Oct. 1986) ;「철학적 허구와 문학적 진실 : 텍스트 양상론」, ≪외국문학≫(1983년 가을호) 등에서 예술 작품의 새로운 정의와 예술 작품과 비예술적 사물들과 분류에 대해 보다 구체적 예를 들어 언급했다.

그렇다면 하이테크 아트는 정말 예술 작품인가? 이에 대한 대답은 예술사 및 예술계를 떠나서 찾을 수 없다. 그냥 눈으로 보든가 귀로 들어서 TV 세트나 컴퓨터 혹은 그 밖의 첨단 기술적 공산품이 예술 작품이다 아니다를 결정할 수 없다는 말이다. 첨단 공산품만 아니라 어떠한 물건도 마찬가지다. 백남준의 예술이라고 불리는 TV 세트는 전자 상가에 진열된 TV 세트와 눈으로 보아 전혀 다를 바 없고, 뒤샹의 유명한 예술 작품으로 알려진 「샘」이라는 변기는 건축 자재 상점이나 모든 화장실에 붙어 있는 변기와 전혀 구별되지 않는다. 그럼에도 불구하고 그중 하나는 예술 작품이고 다른 것은 그렇지 않은 이유는 그것이 새로운 하나의 지각적, 더 일반적으로 말해서 인식적 패러다임으로 의도된 것이냐 아니냐에 달려 있으며 아울러 제작자의 의도와 상관없이 우리가 그와 같이 그것을 볼 수 있느냐 아니냐에 달려 있다.

어떤 것이 그 제작자의 의도와 감상자의 관점에 의해 결정된다 해서 누구나 무엇이고 마음대로 예술로 보고 따라서 그것을 예술 작품으로 만들 수 있다는 것은 아니다. 그러한 가능성과 권위는 여기서 설명하기에는 너무나 복잡한 절차가 요구되지만, 그것은 G. 디키와 A. 단토가 주장하고 설명했듯이, 한 문화권 내에 존재하는 일종의 불문율로서의 '제도(institution)'의 테두리 안에서만 이해되고 가능하다.[4]

하이테크 아트는 예술인가? 아직도 전문가를 포함한 많은 사람들은 그것을 '예술'로 부르기를 거절할 것이다. 예술사를 통해서 혁명적인 표현 양식이 나올 때마다 그러한 반응은 언제나 볼 수 있었다. 그러나 예술로서 거절당한 것들은 어느덧 중요한 예술 작품으로 남

---

4) George Dickie, *Art and Aesthetics : An institutional Analysis*(Cornell Univ. Press, 1974) 및 **Arthur Danto**, *The Transfiguration of the Commonplace*(Havard Univ. Press, 1981) 참조.

게 되곤 해왔다. 아직 확실치는 않지만 어쩌면 하이테크 아트의 운명도 같은 과정을 밟게 되는 것이 아닌가 싶다.

어떤 것을 '예술'로 분류한다고 해서 그것이 예술 작품으로서 가치가 있다는 말은 결코 아니다. 어떤 사물을 분류하는 문제와 그것을 평가하는 문제는 전혀 다르다. 예술품 아닌 수많은 자연현상, 사물, 물건, 공산품들이 그것대로의 가치만이 아니라 미적 가치를 갖지만 그것들은 예술에 소속되지 않으며, 역으로 허다하게 많은 '예술 작품'들은 예술 본래의 인지적 가치는커녕 미적 가치도 전혀 없는 '쓰레기'일 수도 있다. 하이테크 아트라는 물건 혹은 해프닝을 놓고도 똑같은 얘기가 오갈 수 있다.

예술적 경험

　예술 작품은 그 종류를 막론하고 그것을 대하는 의식에게 예술적 경험(aesthetic experience)을 자아내기 위해 의식적으로 만든 물체다. 하지만 예술적 경험은 그런 경험을 위해 비단 의식적으로 만든 예술 작품에서만 얻어지는 경험이 아니라, 예술을 목적으로 하지 않고 실용을 목적으로 해서 만든 모든 제작품, 나아가서는 자연물 속에서도 얻을 수 있는 경험이다.

　자연물은 물론, 실용을 위해 만든 제작품, 그리고 예술품까지도 그 자체가 예술적 경험을 갖고 있는 것이 아니라 그것을 대하는 의식의 태도에 의해서 한 물체는 예술적 경험을 갖게 할 수도 있고 그렇지 않을 수도 있다. 예술은 객관적으로 의식의 어떤 종류의 경험을 떠나서는 있을 수 없다. 누구에게나 예술적 감성은 있고, 예술에의 향수는 그 강하고 약한 정도를 가라지 않고 다 같이 갖고 있다. 아마 인간적인 것은 예술적인 것에서 찾아볼 수 있을 것이다.

　그러나 예술적 경험은 누구나 다 같이 하고 있으면서도, 그것이 어떤 성질의 것이냐 하는 문제에 대해서는 쉬운 답변이 나오기 어렵다. 예술적 경험이 무엇인가를 밝힘으로써 우리는 예술이 무엇이냐 하는 것을 보다 더 잘 이해하게 될 것이요, 나아가서는 인간으로서 우리들이 무엇 혹은 누구인가를 아는 데 도움을 얻게 될 것이다.

의식의 기능은 지성과 감성으로 나누어 생각할 수 있다. 하나의 의식의 대상은 지성에 의해서 의식의 대상이 될 수 있고 감성에 의해서 감동의 대상이 될 수도 있다. 예를 들어 석양은 기상학자에게 지식의 대상으로 나타나고, 시인에게 감동의 대상으로 반영된다. 예술적 경험은 어떤 대상이 지성이 아니라 감성에 의해 반영된 상태를 말한다. 따라서 예술적 경험은 보통 말하는 뜻에서의 지식을 가져오지 않는다. 한 대상이 예술적 경험으로 나타났을 때 우리는 그 경험을 '참이다' 혹은 '거짓이다'라고 말하지 않고, '아름답다', '멋지다' 혹은 '추하다', '보기 좋다'라고 형용한다. 지식의 범주와 예술의 범주는 전혀 다르다.

그러나 문제는 여기에서 끝나지 않는다. 감성에 의한 한 대상은 다시금 두 가지로 나누어지기 때문이다. 냉수에 손을 대면 누구나 차다는 것을 느끼고 맛있는 음식을 먹으면 흐뭇한 느낌을 갖게 된다. 그러나 '차다'는 경험, 혹은 '흐뭇한' 경험은 예술적 경험이 아니다. 가령 다빈치의 「모나리자」를 앞에 놓고 어떤 이는 지나간 첫사랑의 애인을 느낄 수도 있을 것이며, 혹은 그냥 '아름답다'라는 것을 느낄 수도 있을 것이다. 만약 '그냥 아름답게 느끼는' 감성에 의한 경험만이 예술적 경험이라고 말한다면 그것은 어떠한 성질의 것인가? 다시 말해서, 감성에 의한 경험으로서의 예술적 경험의 본질은 어떻게 분석될 수 있을까?

가장 유명한 예술적 경험에 대한 이론은 '무상성(disinterestedness)'이란 개념에서 찾아볼 수 있다. 이 개념은 칸트의 천재적 분석에 의해서 명백히 주장되었다. 칸트에 의하면 어떤 의식이 그 대상을 지성(혹은 오성)으로써가 아니라 감성에 의해서 아무런 이해타산도 없이 경험할 때 그 대상은 예술적으로 경험된다. 한 폭의 명화를 보고 그 그림의 상품가치를 고려에 두면서 관찰할 때 우리는 아무리 명화라 하더라도 그 작품을 예술적으로 경험하지 않는다. 이와 반면에 비단 예술 작품으로 만들어진 물건이 아닌, 하다못해 거리에 굴러다니는 구두짝이나 혹은 희게 덮인 설산을 대하면서 그저 아무런 딴 생각이 없이 그 구두, 그 산의 모습에만 흥미가 끌리고 있을 때 우리는 그것들을 예술적으로 경험하게 되는 것이다.

예술적 경험의 본질로서의 '무상성'은 다름 아니라 '실용성을 떠나서 본 태도'를 의미한다. 언뜻 보기에 경험이 성립하는 데 필요한 의식과 그 대상과의 관계는 극히 단순한 듯하다. 우리는 의식을 마치 완전히 수동적으로 대상을 반영하는 거울처럼 생각하기 쉽다. 그러나 의식의 구조는 그렇게 단순하지 않다. 의식은 대상을 어떤 하나의 대상으로서 능동적으로 구성 혹은 조직함으로써만 그 대상을 인식할 수 있을 뿐 아니라, 그러한 대상은 자동적으로 또는 맹목적으로 인식되지 않고 오히려 인식의 대상을 선택한다. 가령 젊은 아들과 늙은 그의 어머니가 인파에 붐비는 명동 거리를 산책한다고 가정한다. 같은 사람들을 다 같이 관찰의 대상으로 하면서, 젊은 아들의 눈에는 젊고 아름다운 여성만이 눈에 띄었지, 그밖의 늙은 할머니들이나 남자들은 별로 눈에 띄지 않는다. 이와 반면에 늙은 어머니는 그런 젊은 여성들이 눈에 보이지 않고, 오직 살림 거리가 늘어선 상점의 쇼윈도에만 주의가 간다. 다시 말하면 아들과 어머니가 각기 자기대로 의식의 대상을 선택한 셈이다. 조금이라도 생각을 돌이켜보는 사람이면 누구나 위와 같은 사실을 납득하게 될 것이다. 이와 같이 본 의식과 그 대상과의 관계는 "개 눈에는 똥밖에 보이지 않는다." 하는 속담으로 잘 표현되고 있다.

의식의 대상을 선택한다면, 어떤 기준 혹은 동기에 의해서 나는 이것 대신에 저것을, 혹은 저것 대신에 이것을 선택하여 내 인식 대상으로 삼는가? 인간은 대부분이 어떤 목적을 추구하게 마련이다. 따라서 대부분의 우리들의 행위는 이 목적에 의해서 결정되며 일정한 시간과 장소에 있어서 우리들의 모든 주위 환경과 상황은 우리들에게 있어서 우리들의 목적을 충족시키는 수단이나 도구로 보이게 된다. 그러므로 목적이 무엇인가에 따라서 어떤 주위 환경의 여건들은 수단이나 도구로 보이지만, 그밖의 여건들은 그렇지 않게 된다. 바꾸어 말하자면 의식은 대체로 그 대상에 대해서 순수한 경우가 적다. 의식은 그의 목적에 따라 대상을 선택할 뿐 아니라 그 대상도 목적과 관련시켜서 경험한다. 똑같은 대상, 예를 들어 만월도 보는 사람의 관심에 따라 달리 보여지고, 같은 사람한테도 그의 관심이 바뀜에 따라 달리 보인다. 만월은 천문학자에게 그의 천문학 이론의 한 증거로 보일 것이며, 우주항공사에게는 언젠가 올라가서 탐험해야 할 한 장소로 보일 것이며, 밤길을 걷는 농부에게는 그의 길을 밝혀주는 고마운 것으로 나타날 것이다. 그러나 어느 사람에게고 다소의 차는 있을지라도 그저 달의 빛이나 모습 자체에만 관심이 끌리는 경우가 있을 것이다. 이러한 경우 그는 그의 경험의 대상을 그 자신의 목적과 전혀 관련 없이 대하고 있는 것이다. 이때 그에게는 만월이 실용적인 수단이나 도구로서가 아니라 그냥 그 대상 그대로만 나타난 것이다. 만월은 시인에게 아름다운 것, 매혹적인 것, 혹은 신비로운 것으로 보일 때가 있다. 그리고 누구나 정도의 차는 있지만 다소간 순간적이나마 시인이 될 수 있다. 이와 같은 시인의 경험은 무상성의 경험이라고 불리어질 수 있다. 이러한 무상성의 경험이 바로 예술적 경험의 본질을 이룬다고 생각되어 왔다.

프로이트와 사르트르는 각기 퍽 다른 사상가들이지만 어느 의미에서 볼 때 다 같이 칸트와 더불어 무상성을 예술적 경험의 본질로 보고 있다고 여겨진다. 그들에 의하면 '비 혹은 반현실적인' 관점에서 사물이 됐을 때 그 사물은 예술적으로 경험된다.

프로이트에 의하면 인간의 근본적이고 보편적인 욕망은 성적 요소가 들어 있는(libidinal desire) 것인데, 이러한 욕망을 언제든지 당장 충족시킨다는 것은 현실적으로 불가능하다. 왜냐하면 인간이 생명체로 우선 생존해 있으려면 당장의 욕망을 억제하고 더 근본적이고 현실적인 문제, 즉 의식주 그리고 사회 질서를 해결해야 한다. 그렇다고 욕망이 없어진 것은 아니다. 그것은 당분간 억압되고 억제되어 있을 뿐이다. 다시 말하자면 인간은 불행한 상태에 빠지게 마련이다. 이렇게 억압된 욕망, 불행의 요소가 된 욕망을 해결해 줄 어떤 방책이 필연적으로 필요해지게 된다. 예술 작품은 억압된 성적 욕망을 간접적으로, 그리고 가상적으로 만족시킬 필요성의 한 표현이다. 예술가는 충족되지 않고 남은 성적 에너지를 사회에서 공인되고 갈채를 받을 수 있는 창조, 즉 예술적 작품을 만들어냄으로써 소비 충족시키는 것이다. 그리고 예술가가 못 되는 사람은 예술가가 만든 예술 작품을 통해서 오직 상상 속에서만 간접적으로 예술가와 동일한 욕망을 만족시키고자 한다. 이러한 만족 경험이 바로 예술적 경험의 골자를 이루고 있다. 여기서 예술을 통한 성적 만족이 실제로 성 행위를 통해서 얻어지는 만족과는 반대로 완전히 허구적인 것, 가짜인 것, 즉 현실적인 것이 아닌 만족임을 두말 할 필요가 없다. 이런 뜻에서 예술적 경험은 '무상적'이다.

　프로이트의 위와 같은 예술적 경험은 언뜻 생각하기에 정곡을 찌른 것 같으나 크나큰 몇 가지 난점을 갖고 있다. 첫째, 억압된 성욕은 비단 허구적 예술 작품이나 그런 작품을 감상함으로써 만족될 수 있을 뿐 아니라 위대한 과학자가 된다든가 정치가, 성자가 됨으로써 똑같이 해결책을 얻을 수 있는 문제다. 그렇다면 예술적 창조에서 얻는 경험과 그 밖의 활동에서 얻는 경험과의 질적 차이를 분간하기 어렵게 된다. 그러나 정치, 과학 또는 스포츠 등에서 얻는 만족감이란 예술 창조나 감상에서 얻는 만족감과는 전혀 성질이 다름은 두말 할 필요도 없다. 둘째, 같은 예술적 경험 가운데서 높고 낮은, 혹은 강하고 약한 경험의 차별을 할 수 없다. 그렇지만 실제로는 한 작품에서 다른 작품들에서보다 더 강하고 높은 예술적 경험을 함이 사실이다. 따라서 올바른 예술적 경험에 대한 이론이라면 그것이 어째서 그러한가를 가려낼 수 있어야 한다.

그렇다면 사르트르의 이론은 어떤 것인가? 사르트르는 방법에 있어서 프로이트와 같이 인간성, 더 정확히 말해서 인간의 근본적 욕망과 결부시켜 예술적 경험의 본질을 규명하고자 한다. 그도 예술적 경험이 근본적으로 무상적이라는 점에서 칸트나 프로이트 등과 같은 사람들의 견해와 일치한다. 그러나 그는 무상성이 무엇을 의미하는가에 대한 해석에서 독창적이다. 사르트르의 예술관은 그의 인간 존재론에 근거를 두고 있다. 인간의 존재 구조는 ‘무(無)로서의 존재인 동시에 존재로서 무’로 분석된다. 이와 같은 패러독시컬한 존재인 인간은 다음과 같이 설명이 된다. 인간의 인간다운 점은 의식을 가졌다는 점이다. 의식은 물질과 같이 공간과 시간 속에 구체적으로, 즉 물질적으로 존재하지 않기 때문에 볼 수도 없고 만질 수도 없지만 그렇다고 순전히 허구적인 존재가 아니라 우리들이 가장 명확히, 그리고 가장 쉽사리 직감할 수 있는 실재하는 존재다. 따라서 의식은 ‘무’로서 존재한다. 그런데 이러한 의식은 수동적으로 정물처럼 존재하지 않고 근본적으로 ‘지향적’이다. 다시 말하면 의식은 언제나 그 자체가 아닌 무엇, 어떤 대상을 향해 지향하려 한다.

이와 같이 ‘지향성’을 가진 의식은 자유로운 존재다. 즉, 의식은 물질과 같이 어떤 자연 법칙에 의해서 결정되지 않고 그러한 물질들을 조직하고 이용하는 자유를 갖고 있다. 자유로서의 의식은 필연적으로 선택을 해야만 할 운명에 처해 있고, 자유와 선택은 책임을 포함한다. 이와 같이 자기 행위에 책임을 져야 하는 의식으로서의 인간이 책임에서 오는 공포감으로부터 도피하고자 하게 됨은 당연하다. 즉, 인간은 자유를 벗어나서 다른 물질과 같은 양식으로 존재하고자 한다. 그러나 만약에 의식으로서의 인간이 동물이나 물체와 똑같이 되는 순간 그는 이미 인간이 아니다. 다시 말하면 그는 인간으로서의 자기를, 즉 자기 자신의 존재를 부정하게 된다. 이와 같은 결과는 완전히 자기 모순이다. 따라서 의식으로서의 인간은 존재하면서도 존재하지 않고 그와 꼭 동시에 존재하지 않으면서 존재하고자 한다. 이와 같은 모순된 욕망이 인간의 궁극적인 욕망이다. 이 욕망은 프로이트의 생물학적인 욕망인 성욕과는 달리 근본적인 존재 구조에 바탕을 두고 있는 존재론적 욕망이다.

사르트르에 의하면 예술적 경험이 항상 일종의 만족감, 즐거움을 가져오는 까닭은 그런 경험에서 순간적이나마 위에서 말한 존재론적 욕망이 다소나마 충족되기 때문이다. 그에 의하면 예술적 경험의 본질은 어떤 대상을 상상적인 실체(réalité comme imaginaire)로 대하는 데서만 생기는 경험이다. 가령 나체의 여인을 대할 때에 성의 대상으로가 아니라, 성의 대상으로 할 수 없는 것으로 대할 때 나는 그 여인을 비로소 예술적으로 보며 아름답다든가 매혹적이라든가 말할 수 있게 된다. 이와 마찬가지로 「햄릿」의 극을 볼 때 무대에 나오는 인물 햄릿이 정말 현실적인 햄릿이 아니라고 믿어지는 한에서 작품 「햄릿」은 예술품으로서 경험된다. 예술 작품은 다름 아니라 위와 같은 상상적 혹은 비실재적인 실체를 의식적으로 만든 것에 지나지 않는다. 실제로 존재하지 아니하는 실재, 즉 상상적 존재야말로 모순된 상태의 존재이며, 이러한 모순된 존재가 바로 의식으로서의 인간이 궁극적으로 원하는 것이다. 따라서 예술적 경험이 다른 어떠한 경험에서도 얻을 수 없는 특별한 만족감, 즉 즐거움을 줌이 이해된다. 그러나 사르트르의 위와 같은 이론은 충분치 않다. 왜냐하면 어떤 예술 작품 혹은 자연물로서의 대상이 다른 작품이나 자연물보다도 더, 혹 덜 예술적 경험을 일으키게 하는 까닭을 설명하지 못하기 때문이다.

플라톤, 아리스토텔레스, 쇼펜하우어, 니체, 크로체 등의 허다한 예술론이 있지만, 지금까지 대충 본 바와 같은 예술적 경험의 무상

성을 좋아하는 이론 다음으로 흥미 있는 이론은 유기론(organic)이라
고 부를 수 있는 견해다. 이에 의하면, 예술적 경험은 무상적 경험
이 아니라 그와는 정반대로 종합적 경험이다. 앞서 지적한 바와 같
이 흔히 우리들의 대상을 관찰할 때 어떤 관점(perspective)에서 바
라보게 되고, 뿐만 아니라 그 대상은 우리가 당시에 갖고 있는 관심
이나 목적 등과 관련지어 경험된다. 다시 말하자면 대부분의 경우
우리들의 대상에 대한 경험은 분산된 것, 단편적인 것으로 귀착되게
마련이다. 다시 말하자면 우리들의 대상에 대한 인식은 다소 정도의
차는 있지만 반드시 추상적으로 되게 마련이다. 예술적 경험은 이와
같이 단편적이고 분산된 추상적인 대상에 대한 인식이 하나의 통일
되고 조합된 주체적인 것으로 피부로부터 체험됐을 때 성립된다. 이
와 같은 예술관은 예를 들어 베르그송에서 이미 비쳐지고, 특히 존
듀이에 의해서 강력히 주장되었다. 하이데거도 이 점에서 같은 입장
에 있다고 볼 수 있다. 이들에 의하면 예술적 경험도 일종의 인식이
다. 예술적 인식이 다른 지각과 다른 것은 이들 지각이 지적인 지
각, 단편적이고 추상적인 지각인 데 반해서 예술적 인식은 직감에
의한 종합적이고 구체적인 인식이기 때문이다. 따라서 예술적 인식
은 지적 인식보다 그 인식의 대상에 더 충실하다. 대상이란 반드시
구체적이고 여러 각도 혹은 관점에서 보여질 수 있는 데 반해 예술
적 인식은 한 대상의 그와 같은 성격보다 가까운 구체적인 인식이
기 때문이다.

　위와 같은 예술론은 오랜 역사를 두고 다른 형태를 갖고서도 되
풀이 주장되고 무상론과 더불어 크게 호응을 얻고 있다. 그러나 이
이론도 만족스럽지 못하다. 왜냐하면 이 이론으로써는 예술적 경험
의 가장 가깝고 강력한 대상인 예술 작품의 존재 의미들, 예술적 창
작에의 강력한 본능을 설명하지 못한다. 특히 큐비즘, 추상화, 시리
얼 음악(serial music)과 같은 현대 예술을 설명해 낼 수 없다. 브라

크 혹은 피카소의 정물들이나 미로나 클레의 그림들, 혹은 쇤베르크나 브레즈의 시리얼 음악의 존재 의미는 유기적 예술 경험론으로써는 설명이 되지 않는다. 그러나 분명히 위와 같은 예술 작품들은 일종의 예술적 경험을 자아내기 위해서 의식적으로 만들어진 것이며, 사실 우리들은 그것들한테서 일종의 예술적 경험을 하게 된다. 그렇다고 어떻게 해서 피카소의 추상화나 브레즈의 음악이 유기적 인식의 표현이라고 볼 수 있겠는가? 이와 같은 인식의 대상은 과연 무엇일 것인가? 다시 말해서 우리들은 위와 같은 예술 작품을 감상함으로써 무엇을 더 알게 되겠는가? 이와 같은 질문에 대한 대답은 명확히 부정적일 수밖에 없다. 예술 작품 일반, 특히 위에 든 바와 같은 현대 예술 작품은 어떤 대상을 도대체 표현하려고 하지 않을 뿐 아니라 아무런 표현의 대상도 갖고 있지 않다. 브레즈의 음악은 이미 작곡가 속에 있는 어떤 감정을 표현한 것이 아니며, 미로의 추상화는 화가가 본 어떤 대상을 나타낸 것이 아니다. 위와 같은 예술 작품들은 그것들이 표현하고자 하는 내용이 무엇인지 모를지라도, 아니 그런 내용이 전혀 없다는 것을 알고서도 충분히 예술적으로 감상될 수 있는 것이다. 그렇다면 문제는 예를 들어 비표현 예술인 시리얼 음악 혹은 추상화 같은 작품에서 얻는 예술적 경험이 골자를 이루는 것이 무엇인가를 찾아내야 할 것이다.

마지막으로 재미있는 예술적 경험에 대한 이론은 일종의 형식주의라고 볼 수 있는 프랭크 시블리(Frank Sibly)와 같은 사람의 이론이다. 그의 주장에 의하면 예술적 경험은 '사물을 알아내고 분간해내는 특별한 능력'에서 얻어지는 경험이다. 다시 말하자면 사물의 새로운 면을 찾아냈을 때에 느껴지는 경험이 그것이다. 앞서 말했지만 우리들의 의식은 대상을 관찰할 때에 보통 어떤 특정한 관점에서만 바라볼 수 있게 된다. 거꾸로 말하자면 의식의 대상으로서의 사물은 여러 가지 차원을 동시에 갖고 있다. 따라서 똑같은 하나의 대상도 보는 사람에 따라, 혹은 그것을 볼 때와 장소에 따라 달라질 수 있다. 예술가는 과거에 다른 사람들의 눈에는 띄지 않았던 한 대상의 어떤 면에 예민하고 그런 새로운 경험을 표현하는 능력을 갖고 있는 사람이 될 것이며, 예술적 경험은 사물의 새로운 것의 경험을 의미하게 된다. 이런 관점에서 볼 때 예술적 경험과 사물의 새로운 차원의 발견은 동일동의하다.

그러나 이와 같은 예술적 경험에 대한 해석은 예술적 경험과 단순한 지각과의 구별을 해주지 못한다. 어떤 사람 얼굴 형태로만 보였던 어떤 대상이 갑자기 꽃병과 같은 형태로 지각될 수 있다. 한 대상의 새로운 차원이 지각된다. 그러나 이러한 지각은 예술적 경험을 반드시 동반하지 못한다. 다시 말하자면 의식 대상으로서 한 사물의 새로운 발견 그 자체는 예술적 경험과 같은 것이 아님이 분명하다. 만약에 추상화나 시리얼 음악에서 우리들이 어떤 예술적 경험을 얻게 된다고 하자. 그러나 우리들은 그러한 예술 작품들 속에서 사물의 아무런 새로운 차원을 발견하지 못할 뿐만 아니라, 사실상 그 작품들은 처음부터 아무런 사물을 대상으로 해서 만들어진 표현 예술품이 아니고 순전히 색, 선, 혹은 음의 새로운 구성을 통해 만들어진 그 자체가 대상을 성립시키고 있는 것일 수가 있다.

우리는 위에서 주로 세 가지 예술적 경험의 특수성을 밝히려는 이론을 대충 훑어보면서 각기 불충분한 점이 있음을 밝히려 했다. 그렇다면 가장 적절한 예술적 경험의 본질을 밝혀주는 어떤 해석이 있을 수 없을까?

예술적 경험은 논리적이며 따라서 추상적이고 단편적인 것을 넘어서 얻어지는 어떤 질서, 보다 구체적이고 유기적, 객관적인 혹은 심리적인 질서의 경험이라고 볼 수 있다. 다시 말하자면 예술적 경험은 일상의 경험이 실용성에 의해서 결정되고, 그러한 경험은 추상적인 것이 될 수밖에 없다는 것으로 볼 때 비일상적, 즉 비실용적이다. 즉, 무상적이라고 할 수 있으며, 동시에 유기적이며 종합적이다. 이와 같이 경험된 질서는 논리적 혹은 현실적인 입장에서 본 질서와 비교할 때 분명히 새로운 사물에 대한 경험이 아닐 수 없다. 모든 예술의 허구성, 특히 현대시의 난해성의 일부, 시리얼 음악의 비자연성, 추상회화의 비표현성은 비일상적인 새로운 질서로서의 예술의 성격을 입증하는 것으로 볼 수 있다. 우리들이 자연물에서 예술적인 경험을 하는 까닭은 그 자연물이 비일상적, 비실용적, 비과학적인 관점에서 본 새로운 질서를 보이기 때문이며, 또 한편 시리얼 음악이나 추상화에서 예술적 경험을 느끼게 되는 까닭은 그와 같은 예술 작품들이 자연적인, 혹은 상식적인 질서 밖에 새로운 질서를 갖고 있기 때문이다. 이러한 질서는 철학자 바슐라르가 말한 것과 같이 몽상(rêverie) 속에서만 가능하고 몽상을 통해서만 이해될 수 있는 질서다. 그것은 지식이 될 수 있는 질서가 아니라 느낄 수 있는 질서다.

위와 같이 본 모든 예술적 경험은 일종의 '즐거움', '충족감' 그리고 '생명감'을 동반한다. 이러한 예술적 경험의 내용은 어떻게 설명될 것인가? 그 이유는 형이상학적인, 혹은 심리학적인 설명보다도 생물로서의 인간에서 찾을 수 있을 것 같다.

의식을 갖고 언어를 가진 유일한 동물로서의 인간은 다른 동물과는 달리 자연과 어느 면에서 대립하고 문화적 동물로서 살아간다. 이와 같은 문화를 만들어낼 수 있는 인간의 생활은 물질적인 면에서 극히 편리하게 됐다. 그러나 인간은 그러한 편의의 대가로서 비싼 값을 치러야만 했다. 그 대가는 다름 아니라 자연으로부터, 우주 전체로부터의 소외였다. 인간은 이미 우주 전체, 자연과 조화를 깨뜨리고 그것으로부터 이거분리(離距分離)되었다. 그러나 인간이 아무리 자연과 혹은 모든 우주 안의 물건들과 다르다고는 하지만, 그와 동시에 그는 역시 자연의, 우주의 한 부분에 불과하다. 따라서 자연, 우주와 하나가 되어야만 완전한 조화를 찾게 됨은 당연하다. 아무리 자연과 떨어진 이른바 문화 생활을 해도, 아니 그렇게 되면 될수록 더 자연의 일부로서의 인간은 자연으로 돌아가 자연과 일치해서 조화를 이루고자 하는 욕망을 갖게 되며 지성으로서의 인간이 아니라 살아 있는 유기체로서, 즉 동물로서의 인간이 되고자 한다. 예술을 통해서 느낄 수 있는 질서는 자연과 조화를 이루고자 하는 동물로서의 인간이 이성으로서의 인간에 앞서 느끼는 질서다. 따라서 예술적 경험은 전인으로서의 '충족감', '즐거움'을 동반하게 되는 것이다. 표상 예술이 아닌 시리얼 음악이나 추상화는 그 아무것도 표현하는 대상이 없지만 이러한 예술품들은 자연과의 조화 속에서 느낄 수 있는 분위기를 그런 작품을 대하는 감성에 일으켜주는 한에서 예술적인 것으로 경험되는 것으로 보아야 할 것이다. 따라서 한 예술품의 가치는 여러 가지 복잡한 규준에 의해서 결정되지만, 무엇보다 그 작품이 얼마큼이나 강하고 절실하게, 앞서 말한 바와 같이 이성으로 볼 수 없는 새로운 질서를 경험케 하느냐에서 궁극적으로 결정되어야 할 것이다.

이성으로서의 인간은 그가 사고 있는 자연과 논리적인 관계를 갖고 있고, 실천적인 인간은 그 같은 자연과 실용적인 관계를 맺고 있다. 하지만 하나의 살아 있는 인간은 이성이나 목적으로 분리될 수 없는 구체적인 단 하나의 생명체다. 이러한 하나로서의 인간은 전체로서의 자연과 '살아 있는 관계(lived relationship)'를 맺을 수 있다. 예술적 경험은 다름 아닌 인간이 자연과 살아 있는 관계를 맺는 데서 발생하는 경험이다. 간단히 말해서 예술적 경험은 인간과 자연과의 한 특수한 관계를 의미한다. 그러한 관계는 인간과 자연과의 화해에서 얻어진다.

비문자 예술에 있어서의 '의미'

우리들은 문학, 회화, 음악, 무용 등 여러 표현 양식을 다 같이 '예술'이라고 부른다. 그러나 모든 예술 작품은 그것에 사용된 매체의 성질에 따라 크게 문자 예술과 비문자 예술로 구별될 수 있다. 시, 소설, 희곡 등 문자로 만들어진 예술 작품이 전자의 예가 될 것이며, 회화, 조각, 건축, 음악, 무용이 후자에 속한다. 물론 연극, 영화 등은 문자 예술과 비문자 예술이 하나로 합쳐진 종합 예술이다. 그러나 이러한 예술이 사용하고 있는 매체는 문자와 비문자 이외의 아무것도 없다. 따라서 매체는 성격에 따라 문자 예술과 비문자 예술의 구별은 충분한 타당성을 갖고 있다고 봐야 한다.

예술이 표상 혹은 표현인 이상 그 표현의 내용이 비예술적 표현인 경우, 즉 철학적 혹은 그 밖의 일상적 의사 전달의 경우의 내용과 아무리 다르다 할지라도 예술 작품은 반드시 어떤 의미를 갖게된다. 해석된 작품의 의미가 예술가가 말하고자 하는 의미와 일치된다거나 되어야만 한다는 말은 아니지만 모든 예술 작품은 감상과 해석과 평가의 대상이 된다.

시, 소설, 희곡 등 문자 예술이 의미를 갖고 있음은 자명하다. 왜냐하면 그러한 예술 작품들은 문자로 만들어진 것이어서 필연적으로 의미를 가질 수밖에 없기 때문이다. 의미를 갖지 않은, 무엇인가를 의미하지 않는 문자, 즉 자연 언어는 생각할 수 없음은 너무나 타당하다.

　이와 반대로, 회화, 조각, 건축, 무용과 같은 비문자 예술, 즉 시각과 동작 예술은 어떻게 해서 의미를 가질 수 있으며, 그 의미는 어떠한 의미가 될 수 있을까? 어떻게 문자가 아닌 색과 선, 음과 율동이 의미를 가질 수 있는가? 문자, 즉 언어를 떠나서는 의미를 생각할 수 없다면, 비문자 예술은 아무런 의미도 가질 수 없지 않은가?

　과연 많은 예술 이론가들은 특히 비문자 예술 작품에서 그 작품의 의미를 찾아서는 안 된다고 주장한다. 우리는 흔히 예를 들어 추상화를 보고 그것이 무엇을 의미하느냐고 묻기가 일쑤지만 어떤 예술 전문가들은 그러한 우리를 은근히 꾸지람하면서 작품에서 의미를 찾을 것이 아니라 그 작품을 그냥 시각적으로 또는 음율적으로 느끼고 즐기라고 일러준다.

　위와 같은 대답은 언뜻 보아서 일리가 있긴 하지만 문제의 핵심을 잘못 본 데서 나온 안이한 해결책이다. 자연현상이 아니라 예술 작품을 말하는 이상 작품을 만들어낸 사람, 즉 예술가의 어떤 의도를 떠나서는 예술 작품은 이해되지 못할 뿐만 아니라 생각할 수조차 없다. 예술 작품은 의식하고 항상 무언가를 원하고 기획하는 살아 있는 실천적 인간을 전제하지 않고는 생각할 수 없는 개념이다. 바꿔 말해서 예술 작품은 자연현상을 지배하는 인과관계의 법칙에 의해서 기계적으로 생긴 필연적인 결과가 아니라 한 인간이 그의 자유로운 의도에 따라서 무엇인가를 나타내기 위해 자의적으로 만들어낸 넓은 의미로서의 기호 언어인 것이다. 그러므로 예술 작품은 그것이 하나의 작품으로서 우리에 제시됐을 때 반드시 무엇인가를 의미하지 않을 수 없다. 물론 예를 들어 꽃꽂이, 팝아트(pop art)에 있어서 인위적으로 만들어진 것이 아니라 어떤 자연물을 그대로 예술 작품으로 제시하는 경우가 있지만, 이런 자연물이 예술 작품으로서 취급되려면 반드시 꽃은 꽃병에, 다뭇잎은 액자 속에, 깡통은 전시장에 넣어짐으로써만 가능하다. 이와 같이 해서 자연물이 예술 작품으로서 제시됐을 땐 그 자연물은 이미 자연과 분리되어지고 있어서 하나의 인간적인, 즉 인위적인 기호 언어로 바뀌게 된다. 여기서 자연물은 인간의 어떤 경험이나 생각을 표현하기 위한 도구로 전환되고 있는 것이다. 그렇기 때문에 우리들은 그냥 물질 현상, 즉 깡통이나 서산에 지는 달, 바다나 산을 대할 때 그것들의 의미를 알려고 하지 않지만 브라크의 정물, 로댕의 조각, 앤디 워홀의 깡통, 브레즈의 음악을 들을 때 그것들의 의미가 무엇인가 하고 생각하지 않을 수 없게 된다. 의미를 갖지 않은 예술 작품이라는 생각은 전혀 자기 모순 되는 개념으로서 불가능하다.

만약 비문자 예술도 문자 예술과 마찬가지로 무엇인가를 의미한다면, 첫째 어떻게 해서 언어로 표현되지 않은 채 구체적인 경험 대상으로서 남을 수밖에 없는 비문자 예술 작품이 '의미'를 가질 수 있는가를 물어봐야 할 것이며, 둘째 언어를 쓰지 않고 무엇인가를 의미하려는 이유는 어디에 있는가의 문제를 제기하지 않을 수 없게 된다.

a) 문자로 만들어진 문자 예술 작품, 즉 문학이 무엇인가를 의미하듯이 문자가 아니라 순전히 감각의 대상으로 머물러 있는 선, 색, 동작, 음으로만 만들어진 비문자 예술 작품, 즉 회화, 음악, 무용 등도 어떤 의미를 나타낸다는 것이 사실이라면, 문자 예술 작품에서 표현의 매체로 쓰인 선, 색, 음 등이 아무리 다르긴 하지만 어떤 공통적인 기능을 하고 있음을 우리들은 인정하지 않을 수 없게 된다. 그것은 다름 아니라 두 가지 다른 매체인 문자와 감각의 자극물들이 다 같이 의미를 나타낼 수 있다는 점에 있다.

그렇다면 어떤 매체가 의미를 나타낸다는 것은 무엇을 말하는가?

문학에 있어서의 문자와 비문학 예술에 있어서의 감각의 자극물인 선, 색, 음 등이 의미를 나타낸다는 것은 무엇을 말하는가? 바꿔 말해서 어떤 경우에 하나의 문자나 감각의 자극물은 의미를 갖게 되는가? 또 한번 달리 말해서 문자 혹은 어떤 감각의 자극물이 무엇인가를 의미한다는 말은 무슨 얘기인가? 그것은 다름 아니라 한 문자 혹은 한 감각의 자극물인 선이나 음이 그 문자나 선 혹은 음 아닌 '무엇'을 대치하고 있다는 말에 지나지 않는다. '대치'란 말을 막연한 뜻으로의 상징이란 말로 대신해서 생각하면 더 쉽게 이해가 갈 것이다. X라는 상징물이 Y를 상징한다는 말은 X가 Y를 의미한다는 말이 되고, 그 말은 다시 바꿔 말해서 '대치'하고 있다는 뜻이된다. 이와 같이 '대치'의 과정이 없고서는 '의미'라는 개념이 생길 수 없으며 '대치체'가 의미를 갖고 '대치된 것'이 의미의 내용이 되는 것이다.

만약 모든 예술 작품이 의미를 갖고 있다는 것을 인정한다면, 예술 작품이란 다름 아니라 일종의 '대치체'에 지나지 않으며 그 대치체의 의미 내용은 예술가의 어떤 경험이 될 것이다. 한 예술가가 표현하고자 하는 어떤 경험이 서로 다른 대치체에 의해서 의미화될 수 있음은 어느 정도까지는 당연할 것 같다. 가령 나는 나의 어떤 경험을 시로써 혹은 음악으로써 혹은 회화로써 표현하고 싶어질 수도 있다. 내가 시인이 되지 않고 음악가가 된 것은 내가 내 경험의 표현수단을 문자 대신 음으로 잡았다는 데 있는 듯하다. 그러므로 문자 예술과 비문자 예술과의 근본적인 차위(差位)는 한 예술 작품에 쓰인 매체, 즉 '대치체'가 어떤 성질의 것이냐에 의해서 결정된다.

의미론(semantics)의 일부를 차지하고 있는 이른바 기호학(semiology 혹은 semiotics)에 의하면 의미를 갖고 있는 모든 형태나 현상을 기호(sign 혹은 signe)라고 부른다. 따라서 예술 표현에 있어서 의미를 나타내는 '대치체', 즉 예술 작품도 일종의 기호로 볼 수 있다. 그러므로 문자 예술과 비문자 예술과의 차위는 각기 그것들의 속에 쓰인 기호의 성질의 차위에 의해 결정된다.

그렇다면 위와 같은 두 개의 다른 예술에 있어서의 기호는 어떻게 다른가? 바꿔 말해서 예술에 있어서의 기호는 어떠한 종류로 다시 분류될 수 있는가? 두말 할 것도 없이 문자 예술에 있어서의 기호가 좁은 의미로서의 '언어' 즉 '자연 언어'인 데 반해서 비문자 예술에 있어서의 기호는 언어가 아니라 선, 색, 음과 같이 자연의 일부다. 달리 표현해서 말한다면 문자 예술에 있어서의 기호는 경험의 대상물이 아니라 그 경험을 서술한 언어며, 이와 반대로 비문자 예술에 있어서의 기호는 그 자체가 아직도 경험의 대상으로 남아 있게 마련인지라, 엄밀히 말해서 그 경험을 서술한 것으로 취급되기에는 너무나 애매하다. 어떠한 것이든 그것이 기호로 쓰이려면 그것은 반드시 어떤 약속, 즉 인위적인 제약이 있음으로써만 가능하다. 바꿔 말해서 어떤 음성, 몸짓, 구름, 연기와 같은 자연현상이 하나의 기호로 쓰여지고 그럼으로써 무엇인가를 의미할 때, 그 자연현상들 자체가 처음부터 확정된 의미를 내포하고 있기 때문이 아니라 한 사회 내에서 X라는 음성, Y라는 몸짓, Z라는 구름 조각이나 연기가 각기 x, y, z라는 것을 의미하는 것으로 인위적인 약속을 받음으로써만 그것들은 기호로서 쓰이고 의미를 갖게 된다. 비문자 예술 작품에 쓰인 X라는 선, Y라는 음, Z라는 동작이 x, y, z 등의 의미를 갖는 기호라는 것을 인정한다면, X라는 선, Y라는 음, Z라는 동작과 같은 자연현상들이 인위적인 약속하에 어떤 제약을 받고 있다는 것을 뜻한다. 비문자 예술에 있어서의 자연현상은 인위화된 또는 인간화된 자연이다. 요약해서 이런 예술에 있어서의 기호는 극히 애매한 기호, '기호 아닌 기호'가 되며 그럼으로써 그것이 갖고 있는 의미도 자연 극히 애매한 의미, '의미가 될 수 없는 의미'만을 가질 수 있다.

언어를 기호로 사용하는 문자 예술 작품이 의미를 갖고 있음은 금방 이해된다. 왜냐하면 언어는 그 성질상 의미를 갖지 않을 수 없기 때문이다. 의미가 없는 언어는 자가당착된 개념이다. 물론 문학에서 쓰일 때의 언어의 의미와 문학 아닌 다른 진술의 경우, 예를 들어 과학에서의 언어의 의미와는 비록 똑같은 언어라 하더라도 동일하지 않다. 똑같은 언어도 과학적 서술을 목적으로 쓰이지 않고 문학, 특히 시작에서 쓰일 때 그 언어의 의미는 훨씬 더 부정확하게 마련이다. 그 까닭을 말한다면 언어는 외연적 의미와 내포적 의미가 있는데, 문학에서의 언어는 내포적 의미를 많이 갖고 있기 때문이다. 외연적 의미가 객관적으로 규정할 수 있는 언어의 정확한 개념을 가리키는 데 반해서 내포적 의미는 주관적일 수밖에 없는 언어의 감성적 측면을 가리킨다.

그러나 문학에서 쓰인 언어가 과학에서 쓰인 언어와는 달리 아무리 주관적이고 애매한 의미밖에 가질 수 없다 하더라도 그것이 '언어'인 이상 적어도 반드시 최소한도의 객관성을 부여할 수 있는 개념을 지시한다. 따라서 아무리 난해한 시라 할지라도 독자는 그 시에 쓰인 언어를 이해하는 한 적어도 그 말의 가장 일차적인 의미를 알게 된다. 시의 전체적인 의미도 그 시를 구성하고 있는 개개의 언어들의 의미를 앎으로써만 가능하다. 시의 전체적인 해석, 즉 의미 파악이란 다름 아니라, 위와 같은 개개의 언어들의 의미가 합쳐지고 조직되어 어떠한 형태로서 하나의 전체적인 언어 기호로 성립되어 있는가를 아는 일에 지나지 않는다.

이와 반대로 한 회화를 구성하는 색, 선 등은 그 자체가 결코 어떠한 의미나마 갖고 있는 언어가 아니라 자연의 물체적 현상으로 그냥 그대로 선이요 색채다. 따라서 그것들로, 오직 그런 것들로만 만들어진 한 폭의 회화는 보통 뜻으로서의 언어가 될 수 없고, 여러 선과 색의 복합체에 불과하다. 이와 같은 비문자 예술에 있어서의 기호의 성격은 비단 회화에 한정된 것이 아니라 그 밖의 다른 비문자 예술 양식, 즉 음악이나 무용에도 똑같이 적용된다.

　이와 같이 하여 비문자 예술에 있어서의 기호의 문제, 즉 의미의 문제는 집요하게 남아 있다. 앞서 말했듯이 모든 예술 작품이 어떤 예술가에 의해서 만들어진 한에 있어서, 혹은 어떤 자연물이 예술 작품으로서 취급되는 한에 있어서 그 예술 작품은 반드시 무엇인가를 의미하게 마련이라는 것을 인정한다면, 비문자 예술 작품에 있어서의 언어 아닌 기호로 쓰인 자연물들이 어떻게 의미를 가질 수 있겠는가? 한편으로 예술 작품은 무엇을 의미하고 있는 것이 사실이지만 또 다른 한편으로는 논리적으로 보아 아무런 의미도 가질 수 없다. 여기서 우리들은 언뜻 보아 사실과 논리와의 갈등을 보는 듯하다. 그러나 좀더 생각해 볼 때 우리들은 논리를 살리기 위해 사실을 부정할 수 없다는 자명한 진리를 안다. 따라서 우리들의 문제는 비문자 예술 작품에 사용된 물체적 매체를 어떻게 해서 기호로서 성립되어 의미를 나타낼 수 있는가에 대한 새로운 해석을 찾아내는 데 있을 것이다.

　회화에서 예를 들자면, 예술가가 그 작품을 구성하는 선, 색 등을 선이나 색일 수 없는 어떤 경험 내용이나 생각을 나타내기 위한 대치체로서 사용했을 때, 혹은 어떤 감상자가 선과 색으로 꾸며진 어떤 지각의 대상, 즉 하나의 화폭을 보고 누군가가 그런 화폭을 통해서 어떤 경험을 나타내기 위한 대치체로 사용한 것이라고 전제했을 때, 그 화폭 전체는 물론 그것을 구성하는 선이나 색도 기호로서 다 함께 취급된다.

　그렇다면 남은 문제의 핵심은 선이나 색과 같은 언어 아닌 물체들이, 그리고 그러한 물체들만으로 구성된 한 폭의 회화란 물체가 어떻게 그리고 어떠한 의미를 갖게 되거나 부여되는가를 아는 데 있을 것이다.

　지금까지 우리들은 그냥 단독적으로 기호라는 말을 써왔지만 의미를 갖는 기호는 필연적으로 한편으로 의미부여자(signifiant)와 또 다른 한편으로는 의미수여물(signifie)을 동시에 전제로 한다. 바꿔 말해서 의미부여자와 의미수여물을 전제하지 않고 기호만이 단독으로 존재할 수 없다. '산'이란 언어 기호는 그런 기호로 무엇인가를 가리키려는 사람과 동시에 그 '산'이란 기호가 지시, 즉 대치해 주는 실제로 존재하는 구체적인 산을 전체로 함으로써 비로소 의미를 갖게 마련이다. 그런데 '산'이라는 언어 기호가 실질적으로 기호로서 쓰여져서 구체적인 산을 의미할 수 있는 까닭은 사회적 약속에 의해서 그 사회에서 살고 있는 구성원들이 다 같이 이 기호를 실제로 산을 가리킨다는 규칙에 동의해서 사용하고 있기 때문이다. 여러 나라의 언어 간의 차위는 위와 같은 사회적인 약속의 차위를 나타낼 뿐이다. 그래서 영어를 쓰는 사람들은 그들대로의 약속에 의해서 '산'이라는 언어 기호 대신에 'mountain'이란 언어 기호로써 똑같이 구체적인 산을 의미하는 것으로 정했던 것이다.

의미를 갖는 기호는 반드시 언어가 아니라도 좋다. '적색'의 물체적 기호는 약속에 따라 운행의 정지를 의미할 수도 있고, '손을 높이 드는 동작'이란 물체적 기호는 약속에 따라 사람을 환영한다는 것을 의미할 수도 있다. 우리는 우리들의 주변에서 신호등을 비롯하여 허다하게 위와 같은 언어로 되지 않은 기호 사용의 예를 발견한다.

물체적 기호는 위와 같이 사람들이 독단적으로 만든 기호뿐만 아니라 자연물 그대로가 기호로 사용되는 경우가 있다. '굴뚝 연기'는 밥을 짓고 있음을 의미하고 '하늘에 낀 먹구름'은 소낙비를 의미한다고 할 때가 그런 예가 될 것이다.

위와 같은 근거에서 현상학자 후설은 모든 기호를 셋으로 나누어 '표현', '시그널', '인덱스'로 구별하고 있다. 표현은 언어 기호를, 시그널은 약속에 의해서 독단적으로 만든 물체 기호를, 그리고 인덱스는 약속 이전에 사용된 물체 기호를 가리킨다. 그러나 실상 '인덱스'

의 경우를 살펴볼 때 '인덱스'와 그것이 의미한다고 생각되는 현상과의 관계, 즉 예를 들어 '하늘을 덮은 먹구름'과 소낙비와의 관계는 실상 두 개의 자연현상을 지배하는 인과관계를 말하는 것에 불과하다. 이와 반대로 '표현'이나 '시그널'의 경우는 기호와 그것이 의미하는 것과의 사이는 두 개의 자연현상 간의 인관관계가 아니라 어떤 현상과 그것의 의미, 즉 존재적 차원과 의미적 차원과의 관계로 끝나고 만다. 바꿔 말해서 이 경우에 있어서 기호와 의미는 같은 차원에서 볼 수 없는 관계를 갖고 있는 것이다. 그러므로 오직 '표현'과 '시그널'만이 엄밀한 의미에 있어서 기호라고 보아야 한다.

위와 같은 기호에 대한 분석이 수긍된다면 비문자 예술 작품에 쓰이는 선이나 음, 색이나 동작들을 일종의 '시그널'이라고 불러야 한다. 하지만 문제는 어떤 관점에서 회화에 사용된 선과 색, 무용에 동반되는 동작, 음악에 있어서의 음들이 '시그널'이라 보아질 수 있는가? 과연 한 폭의 그림 속에 있는 가지가지 선, 가지가지 색깔들이 마치 어느 사회에 있어서의 적색의 시그널이 '운행 정지'를 의미하고 녹색의 시그널이 '운행'을 의미하는 것처럼 과연 그 각자가 제 것대로 무엇인가를 의미하고 있는가? 만약 각기 선이나 색깔들이 개별적으로는 시그널의 기능을 발휘하지 못하고, 따라서 아무것도 의미를 갖지 못한다 할지라도, 그것들이 어떤 유기적인 단 하나의 인덱스의 기능을 한다고 양보하자. 그렇다면 한 시그널로서의 작품은 무엇을 의미할 수 있겠는가? 과연 다빈치의 「모나리자」라는 기호, 로댕의 「발자크」라는 기호, 그리고 베토벤의 「운명」이라는 기호는 마치 적신호가 '운행정지'를 의미하듯이 무엇인가를 의미하고 있다고 볼 수 있는가? 과연 다빈치의 「모나리자」는 영원한 미소를, 로댕의 「발자크」는 정력적 인간을, 그리고 베토벤의 「운명」은 운명에 대한 인간의 승리를 각각 의미한다고 볼 수 있는가?

이러한 질문에 대한 대답은 극히 부정적일 수밖에 없다. 그러한 예술 작품의 해석은 극히 비유적인 한계를 넘어서지 않는다. 실상 많은 사람들은 똑같은 예술 작품에 대해서 서로 다를 뿐만 아니라 정반대의 의미를 찾아낼 수 있기 때문이다. 이런 의미도 될 수 있고 저런 의미도 될 수 있을 뿐 아니라 서로 정반대의 의미를 갖는 기호는 사실상 전혀 의미가 없는 것이나 마찬가지다. 왜냐하면 우리들은 완전히 모순된 존재를 생각할 수 없기 때문이다. 이와 같은 사실은 우리가 처음부터 전제하고 있었던 것과는 달리, 예술 작품이 그냥 그 자체로서는 의미를 갖지 않는다는 것, 즉 그 자체로서는 기호가 아니라는 것을 밝혀준다.

그 이유는 어떤 물건이나 형태가 하나의 기호로 쓰이려면 그러한 물건이나 형태가 어떤 특정한 것을 언제나 지시 혹은 상징하는 것으로 약속되어야 하는데, 화가가 사용하는 선이나 색, 음악가가 사용하는 음과 시간의 배열 등은 결코 어떠한 의미를 갖기로 약속되어 쓰여지지 않고 있으며, 그와 같은 것으로 만들어진 하나의 유기체로서의 예술 작품 자체는 어떠한 의미를 갖기로 약속되어 쓰여진 기호가 아님은 두말 할 필요도 없다. 왜냐하면 어떤 것들이 무엇인가를 의미하는 기호로 쓰여지려면, 그것들은 이미 존재해야 할 뿐 아니라 누구나가 언제나 알아볼 수 있는 것이어야만 하는데, 모든 예술 작품은 반드시 '유일무이한 것'이어야만 그 뜻이 있기 때문이다. 그리고 그것은 언제나 창조된 것, 즉 처음으로 존재하는 것이기 때문이다. 유일무이한 선, 색, 음, 동작, 그리고 그런 것들로 만들어진 '유일무이'한 작품들은 필연적으로 기호가 될 수 없고 따라서 무엇인가의 '의미'를 가질 수 없게 된다.

여기서 우리들은 겉으로 문학과 같은 문자 예술과 회화, 음악, 조각 혹은 무용과 같은 비문자 예술과의 사이에 엄청난 차, 뛰어넘을 수 없는 간격이 있음을 알게 된다. 비록 다 같이 예술이라고 불리며 문자 예술을 구성하는 언어와 비문자 예술을 구성하는 선, 음, 색,

동작 등이 다 같이 매체란 말로 불리고 똑같은 기능을 하고 있는 것 같이 보이지만, 사실 언어 매체와 물체적 매체는 전혀 서로 다른 기능을 갖고 있다. 언어 매체는 무엇을 의미하지만 물체적 매체는 그 자체로서는 아무런 의미를 가질 수 없는 것이다.

그럼에도 불구하고 비문자 예술이 아무래도 무엇인가를 의미하고 있다면, 그러한 예술 작품의 의미는 문학 예술 작품의 의미와 다른 과정을 통해서 간접적으로 생겨난다고밖에는 해석이 되지 않는다.

문자 예술을 어떤 대상에서 얻은 경험의 서술이라 한다면 비문자 예술은 어떤 경험을 얻게 할 수 있는 대상 자체를 만들어내는 예술이다. 바꿔 말해서 화폭, 교향곡, 무용은 이미 있었던 어떤 경험을 의미화하여 서술한 것이 아니라 어떤 경험을 자극할 수 있는 대상 자체로 봐야 한다. 비문자 예술 작품은 다름 아니라 인위적으로 만들어낸 경험의 대상이다. 이와 같이 만들어진 대상에서 예술 감상자는 그들대로의 경험을 의식하게 되는데 그 경험이 감상자들에 의해서 언어로 서술됐을 때, 즉 해석되고 설명되었을 때 비로소 그 예술 작품은 의미를 갖게 된다. 물론 한 예술가가 작품을 만들 때는 그냥 맹목적으로 아무렇게나 장난하는 것은 아니다. 예술가는 이미 자기가 얻은 어떤 특정한 경험을 정리 혹은 나타내고자 한다. 그러나 그가 할 수 있는 일은 자기의 경험을 그냥 그대로 제시하는 일이 아니라 감상자나 자기 자신에게 그와 같은 경험이 재현될 수 있는 조건, 즉 경험의 대상을 만드는 외에는 아무것도 할 수 없다. 그렇기 때문에 한 예술 작품에 의미가 있다 해도 그 의미는 예술가가 막연히 생각했던 의미에 의해서 결정되지 않고, 오직 감상자에 의해서 해석됨으로써만 결정된다.

그렇다면 감상자는 어떻게 경험의 대상으로 제시된 구체적인 예술 작품의 의미를 결정할 수 있을까?

어떤 모양의 선, 어떤 형태의 동작, 어떤 종류의 음, 어떤 종류의 색채, 어떤 종류의 이미지 등등에게는 한 사회 속에 사는 사람들의 약속에 의해서 독단적으로, 즉 인위적으로 어떠어떠한 의미가 부여될 수도 있지만 그와 같은 인위적으로 약속된 의미 이전에 **자연적으**로 우리들 모든 인간에게 공통적으로 어떠어떠한 의미를 줄 수 있다. 인간은 대체로 뱀〔蛇〕을 싫어하고, 흑색과는 달리 녹색은 우리들에게 어떤 즐거운 감각을 불러일으키며, 물은 우리들에게 자유로운 느낌을 갖게 한다. 이와 같은 이미지와 인간의 심리 상태와의 관계는 정신분석학과 같은 심층 심리학에 의해서 충분히 입증된 사실이라고 믿을 수 있다. 다시 말하면 어떤 것들은 그것이 인위적인 약속에 의해서 설명되기 이전에 이미 **자연적인** 의미를 갖고 있는 것이다. 우리가 원하건 원하지 않건 간에 꽃을 보면 즐거움을 느끼고 어떤 괴상한 곤충이나 동물들을 보면 징그럽거나 무서운 감정을 느끼지 않을 수 없다는 것이다.

비문자 예술의 목적은 어떤 선, 색, 음, 동작 등 감각의 자극제이나 혹은 어떤 이미지를 인위적으로 만드는 데 있다. 비문자 예술 작품은 별게 아니라 어떤 목적을 달성하기 위해서 인위적으로 만든 자극물에 지나지 않는다. 이렇게 만들어진 자극물, 즉 예술 작품은 그것을 감상하는 사람에 의해 비로소 의미 있는 것으로 나타난다. 한 작품은 보는 이에게 '슬픔'을, 또 어떤 작품은 '기쁨'을, 또 다른 작품은 '전쟁의 잔학성'을 의미하게 된다.

그러나 똑같은 선, 똑같은 음, 똑같은 동작, 똑같은 뱀, 똑같은 이미지, 똑같은 화폭, 똑같은 조각, 똑같은 무용은 '산'이라는 말이나 '5'라는 숫자, 또 '적신호'가 모든 사람에게 보편적으로 다 같이 산, 다섯 개, 운행 정지를 의미하는 경우와는 달리 모든 사람에게 반드시 똑같은 의미를 나타내지 않는다. 바꿔 말하자면 비문자 예술 작품은 감상자에 따라서 일정한 의미를 나타내지 못할 뿐 아니라, 어떤 한 감상자에게도 그 의미가 확실하고 정확할 수 없게 마련이다.

그렇기 때문에 비문자 예술 작품의 의미는 문자 예술 작품의 의미보다도 훨씬 더 막연하고 애매할 수밖에 없다. 그런 의미를 '의미 이전의 의미'라고 불러도 좋을 것이다.

b) 그렇다면 무엇 때문에, 어떤 필요에 의해서 비문자 예술은 하나의 예술로서 지속적으로 창조되고, 또 계속 감상되는가? 여기서 우리는 먼저 문자 예술을 포함한 예술 일반의 기능을 생각하지 않을 수 없다. 예술도 과학과 마찬가지로 어떤 대상에 대한 경험을 표현한 것인데, 예술 표현이 과학 표현과 다른 것은 후자가 대상에 대한 지식을 가져오는 데 반해서 전자는 그렇지 못함에 있다. 후자를 인식적 표현이라고 부른다면 전자는 비인식적 표현이라고 부를 수 있다. 인식적 표현 이외의 비인식적 표현을 필요로 하는 까닭은 과학으로써는 채워질 수 없고 예술로써만 채워질 수 있는 어떤 욕망이 모든 인간에게 있기 때문이다.

대상은 문자 그대로 시공 속에서만 존재하는 구체적인 물체인데, 그 대상의 표현은 다름 아니라 구체적인 그것을 추상화해서 개념, 즉 구체적인 존재가 아니라 관념의 차원에서 의미로 파악하는 과정을 말한다. 그러므로 어떤 구체적인 대상이 정확하게 표현되면 될수록 그와 정비례해서 그와 같이 표현을 통해 파악된 대상은 표현 이전의 구체적인 대상 자체와 달라지게 된다. 그러므로 모든 표현은 자가당착에 빠지게 마련이다. 왜냐하면 표현의 근본적인 의도는 어떤 대상을 있는 그대로 나타내 보이려는 데 있지만, 그것을 정확히 객관적으로 표현하려면 할수록 있는 그대로의 대상을 표현하지 않게 되고, 그 대상에서 추출될 수 있는 어떤 요소만을 표현하는 것으로 만족할 때에만 비로소 가능하기 때문이다. 인식적 표현인 과학이 정확하고 객관성을 갖게 된 것은 그러한 표현이 처음부터 그가 표현하고자 하는 대상을 있는 그대로 표현하려는 생각을 포기함으로써만 가능한 것이다. 그러므로 과학적 표현은 대상의 왜곡된 서술이다. 구체적 대상을 왜곡한 과학이 인간의 실용적 요구를 만족시켜 주기 때문에 반드시 필요했고 크게 발달되긴 했지만, 한편 그러면 그럴수록 대상을 왜곡하지 않고 있는 그대로 표현하려는 인간의 본능은 결코 사라질 수 없을 뿐 아니라 더 커지게 된다. 예술은 바로 이와 같은 인간의 근본적 요구를 만족시켜 주는 기능을 맡고 있다.

이와 같은 예술적 표현의 필요성을 나타내는 문학적 표현, 특히 시적 표현이 과학적 표현과 비교해서 극히 모호하고 애매할 뿐만 아니라, 시적이 되려고 하면 그럴수록 자꾸 더 애매하고 난해하게 되는 이유는 시적 표현 수단인 언어가 근본적으로 개념일 수밖에 없어서 그러한 언어로 표현된 대상이 추상화를 거쳐 왜곡되지 않을 수 없기 때문이다. 따라서 시인은 가능한 한 자기가 사용하지 않으면 안 될 개념적 매체, 즉 언어를 뒤틀어서 될 수 있는 한 비개념적 매체, 즉 구체적인 매체, 물체적인 매체로서 활용하려고 하게 된다. 이런 점에서 볼 때 시에 있어서의 언어는 비단 그 언어가 갖고 있는 개념뿐만 아니라 그 언어의 시각적 혹은 청각적 효과를 내려고 하는 이유가 이해된다. 이와 같은 시의 내재적 경향을 개념의 구체화, 언어 기호의 물체 기호화의 경향이라고 부를 수 있다.

그러나 문학 작품을 쓰는 한, 시를 만드는 한 예술가는 언어를 떠나서 그런 활동을 할 수 없다. 그러므로 소설이나 시가 대상을 아무리 구체적인 그것대로 표현하려 해도 그 대상은 절대로 완전히 구체적으로 표현될 수 없고, 개념의 차원에서 빠져날 수 없는 운명을 갖고 있다.

여기서 문학 아닌 예술, 즉 자연 언어를 매체로 하지 않은 예술이 무엇인가가 더 잘 이해된다. 회화, 음악, 무용 등 비문자 예술은 다름 아니라 과학적 표현의 결함을 보충하기 위한 예술적 요구를 가장 극한에까지 추구해 보려는 노력이다. 그것은 언어를 쓰지 않고 말하려는 것들을 의미하려는 시도이다. 바꿔 말해서 **구체적 의미 혹은 물질적 의미**가 되고자 하는 노력이다. 표현의 몇 가지 양식을 도표로 보면 우리가 여기서 검토하고 있는 비문자 예술이 무엇인가가 보다 잘 요약해서 이해된다.

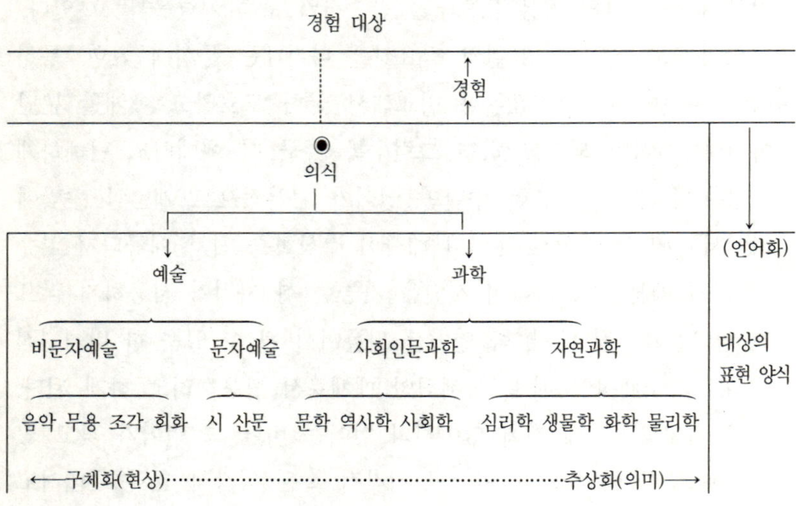

이 도표는 과학적 표현과 예술적 표현의 관계, 과학적 표현 내부에 있어서의 여러 분야의 학문의 관계, 그리고 예술적 표현 내부에 있어서 문학과 그 밖의 예술과의 관계를 보여준다. 그리고 비문자 예술이 무엇인가를 인간과 그가 경험하는 대상과의 관계라는 넓은 테두리 안에서 보다 잘 파악하게 한다.

어떤 대상에 대한 경험을 더 분명하게 나타내고자 하면 그럴수록 우리들은 예술적인 태도보다는 과학적인 태도를 갖게 되며, 화가나 음악가가 되기보다는 작가가 되며, 시인이 되기보다는 소설가가 될 것이다. 거꾸로 만약 어떤 대상을 가능한 한 있는 그대로 구체적으로 표현하고자 원하면 원할수록 우리들은 위의 경우와는 정반대의 경향을 나타내게 마련이다. 의미의 명석성이 지성의 척도가 된다는 것을 인정한다면, 학자는 예술가보다 더 지적인 요구에 끌린 사람이요, 작가는 화가나 음악가보다 더 지적인 이해를 찾는 사람임을 알게 된다. 그러나 그러면 그럴수록 그와 정비례해서 지식은 예술보다 인간의 예술적 욕망을 만족시켜 주지 못함은 물론 작가는 화가나 음악가보다 덜 예술적인 욕망에 불타 있는 사람이라고 말할 수 있다.

그렇다면 비문자 예술이 문자 예술보다 더 이상적인 예술 양식이 될 것인가? 언뜻 보아 우리의 대답은 긍정적이다. 그러나 좀더 곰곰 생각할 때 긍정적인 대답을 주저하게 된다. 왜냐하면 비문자 예술은 그것이 어떤 예술이든 간에 극히 표현의 제한을 받아야만 하기 때문이다. 회화는 오직 시각만을 통해, 음악은 오직 청각만을 통해서 표현돼야 하기 때문이다. 시각이나 청각 등은 오직 제한된 경험의 일부 측면에 불과하다. 어떤 대상이 우리들의 모든 지각 기관에 의해서 종합적으로 경험되었을 때 우리들은 그 대상을 보다 충실하게, 보다 구체적으로 지각했다고 얘기할 수 있다. 그렇다면 여기서 우리는 이들 종합예술인 연극이나 영화를 가장 이상적인 예술 양식으로 인정해야만 할 것 같다.

그러나, 여기서 길게 설명할 필요도 없고, 그럴 자리도 아니지만, 필자의 생각으로는 그렇게 단순한 것 같지 않아 보인다. 물론 회화와 음악, 무용과 문학을 비교한다는 것은 마치 산과 바다, 온도와 재능을 비교할 때처럼 범주의 착각에서 나온 오류일 수 있겠지만, 구태여 생각해 본다면 아마도 문학이 가장 이상적인 예술 양식이 아닐까 여겨진다.

되풀이 말해서 문학은 다른 예술 양식에 있어서보다 더 추상적이며, 따라서 덜 예술적이다. 그러나 그와 같은 결점이 있긴 하지만, 바로 그런 결점을 대가로 치름으로써 문학은 다른 예술로써는 표현할 수 없는 아주 복잡 다양한 경험을 유기적인 동시에 종합적으로

표현할 수 있기 때문이다. 이른바 종합예술을 포함한 다른 예술에서
는 시간적으로 혹은 공간적으로 제약을 받아 오랜 시간을 통해 여
러 공간 속에서 경험된 것을 동시 표현할 수 없다. 그런 데 비해서
우리들은 문학을 통해서 과거의 복잡했던 경험, 그 경험에 대한 사
고 등 아주 복잡한 삶 속에서 경험을 다각적이며 다양하게 표현할
수 있기 때문이 아닌가 믿어진다.

음악과 소리

　어떤 시각적 표상들이 다른 시각적 표상물들과 구별되어 '미술'로 불리고, 어떤 입체적 형상이 다른 입체적 물건들과 구별되어 '조각'으로 명명되고, 어떤 소리가 다른 소리와 구별되어 '음악'으로, 어떤 텍스트가 다른 텍스트와 달리 '문학'으로 분류되고, 더 일반적으로 어떤 종류의 것들이 다른 것들과 구별되어 '예술'의 범주 속에 분류된다. 위와 같은 구별을 전제하지 않고는 미술, 조각, 음악, 문학 등의 개념과 그런 개념에 속하는 활동에 대한 담론은 아무 의미도 가질 수 없다. 지금까지 이러한 개념이 유통되고 이러한 활동에 대한 담론이 있었던 사실은 위와 같은 구별의 근거가 자명한 것으로 생각되어 왔음을 전제한다.

　이러한 결론은 미술적, 음악적, 예술적, 과학적이 아닌 철학적 결론이다. 그러나 이러한 전제가 철학자에 앞서 미술가, 조각가, 작가, 음악가 등 예술가에 의해서 도전받게 되었다. 벌써 약 한 세기 전인 1913년에 어떤 변기를 예술 작품 「샘」으로 불렀을 때, 화가 M. 뒤샹은 미술·조각의 구별, 더 나아가 예술·비예술 간의 구별에 대한 철학적 의문을 제기했던 것이다. 작곡가 J. 케이지가 약 반세기 뒤인 1952년에 「4분 33초」라는 자신의 작품을 하버드 대학 교문 앞 광장에서 연주했을 때, 그는 그때까지 자명한 것으로 전제되었던 바와는 달리 음악과 소리의 구별의 허구성을 철학적 차원에서 지적했다.

뒤샹의 미술·조각 작품과 케이지의 작곡은 모든 시각적 대상이 다 같이 미술·조각 작품이며, 모든 소리가 한결같이 음악이라는 결론을 유추하는가? 그러나 이러한 결론은 자기 모순적이다. 모든 것이 미술·조각인 세계에서는 아무것도 미술·조각일 수 없으며, 모든 소리가 음악인 소리의 세계에서는 아무 소리도 음악일 수 없기 때문이다. 뒤샹의 「샘」이 미술·조각이며 케이지의 「4분 33초」가 음악이라 한다면, 그리고 미술·조각, 음악, 더 일반적으로 예술이라는 개념이 의미를 가질 수 있는 한, 미술·조각과 비미술·비조각, 그리고 음악과 소리, 더 일반적으로 예술과 비예술의 구별은 전제되어 있다. 과연 음악과 소리는 어떻게 구별될 수 있는가? 구별을 지을 수 있다면 그것은 어떤 근거를 갖는가?

1 물리적 구별 : 관례와 체험

(1) 관습적 구별

음악과 소리의 구별의 근거는 몇 가지 관습에서 쉽게 찾을 수 있을 것 같다. 음악을 한 단위의 소리라 하고 어떤 소리를 그냥 단순한 소리와 구별하여 음악이라 부른다면 이유는 그 소리에 언어 사용의 관례에 따라 '음악'이라는 분류적 낱말이 적용되기 때문이라고 대답할 수 있다. 그러나 이러한 대답은 논리적으로 순환 오류에 빠져 있다. 이 대답은 어떤 근거에서 어떤 종류의 소리가 애당초 '음악'이라고 불리게 된 관례의 근거에 대한 대답을 전제하기 때문이다.

이때 대답으로 소리의 기원으로서 음악가나 악기를 댈 수 있다. 음악은 음악가가 만들거나 악기에서 나는 소리로 정의할 수 있다.

그러나 이러한 대답도 순환적이다. 음악가나 악기의 개념은 ‘음악’이라는 소리와 그 밖의 소리의 구별을 이미 전제하고 있기 때문이다. 한편으로 음악가와 다른 종류의 사람, 다른 한편으로 악기와 악기 아닌 물건이 구별됐을 때에도 문제는 여전히 남는다. 음악가의 목에서 나오는 여러 소리나 악기에서 나는 여러 소리가 자동적으로 음악일 수 없다면, ‘음악’을 음악가가 만들어 냈거나 악기에서 나온 소리라는 것을 인정해도 그가 내는 소리나 악기에서 나는 소리 가운데서 ‘음악’으로서의 소리와 그렇지 않은 소리를 구별하는 문제는 여전히 남는다.

음악으로서의 소리와 그렇지 않은 소리의 구별은 소리의 외재적 원천에서가 아니라 소리 자체의 내재적 속성에서 찾을 수 있다. 장단(rhythm), 곡조(tone), 음조(pitch), 음색(color), 화음(harmony), 음률(melody), 음질(timber) 등을 소리의 음악적 주요 속성으로 들 수 있고, 이러한 소리의 속성들은 물리적으로 과학적 측정이 가능한 규칙성의 다양한 형태로 해석할 수 있다. 그러나 소리의 물리적 규칙성은 ‘음악’이라는 소리의 물리적 현상에서만 아니라 그냥 하는 말소리, 새 울음소리, 늑대 짖는 소리, 그리고 파도소리, 빗소리, 망치 소리, 기계 돌아가는 소리, 시계 소리, 미립자들의 운동 소리 등 그 밖의 모든 자연적 물리 현상에서도 발견할 수 있다. 위와 같은 음악의 물리적 속성들이 규칙성을 내포하고 있지만 모든 규칙성이 곧 음악의 속성일 수 없다. 이러한 사실은 위와 같은 음악의 규칙성이 특수한 규칙성임을 말해 준다. 이런 맥락에서 장단, 곡조, 음조, 음색, 화음, 음율, 음질 등 이른바 음악의 속성은 단순한 물리적 개념이 아니라 이미 물리적으로 정의할 수 없는 ‘음악적’ 개념이다. 그것들은 ‘음악’이라는 개념의 테두리 안에서만 의미를 갖는다. 위와 같은 개념들에 의한 ‘음악’의 정의도 이미 우리가 규정하려는 ‘음악’의 개념 정리를 전제함으로써 순환적 오류를 범한다.

지금까지 사람들이 일반적으로 음악과 소리를 위와 같은 관례에 따라 구별할 수 있다고 믿어왔더라도, 약간의 철학적 반성을 해볼 때 그러한 구별의 관례를 만족스러운 근거로는 댈 수 없다. 여기서 우리는 미학적 구별을 생각해 볼 수 있다.

(2) 미학적 구별: 체험

감상을 떠난 음악을 생각할 수 없다. 감상은 언제나 가치의 감상이다. 음악적 가치의 감상은 감동적 경험으로 나타난다. 모든 경험은 최소한의 인식을 전제하고, 모든 인식은 지적인 것과 감성적인 것으로 분류할 수 있다. 하나의 대상에 대한 인식은 이성에 의존하느냐 아니면 감성에 의존하느냐에 따라 달리 인식된다. 감동적 경험의 속성은 이성적 인식의 속성이 아니라 감성적 인식의 속성이다. 이성적 인식을 이론적이라 할 수 있다면 감정적 인식은 '미학적'이라 부를 수 있다. 어떤 대상이 우리에게 주는 감동은 그것이 내포하는 가치 인식을 전제하고, 가치 인식이 감성적 인식을 전제하고, 감성적 인식을 미학적 경험이라 할 수 있다면, 그러한 경험의 가치는 필연적으로 미학적 가치이다.

그러나 인식 대상의 성질에 따라 어떤 것은 미학적 감동을 야기할 수 있고 그렇지 않을 수도 있으며 다 같이 감동을 야기해도 그 대상의 성질에 따라 그것이 야기하는 감동의 강도는 크고 작을 수 있다. 이러한 사실은 시각적 인식 대상이거나 후각적 인식 대상이거나 청각적 인식 대상의 경우 한결같다. 그렇다면 소리와 음악은 바로 위와 같은 미학적 감동이라는 가치의 잣대로 구별될 수 있을 것이다. 그렇다면 흔히들 생각하고 있듯이 위와 같은 기준에 따라 '음악'이라는 소리를 다른 소리와 구별하여, '감동이라는 미학적 가치 경험을 야기하는 소리' 즉 '아름다움을 느끼게 하는 소리'로 정의할

수 있고, 소리의 음악적 가치는 그것이 청중에게 얼마만큼의 감동을
줄 수 있느냐에 따라 결정할 수 있을 것 같다.

정말 그럴까? 물론 어떤 성질의 소리는 거의 모든 인간에게 슬픔
이든가 아니면 기쁨이든 어쨌건 간에 유사한 감동을 자극한다. 그러
나 어떤 소리가 그것을 듣는 이에게 미학적 감동을 일으킨다는 것
을 전제해도 그 감동은 듣는 이에 따라, 그때 그의 심리적 상황에
따라, 그의 교육적, 사회적, 그리고 문화적 배경에 따라 한없이 다양
할 수 있다. 한 사회 혹은 한 문화권에서 '음악'으로 분류된 소리 즉
'미학적 감동'을 준다고 전제된 소리가 다른 사회 혹은 다른 문화권
에 사는 이에게는 그런 감동을 전혀 주지 못하는 경우가 있다. 듣는
이의 심리적 상태에 따라 모든 소리는 미학적 감동을 제공할 수 있
다. 그렇다면 소리의 미학적 감동 가치는 소리와 음악을 구별하는
기준일 수 없다. 케이지가 4분 33초 동안 들썩대는 사람들과 지나가
는 자동차 소리로 온통 부산한 하버드 대학 교문 앞 광장에 놓아둔
피아노 앞에서 아무 행동도 하지 않고 「4분 33초」라는 피아노곡을
연주했다고 말했을 때 그가 하려 했던 것이 '음악'이라는 소리는 '미
학적 감동'을 주는 소리만이 아니라 어떤 소리와도 구별할 수 없다
는 것이 아니었겠는가?

음악의 미학적 속성·가치는 청중의 '감동'이라는 경험에서가 아
니라 물리적으로 서술하고 측정할 수 있는 소리 자체의 객관적 속
성에서 찾을 수도 있다. 언뜻 듣기에 대부분의 소리는 구조적으로
혼탁하게 혹은 무질서하게 들리지만 어떤 소리는 리듬, 음색, 조화
등의 개념으로 서술할 수 있는 일정한 규칙 혹은 질서를 갖고 있는
것으로 들린다. 19세기 독일 음악계에 군림했던 음악 이론가 E. 한
스리크의 형식주의는 음악과 소리의 구별 기준에 대한 위와 같은 생
각을 세련된 표현으로 설명했다. "음악에 있어서 아름다움의 본질은
음악적이다. 아름다움은 음악 밖에서 도입된 어떠한 주제·내용에

의존하지도 않고 그런 것을 필요로 하지도 않고, 기술적으로 조합한 소리들로만 구성되어 있다. …… 음악의 근원적 요소는 쾌적한 음조 (euphony)이며, 음악의 영혼은 장단(rhythm)이다."[1]라고 한스리크는 말하고, 이러한 음악적 구성 자체, 즉 형식이라는 점을 강조한다.

그러나 한스리크의 극단적 형식주의는 세 가지 점에서 문제를 안고 있다. 첫째, 지금까지 '음악'으로 분류되는 모든 소리 속에서 한스리크가 주장하는 소리의 형식을 찾아낼 수 있다고 인정하더라도, 그러한 음악적 형식을 갖추지 않은 소리가 '음악'이 아니라는 법은 없다. 이러한 사실은 케이지의 음악, 「4분 33초」가 웅변적으로 입증해 준다. 이 작품은 인간이 의식적으로나 무의식적으로 만들어낸 모든 '무질서한' 즉 형식을 갖추지 않은 소리만이 아니라 자연의 모든 '잡음' 즉 형식 부재의 소리가 '음악'이 될 수 있다는 것을 말해 주고 있다. 그렇다면 음악의 형식적 요소가 부재한 케이지의 작품을 '음악'의 범주에 포함시키는 한 한스리크적 형식주의적 음악의 정의는 적절하지 않다.

둘째, 백보를 양보하여 한스리크의 주장대로 모든 음악이 음악적 형식을 갖추고 있다 해도, 음악과 떼어 생각할 수 없는 감동이라는 경험을 설명하지 못하는 한 형식주의적 음악의 정의가 음악과 소리를 구별하는 잣대로 사용될 수 없다. 형식은 서술적 개념으로, 객관적 사실로서의 속성을 지칭하는 데 반해, 감동은 평가적 개념으로, 주관적 가치 경험을 지칭한다. 감동이라는 인간의 체험과 떨어진 음악을 생각할 수 없다면, 음악은 형식이라는 객관적 속성으로서만 규정될 수 없다.

셋째, 이러한 문제에 대해 형식주의자들은 그들이 말하는 소리의 형식적 속성은 필연적으로 혹은 내재적으로 감동을 야기한다고 주

---

1) Eduard Hanslick, *The Beautiful in Music*, trans. G. Cohen(Indianapolis : Boobes-Merril, 1957), 3장, 431쪽.

장할 수 있다. 그러나 음악에 속하지 못하는 소리 가운데서도 모든 음악이 공통적으로 갖고 있는 형식적 속성을 찾아낼 수 없고, 그러한 형식적 속성을 갖춘 모든 소리가 '음악'에서 받는 미학적 감동을 자극하지 못하고 따라서 '음악'의 범주에 속하는 소리가 아니라면, 소리의 형식적 속성과 그 가치는 음악과 소리를 구별하는 기준일 수 없다.

감동과 동떨어진 음악을 생각할 수 없고, 소리의 음적 형식만으로는 음악적 감동을 설명할 수 없다면, 음악적 감동은 인간의 생리학적 욕망에 비추어 인과적으로 설명될 수 있을 듯싶다. 모든 감동은 필연적으로 가치 체험이며, 어떠한 가치도 인간의 욕망·필요와 떼어 생각할 수 없다면, 감동은 인간의 욕망과 떼어 생각할 수 없다. 인간의 욕망은 다양하며 하나의 사물, 하나의 행위 그리고 하나의 상황은 각기 다른 욕망에 따라 달리 그 가치가 결정되어 다른 감동을 자아내며, 하나의 욕망은 그 대상의 성격에 따라 달리 충족된다. 어떤 소리가 제공하는 가치 즉 감동이 예외일 수 없다. 소리는 일종의 물리적 현상이며 물리적 현상으로서의 소리는 다른 물리적 현상과 인과적 관계를 갖는다. '음악'으로 분류되는 '판소리', 베토벤의 작품 「운명」이라는 소리가 동반하는 '미학적' 감동은 이러한 소리가 인과적으로 나의 신경을 자극하여 생물학적 욕망에 활력을 초래하기 때문인 것으로 설명될 수 없다. 그러나 이러한 생물학적 활력 즉 감동을 '음악'에 속하는 소리만이 아니라 '음악'으로 분류할 수 없는 소리, 가령 파도소리, 새소리, 자동차의 엔진 소리에서도 인과적으로 자극받을 수 있다면, '음악'과 소리의 구별은 인과적 즉 생물학적으로 설명할 수 있는 감동으로는 불가능하다. 비록 음악적 감동이 미학적 즉 감각적 측면을 떠나 생각할 수 없더라도 모든 미학적이고 감각적인 감동 즉 가치가 곧 '음악적' 감동일 수는 없다는 것이다.

이러한 사실은 음악적 감동이 일반적인 의미에서 미학적이 아니라 특수한 종류의 미학적 감동이라는 것과, 생리학적 인간관계와 구별되는 다른 관계에 의한 설명을 필요로 함을 의미한다. 그렇다면 의미론적 설명을 탐색해 보기로 하자.

2 의미론적 구별 : 감동적 속성

(1) 감동과 쾌감

음악과 떼어서 생각할 수 없는 '감동'을 이해하고, 이러한 시각에서 음악의 본질을 이해하기 위해서는 '감동'과 '쾌감'의 구별이 선행되어야 한다. 모든 감동이 일종의 쾌감일 수 있어도 모든 쾌감이 감동일 수는 없다. 감동과 쾌감은 서로 다른 종류의 체험을 지칭한다. 인간과 그가 접하는 감각체의 관계는 인과적(causal)이거나 의미론적(semantical)이다. 육체 즉 생물학적 존재로서의 인간과 그가 접하는 대상은 반드시 어떤 인과적 법칙에 의해 지배되고 있지만, 지적 주체 즉 인식자로서의 인간과 그의 대상의 관계는 인과적이거나 물리적이 아니라 필연적으로 해석적이고 의미론적이다. 전자의 경우 인간은 대상에 의해 물리적 및 생물학적으로 결정되며, 후자의 경우 인간은 그 대상을 하나의 기호로서 그 의미를 언어·기호적 약속에 따라 자의적으로 해석한다. 이 두 가지 관계가 다같이 필연적으로 동반하는 물리적 대상에 대한 인간의 심리적 반응을 '체험'이라 부를 수 있다면, 인과적 관계로 설명할 수 있는 체험은 '쾌감'이라 부를 수 있고, 의미론적 관계로 설명할 수 있는 체험은 '감동'이라는 다른 개념으로 구별해야 한다. 이런 점에서 볼 때, 앞서 우리는 논지를 간소화하기 위해 소리로부터 얻었으며 생리학적으로 설명할 수 있는 청자의 심리학적 반응을 '감동'이라 불렀으나, 그것은 잠정적으로 사용한 낱말일 뿐, 엄격히 말해서 그 낱말은 '쾌감'으로 바뀌어야 한다. 쾌감이 심리학적, 생리학적 그리고 궁극적으로 물리학적으로 분석될 수 있을지도 모르는 체험을 지칭한다면, 감동은 이러한 차원을 넘어 제도적, 인식론적, 언어적, 기호학적, 의미론적 관점에서만 이해될 수 있는 체험을 가리킨다. 따라서 좁은 뜻의 언어·기호를 사용하지 않는 동물의 어떤 물리적 대상에 대한 반응 즉 체험을 '쾌감'이라 할 수 있지만, '감동'이라는 말은 절대로 적용할 수 없다. '감동'은 심리학적인 동시에 기호론적 즉 의미론적 개념이며, 오직 언어를 사용하는 인간에게만 적용될 수 있는 개념이고 오직 언어·기호로서의 지각 대상만이 감동의 원천이 될 수 있다.

만일 음악이 감동을 동반하는 소리라면 음악이라는 존재는 그냥 물리적인 존재가 아니라 필연적으로 기호·언어 즉 제도적, 문화적 존재의 하나이며, 그것은 필연적으로 무엇인가를 언어적으로 의미하는 지각적 대상이다. 그렇다면 음악은 기호·언어라는 점에서 다른 소리와 일단 구별된다. 어떤 곡의 음소는 새소리 혹은 바람소리를, 어떤 곡이 화창한 봄의 풍경을 혹은 실연의 아픔을 표상하고, 다른 곡의 음소는 웃음소리 혹은 환희의 소리를, 어떤 곡은 인간의 분노 혹은 즐거운 감정을 표현한다고 말한다. 드뷔시의 「바다」는 바다를, 베토벤의 「운명」은 운명을 극복하는 인간의 승리를 표상했다는 것이며, 슈베르트의 「세레나데」는 사랑의 감정을, 「진주라 천리길」이라는 유행가의 곡조는 좌절된 삶의 슬픔을 표상한다고 할 수 있다. 사실 어떤 소리는 꾀꼬리 소리와 다를 바 없고, 어떤 곡조를 들으면 거의 보편적으로 즐거운 감정을 표현하는 것으로 들린다. 음악으로서의 소리는 한 낱말, 한 명제, 한 텍스트에 비교할 수 있는 소리·기호·언어임에는 틀림없다. 어떤 소리를 '음악'이라 할 때, 그 말 속에는 언어·기호의 개념이 이미 내포되어 있다.

음악이 감동과 떼어 생각할 수 없고, 감동이 언어·기호와 떼어 생각할 수 없고, 언어·기호가 의미와 떼어 생각할 수 없다면, 기호로서의 소리 즉 음악의 의미는 무엇이며, 그러한 '의미'가 동반하는 음악적 감동은 어떻게 설명할 수 있는가? 이 물음에 대답하기에 앞서 약간의 의미론이 필요하다.

(2) 기호와 의미론

언어·기호가 필연적으로 무엇인가를 의미한다면 언어·기호는 어떻게 정의될 수 있으며, 기호가 내포하는 '의미'란 무엇인가? 언어·기호는 '지각적 대치물'로 정의할 수 있으며, 언어·기호의 일반적 의미는 '대치된 것'이란 뜻으로 규정할 수 있다. 어떤 지각적 존재·현상, 가령 말소리, 문자, 그림, 다양한 신호 체계 등을 다른 지각적 존재와는 달리 '기호'로 부를 수 있는 것은 그것들이 무엇인가를 대치하는 것으로 전제되는 한에서 가능하며, 그러한 기호의 의미란 곧 그것들에 의해 대치·대신된 것들에 지나지 않는다. 그러나 이때 구체적으로 '무엇이 대치된 것' 즉 구체적 의미가 무엇인가를 결정하지 않은 채 '의미 일반'을 말하는 것은 구체적인 언어·기호의 의미를 결정함에 있어 공허하다. 언어·기호와 그 의미론의 문제는 바로 구체적 언어·기호의 특정한 의미 즉 각별히 그 언어·기호가 '대신하는 특정한 무엇'을 결정해야 하는데, 문제는 그것이 '대치'한다고 전제하는 것은 단 한 가지가 아니라는 데 있다.

언어·기호의 의미는 인지적·대칭적·객관적 의미와 비인지적·비지칭적·주관적 두 가지로 나누어질 수 있다. 가령 '개'라는 문자적 기호는 '개의 범주에 속하는 모든 개들'을 지칭하여 객관적 의미를 갖지만, '귀여움', '충실함', '즐거운 기억' 등은 사람마다 무한히 다를 수 있는 주관적 의미만을 갖고, 또한 육체적, 심리학적으로 변화시킴으로써 자극적 의미만을 갖는다. '개'라는 기호의 의미가 그것의 '대치물'로 정의된다면, 그 낱말의 의미를 안다는 것은 그것의 대치물을 안다는 말이 되는데, 만일 그것의 대치물이 다양한 이상 어떤 구체적 상황에서 그 낱말의 정확한 대치물이 무엇인지를 결정하기는 쉽지 않다. 누군가가 '개'라는 낱말을 썼을 때 그것이 개를 지칭하기 위해서 쓰였는지 아니면, 그 말을 대하는 이의 주관에 따라 달라질 수 있는 어떤 연상을 야기하기 위해 사용되는지 결정할 수 없는 경우가 많다. 철학의 본질을 개념적 투명성의 추구라 정의할 수 있다면, 언어·기호의 대치물 즉 의미를 결정하는 문제 즉 철학적 의미론이 현대 철학의 핵심적 과제로 자리잡게 된 것은 전혀 우연이 아니다.

사전적으로 어느 정도 규정된 '개'라는 문자적 혹은 발성적 기호의 의미가 이처럼 애매모호하다면, 사전적으로 정해지지 않은 음악 구성 요소로서의 특정한 '소리·기호'의 의미를 결정하기란 더욱 난감하다. 음악과 소리의 구별이 '감동'이라는 개념에 비추어서만 가능하며 음악적 감동은 언어·기호를 떠나 있을 수 없다면, 언어·기호로서의 음악의 의미가 밝혀지지 않은 상태에서 음악과 소리의 구별은 불가능하다. 그렇다면 언어·기호로서의 음악은 무엇을 어떻게 의미하며 음악적 감동은 어떻게 설명할 수 있는가? 음악과 소리의 구별은 우선 이런 물음에 대한 대답에 달려 있다.

(3) 음악적 기호와 의미

한 곡을 일종의 기호로 된 텍스트로 볼 때 곡을 구성하는 음소들은 각기 독립된 기호·낱말로 봐야 하는데 문제는 그 음소들의 의미는 '개', '슬픔' 등의 기호적 의미와는 달리 그것을 쉽게 결정할 수 없고, 따라서 여러 기호의 통일된 텍스트로서 「바다」 혹은 「운명」이라는 곡의 전체적 의미도 쉽게 알 수 없다는 데 있다. 그렇다면 한

곡을 텍스트로, 음소를 기호·낱말로 봐야 한다는 주장의 근거가 희미해진다. 더욱 구체적인 문제는 이렇다.

의미론적 '의미' 즉 기호의 '의미'는 필연적으로 관념적 즉 비감각적으로 존재한다. 그러나 감각적이 아닌 기호는 생각할 수 없다. 기호는 감각적으로만 존재한다. 감각적 의미가 없는 기호란 공허한 개념이다. 그렇다면 감각적 존재로서의 기호가 어떻게 비감각적 존재로서의 관념적 '의미'를 나타낼 수 있는가의 문제가 제기된다. 즉 하나의 감각체로서 사물 현상이 관념적 존재를 지칭, 즉 '의미'하는 기호로는 결정될 수 없다는 것이다. 그렇다면 우선 기호와 그 의미의 일반적 관계를 보기로 하자.

교통신호 체계에서 '빨간빛'이 '정지'를 '파란빛'이 '진행'을, 전쟁터에서 '흰 깃대'가 '항복'을 뜻하지만, 빨간빛과 그것의 '정지'라는 의미, 푸른빛과 그것의 '진행'이라는 의미, '흰 깃대'와 그것의 '항복'이라는 의미 간에는 인과적이거나 논리적인 것과는 상관없이 오직 인위적 관계만이 있다. '정지', '진행', '항복'이라는 의미가 전혀 다른 빛이나, 깃대나 또는 그 밖의 다른 감각체로서 표상 및 지칭될 수 있다. 기호와 그 의미의 관계는 자연적이 아니라 인위적인 것이며, 논리적이 아니라 제도적 즉 약속적이라는 것이다. 그러나 모든 기호가 이처럼 인위적, 제도적 즉 약속적인 것이 아니라는 주장이 나올 수 있고, 만일 그러한 주장이 옳다면 음악은 바로 그러한 종류의 기호라고 주장할 수 있다.

음악이 어떤 것을 의미한다는 말은 그것이 무엇인가의 대상을 표상함을 뜻한다. 음악이라는 기호의 이러한 표상적 기능은 기호의 의성(擬聲)·의형론(擬形論, onomatopoesia)에 의해 뒷받침될 수 있다. 의성·의형론은 기호와 그것의 의미 즉 지칭 대상의 물리적 유사성을 강조함으로써 기호와 의미의 관계가 한결같이 인위적, 제도적, 약속이 아니고 자연적, 우연적, 물리적일 수 있음을 주장한다. '꼬끼

오’나 ‘파닥’이라는 말·기호의 의미가 각기 닭의 울음소리와 새의 날개 소리를 의미하게 된 이유는 각기 그것들 간의 지각적 유사성 때문이다. ‘月’이라는 낱말이 달을 의미할 수 있는 이유는 그 낱말의 물리적 형태가 시각적으로 달의 모양과 유사하기 때문이라는 것이다. 뿐만 아니라 의성적 기호는 그것이 뜻하는 것과 물리적으로 유사하다는 점에서 약속적 즉 제도적 기호의 의미보다 더 정확한 표상 즉 의미의 기능을 할 수 있고, 음악을 의성적 기호의 가장 뛰어난 예로 들 수 있다. 음악이라는 기호는 다른 종류의 기호보다 더 정확한 의미를 전달할 수 있다는 주장이 나올 수 있다는 것이다.

그러나 의성·의형론이 기호의 의미를 그 대상과의 유사성으로 설명하는 데 있다면, 위의 예에서 언뜻 본 것과는 달리 이 기호·의미론은 틀렸다. 닭의 의성적 표기가 가령 불어권에서 ‘꼬끄리꼬’로 의성화되고, 달의 의형적 표기가 불어, 영어, 독어권에서 각기 달의 빛을 형상화한 불어의 ‘lune’, 달의 구조를 형상화한 영어와 독일어의 ‘moon’과 ‘Mund’로 표기됐음에도 불구하고 다같이 ‘닭’과 ‘달’을 의미한다면, 한 기호의 의미와 그것이 표상하는 대상의 관계는 유사성 즉 물리적 관계와는 상관없음을 입증한다. 위의 의성·의형적 기호들이 그것들이 각기 뜻하는 어떤 대상을 ‘의미’할 수 있는 이유는 그것들과 각기 표상하는 대상의 유사성이 아니라 오히려 차별성에 있다. 소쉬르가 언어학적 차원에서 그리고 그 후 데리다가 철학적 차원에서 보여주었듯이 한 기호적 의미는 기호와 그 대상이 동일성이 아니라 정반대로 차별성에서만 찾을 수 있다. 만일 음악이 기호이며, 음악적 기호가 무엇인가를 의미할 수 있다면 그것은 자연적이 아니라 제도적, 약속적으로 정해진 것으로 볼 수밖에 없다.

그런데 문제는 그렇게 간단하지만은 않다. 음악의 각 음소의 의미를 말할 수 없는 상황에서 음악을 기호라 하고 음악적 기호의 의미를 말한다는 것은 무의미한데, 한 곡을 구성하는 각 음소들의 약속

에 의해 정해졌다고 전제된 '의미'가 구체적으로 무엇인지 전혀 알
수 없기 때문이다.

여기서 우리는 '개념화되지 않은 개념·의미'(conceptless concept)
라는 개념을 생각할 수 있다. 보통 기호적 의미는 '개념화' 즉 일반
적으로 유통되고 있는 언어적 서술로 표현된다. 그러나 기호가 그것
의 표상 대상과 차별됐을 때만 무엇인가를 의미할 수 있다면, 어떤
기호·언어의 대상으로서 현상, 사물, 경험, 신념 등은 그것을 표상
하는 개념 즉 의미와 논리적으로 일치할 수 없다. 이러한 사실은 어
떤 대상의 기호적 표상 즉 개념·의미는 곧 그것이 표상하고자 하
는 대상의 왜곡을 함의함을 입증한다. 어떤 대상의 표상의 의도가
그 대상을 있는 그대로 표상함에 있다면, 모든 표상은 표상이 실패
했을 때 즉 완전히 표상되지 않았을 때에만 표상된다는 역설을 낳
는다. 그럼에도 불구하고 무엇인가를 인식해야 하고 인식하기 위해
서는 그것을 기호로 표상화·개념화·의미화하지 않을 수 없는 것
이 인간의 본질이라면, 인식·표상 대상의 왜곡은 자연 속에서 존재
하는 인간의 어쩔 수 없는 운명이다. 이러한 상황에서 인간이 찾을
수 있는 차선의 해결책은 '개념화 이전의 존재'를 표상하기 위해 '기
호 아닌 기호' 즉 일상적 언어로 정확히 규정할 수 없는 '기호'의 발
명이다. 음악이란 기호는 다름 아니라 바로 '기호 아닌 기호'이다.
이러한 '기호'를 '한계·절대 기호'(limiting·absolute sign)로, 이러한
기호의 의미를 '한계·절대 의미'(limiting·absolute meaning)로 부를
수 있다.

모든 예술의 본질적 의도가 언어로 표상할 수 없는 것을 언어로
표상하고자 하는 데 있다면, 음악 예술은 그러한 예술적 의도의 가
장 순수한 표현이다. 이런 점에서 볼 때 음악을 가장 순수한 예술이
라고 흔히 말하는 것은 우연이 아니며, 또한 어떤 예술이고 감동과
떼어 생각할 수 없고, 음악 예술의 감동이 가장 순수한 감동이라는

사실도 전혀 우연이 아니다. 시인 보들레르가 그의 시 「교감(La correspondance)」에서 자연 전체를 형태, 소리, 색깔, 냄새 등으로 이루어진 무엇인가를 뜻하는 상징·기호의 숲으로 보고 그것들 간의 자연스러운 의미의 교신·교감을 노래했을 때, 그는 공감각론(共感覺論, synaesthesia)과 한계·절대·순수 기호, 그리고 한계·절대·순수 의미를 말하고 있다. 즉 논리적으로는 생각할 수 없지만 서로 종류가 다른 감각이 근본적으로는 서로 상통하여 서로 대치될 수 있다는 것이며, 그렇게 상통하는 기호와 의미는 절대적·한계적이어서 그만큼 순수하다는 것이다. 음악과 감동을 서로 떼어 생각할 수 없고 또한 감동의 본질이 언어·기호와 떼어 이해될 수 없다면, 음악적 감동은 바로 한계·절대·순수 기호 및 의미의 관점에서 설명될 수 있다.

(4) 음악적 감동의 존재론적 설명

심리학자 A. 스토는 그의 저서 『음악과 마음』에서 "음악이 인간에게 미치는 깊은 감동을 전제하고 그렇게도 깊은 감동을 주는 까닭"[2]을 심리학적으로 밝히고자 한다. 그에 의하면 인간은 선천적으로 삶과 우주를 이론화함으로써 그것에 의미를 부여하려고 애쓰게 마련이다. 경험 대상의 이론화는 기호에 의한 개념적 질서(order)의 구축을 뜻하며, 이러한 질서의 틀 안에서만 의식 대상은 비로소 의미를 갖는다. 감동은 필연적으로 일종의 욕망 충족을 뜻하며, 질서 창조를 통한 의미가 인간의 근원적 욕망이라면, 모든 형태의 질서 창조가 감동을 동반하리라는 것은 논리적으로 자명하다. 음악이란 음소라는 기호에 의한 청각적 경험에 질서를 부여하는 창조적 작업

---

2) Anthony Storr, *Music and the Mind*(N.Y. : Ballatine Books, 1992), 10쪽.

이며, 음악적 감동은 바로 이러한 작업을 통해 청각적 세계가 질서
와 의미를 갖게 되어, 그러한 결과가 자연적으로 질서와 의미에 대
한 인간의 근원적 욕망을 충족시켜 준다는 것이다.[3]

스토의 설명은 두 가지 문제를 제기한다. 인간의 근원적 욕망이
자연 상태에서는 찾을 수 없는 개념적 질서의 구성이라는 그의 전
제는 예술심리학자 M. 펙크햄의 정반대되는 주장에 의해 일단 의심
의 여지가 있다. 그에 의하면 인간은 질서를 갈구하는 동시에 혼동
(chaos)을 갈구한다는 것이다.[4] 펙크햄의 이 같은 주장을 무시하지
않으면 음악적 감동에 대한 스토의 설명은 불충분하다. 음악적 감동
이 인위적으로 창조된 삶과 우주의 개념적 질서에 의해서 설명되고
또한 학문적 이론이 결국 혼탁한 경험 대상에 부여된 개념적 질서
에 지나지 않는 것이라면, 모든 학문적 이론에서도 음악이나 그 밖
의 예술에서 받는 감동과 똑같은 종류의 감동 즉 가치를 발견해야
할 것이다. 그러나 학문적 가치가 지적 즉 정보적 가치인 데 반해
음악 그리고 예술 일반의 가치는 정서적 즉 비정보적이다. 정서적
가치로서의 음악적 감동은 스토의 심리학적 설명과는 다른 설명을
필요로 한다. 여기서 우리는 사르트르의 존재론에 기대어 보자.

사르트르는 존재를 의식적 존재와 비의식적 존재로 구별하는데
전자는 어떤 물리적 법칙을 추월한다는 점에서 필연적으로 '자유'라
는 속성을 특징으로 하고 후자는 외부적으로 언제나 결정되어 있는
'비자유적' 존재이다. 사르트르는 그것들을 각기 대자(對自, pour-
soi)와 즉자(則自, en-soi)라 부른다. 대자의 유일한 예는 인간이며
인간 외의 모든 존재는 즉자에 속한다. 의식은 필연적으로 무엇인가
의 대상에 대한 의식이고 의식되지 않은 대상은 생각할 수 없기 때

---

3) 같은 책, 105쪽 이하를 참조.
4) Morse Peckham, *Man's rage for Chaos—Biology, and Arts*(N.Y. : Chilton Books,
   1965) 참조.

문에 의식으로서의 대자와 의식 대상으로서의 즉자는 논리적으로나 실질적으로 서로 떼어 생각할 수 없지만 그렇다고 양립할 수 없는 갈등적 관계를 갖는다.

대자로서의 인간은 자유일 수밖에 없고 자유는 책임을 함의하며, 책임은 불안을 함의하고 불안은 불안으로부터의 도피심을 만들어낸다. 대자로서의 인간의 자유가 불안의 원인이라면 대자는 비자유적 존재로서 즉자적 존재 즉 의식 없는 존재로 전환됐을 때에만 불안으로부터 해방될 수 있다. 사르트르에 의하면 인간의 궁극적 이상·욕망은 즉자로서 즉 의식적 존재로서의 불안감으로부터 완전히 해방된 상황에서 체험할 수 있는 만족감이다. 이러한 만족감의 조건은 대자인 동시에 즉자인 상태이다. 만족감은 일종의 의식이므로 내가 대자로 남아 있는 한 그러한 만족감을 경험할 수 없고 그와 동시에 내가 즉자 즉 의식 없는 존재일 경우에만 나는 의식과 자유 즉 불안의 조건으로부터 해방될 수 있기 때문이다. 요컨대 모든 인간의 궁극적 목적은 두 가지 존재를 통합한 완전한 존재로서의 대자 – 즉자로 존재하는 것이다. 그러나 이 둘의 존재는 대립적이기 때문에 어떠한 존재도 동시에 대자이며 즉자일 수 없으므로 인간의 모든 노력은 결국 이러한 상황을 실현하고자 하는 간접적 혹은 직접적 시도에 불과하고 인생의 모든 노력은 궁극적으로 허사로 돌아가는 고통에 지나지 않는다.[5]

그럼에도 불구하고 어떤 조건하에서 인간은 그의 이상에 가장 가까워질 수 있는데 그러한 조건은 예술적 표상에서 가장 의도적으로 시도된다. 어떤 대상은 개념/의미로서의 기호·언어를 통해서만 표상되는데 그 개념·의미가 투명하지 않은 기호언어에 의해서 표현되는 예술 작품에서는 예술적 언어·기호와 그 표현 대상의 구별은

---

5) J. P. Sartre, *L'etre et le neant*(Paris : Gallimard, 1943) 참조.

그만큼 흐려진다. 그렇다면 예술적 표현은 대자와 즉자가 가장 접근하는 조건이며, 그 의미가 다른 예술적 기호에서보다도 애매모호한 음악적 기호를 통해 어떤 대상을 표현하고자 하는 음악 작품에서 대자와 즉자는 가장 가까운 관계를 갖는 것으로 볼 수 있고, 미학적 감동이란 바로 이러한 조건이 만들어내는 감동이라 볼 수 있다. 이와 같이 볼 때 예술은 '언어·기호 아닌' 언어·기호로 개념·의미화하지 않으면서 동시에 기호로서 어떤 대상을 개념·의미화하려는 역설적 의도라고 볼 수 있으며, 예술 가운데에도 음악은 이러한 의도의 가장 극단적 예라 할 수 있다. 바로 이런 점에서 음악을 가장 순수한 예술이라 말할 수 있고, 음악적 감동을 가장 순수한 미학적 감동이라 얘기할 수 있다.[6]

3 음악과 소리의 양상론적 구별

소리와 음악의 개념적 구별을 음악의 언어·기호성에서 찾고, 음악적 기호의 감동이 이론적 차원에서 인간의 존재론적 구조에 의해서 설명할 수 있다는 것을 인정해도 구체적 차원에서 언어·기호로서의 소리와 물리적 현상으로서의 소리를 구별하는 문제가 생긴다.

첫째, 우리는 소리와 음악 즉 기호로서의 소리를 문화적 관습에 따라 혹은 소리의 물리적 규칙성, 의도성에 따라 구별하지만, 좀더 자세히 검토하면 이러한 구별의 근거가 확고하지 않음을 이미 앞에서 보았다. 케이지가 4분 33초 동안 들려준 하버드 대학 정문 앞 광장의 모든 잡음이 「4분 33초」라는 음악으로서 무엇을 뜻하는 언어·기호라 한다면 소리·기호는 그 광장에서 들려오는 잡음과 전

---

6) 박이문, 『시와 과학』(일조각, 1975) 참조.

혀 구별할 수 없다는 것이다. 둘째, 새소리, 파도소리, 바람소리 또는 군중의 환호소리에서 선사시대의 대부분의 인류가 그랬고 오늘날에도 적지 않은 이른바 '원시적 사고'를 갖고 있는 부족이나 개별적 인간들이 아직도 그러하듯이, 어떤 우주적·자연적 인격자의 어떤 의도를 표현하는 기호로서 그 뜻을 읽고 거기서 '미학적' 감동을 느낀다면 그러한 이들한테는 이 모든 자연이나 공사장의 소리는 곧 '음악'으로 감상할 수 있다. 그렇다면 음악과 소리의 구별은 이론적 즉 개념적으로는 가능하나 구체적 즉 물리적으로는 불가능하다.

그런데도 언어·기호로서의 지각 대상과 단순한 지각 대상으로서의 지각 대상의 구별이 존재한다면 그 구별은 소리의 물리적·자연적·지각적 속성에 의해서가 아니라 오로지 제도적 약정에 근거한다. 케이지의 「4분 33초」라는 잡음은 20세기 서양 음악사의 맥락에서, 그리고 새소리, 바람소리, 파도소리 등은 선사시대나 원시사회에서 기호로서 제도적으로 정해진 것으로 해석할 수 있다.[7]

기호로서의 소리와 단순한 소리의 구별의 궁극적 근거가 소리의 물리적 속성이 아니라 제도적 속성에 있다는 것을 인정해도 그러한 사실은 음악과 소리를 구별하는 데는 충분치 않다. 모든 시각적 혹은 문자적 기호·언어가 다같이 미술 작품이나 문학 작품이 아닌 것과 마찬가지로 기호·언어로서의 모든 소리가 다 같이 음악일 수 없다. 똑같은 소리가 어떤 현상의 서술, 어떤 의도의 전달 혹은 감정의 표현을 위해 사용될 수 있고 감상의 대상으로 사용될 수 있다면, 어떤 소리가 한 사회 공동체 안에서 약정에 의해서 '기호·언어'로서 제정됐더라도 그 소리가 음악으로서 사용된 기호냐 아니면 음악이라는 테두리 밖에서 무엇인가를 전달하기 위해 사용된 기호냐를 구별할 필요가 있다.

---

7) 박이문, 「제도적 정의」, 『예술 철학』(문학과지성사, 1983) 참조.

　기호로서의 소리와 단순한 소리의 구별이 물리적 즉 지각적 속성이 아니라 약정으로서의 제도라는 비가시적 속성에 의해서만 가능하듯이, 음악으로서의 소리·기호와 음악 아닌 소리·기호의 구별은 '양상'(modality)이라는 역시 비가시적 논리적 판단의 속성에 의해서만 가능하다. '양상'은 명제(statement)에 대한 태도를 지칭한다. 명제는 무엇인가에 대한 사실 판단을 뜻하는데, 그것의 단정적(assertive), 절대적(apodictic), 개연적(problematic)인 세 가지 양상으로 구별할 수 있다. 한 명제가 단정적이거나 필연적 양상으로 언급됐을 경우 그 명제에 대해 진·위의 판단이 내려질 수 있는 데 반해, 같은 명제가 개연적 양상으로 언급됐을 때 그 명제에 대해서는 진·위의 판단은 불가능하다. 개연적 명제는 어떤 사실의 서술이 아니라 그 '가능성'만을 조건적으로 제안하는 기능만을 갖기 때문이다. 예술 작품이 무엇인가를 지칭하는 하나의 큰 명제로 볼 수 있다면, 그것은 그의 양상이 개연적이라는 점에서 단정적이거나 필연적 양상을 갖는 모든 비예술적 명제와 구별된다. 이런 점에서 예술적 언어·기호의 기능은 어떤 사실의 서술이 아니라 그러한 사실의 '가능성'을 제안하는 데 있다. 음악 예술의 경우도 마찬가지이다.[8] 다른 어떤 언어·기호로서 가장 충실하게 표상하고자 하는 것이 음악이다.

　그러나 어떤 소리·기호·언어로 구성된 명제가 개연적 즉 예술적 양상으로 존재하는지 아닌지에 대한 결정은 그 소리·기호·언어의 물리적 속성에만 의존할 수 없고 그 소리·기호·언어가 사용된 여러 맥락들 즉 그것이 사용된 의도, 장소, 시간적 맥락 등에 의존해야 한다. 어떤 소리·기호·언어를 가령 음악당이나 극장에서 작곡가나 연주가나 음악 애호가가 발음했다면 그것은 음악으로서의 소리일 확률이 크다. 케이지의 「4분 33초」가 음악으로 분류되는 근

─────────────

8) 박이문, 「철학과 문학」 및 「철학적 허구와 문학적 진실」, 『철학전후』(문학과지성사, 1993) 참조.

거도 바로 이러한 사실로 설명된다. 그 단순한 소리와 기호로서의
소리의 구별이 제도적 약정에 따라 결정될 수 있다면, 그러한 기호
들은 양상론적 관점에 따라 우주의 음악으로도 들을 수 있다.

제2부
예술과 환경

예술과 사회

　예술과 사회와의 관계는 참여 예술과 순수 예술 혹은 예술에 있어서의 사실주의와 형식주의 간의 시비로 심심치 않게 제기되곤 했다. 이 문제의 핵심은 크게 두 가지 복합적 관계에서 찾아볼 수 있다. 그 하나는 한 예술 작품이 얼마만큼 그 작품이 생산된 사회 여건에 의해서 결정되느냐는 문제이며 또 하나는 한 예술 작품이 거꾸로 얼마만큼 이미 주어진 사회에 영향을 미치느냐는 문제이다.

　한편으로 한 예술 작품이 한 예술가의 생각을 나타내는 것이라고 전제할 때, 그리고 한 생각이 예술 작품으로 구체화되려면 필연적으로 어떤 표현 수단으로서의 매개체, 예를 들어 한 시대와 사회에 있어서의 언어, 악기, 채색 도구 등을 떠나서는 불가능하고, 그러한 것들은 필연적으로 한 사회의 여건 속에서 달라질 수 있다는 것을 전제할 때, 그리고 한 예술가의 생각은 그가 살아가는 사회적 여건을 떠나서 상상될 수 없다는 것을 고려할 때, 한 예술 작품이 사회 여건에 의해서 크게 결정된다는 사실은 자명하다. 또 다른 한편으로 일단 생산된 예술 작품은 한 사회 안에서 감상되며 소비된다는 것을 인정할 때 그러한 작품이 감상자에 영향을 주고 따라서 감상자들로서 이룩된 사회에 간접적으로 영향을 주리라는 것은 따질 필요도 없이 자명하다.

이와 같이 사회와 예술 사이에는 극히 밀접한 인과적 관계가 있다는 것을 인정해야 하겠지만, 문제는 첫째 그것들 사이의 인과적 관계가 어느 정도 결정적이냐를 밝히는 데 있으며, 둘째는 사회가 예술에 인과적으로 결정적인 역할을 한다는 생각과 예술이 역시 인과적으로 사회에 작용하며, 해야 한다는 생각과의 갈등을 풀어내는 데 있다. 요약해 말해서 예술과 사회와의 관계에 대한 문제는 그것들 사이의 인과적 관계가 애매모호한 데서 생긴다. 그렇다면 첫째, 어떤 뜻에서 예술은 사회에 의해서 결정된다고 할 수 있으며, 둘째, 어떤 뜻에서 사회는 예술에 의해서 결정된다고 할 수 있는가?

첫째, 사회가 예술 작품을 인과적으로 결정한다는 생각을 고찰해 보자. 그리스의 '비극'들은 비극적 인생관과 세계관을 가진 고대 그리스인의 사회를 반영한 것이며, 한국의 슬픈 '창'들은 이조 시대 한국의 슬픈 사회적 환경 속에 놓여 있는 민중들의 사회 사상을 비춰주고 「영자의 전성시대」라는 소설은 1970년대 한국의 사회상을 보여준다는 생각이다. 이런 관점에서 볼 때 참다운 예술 작품은 그 작품이 쓰여진 사회의 반영, 더 정확히 말해서 인과적 관계의 필연적 소산이다. 이런 입장에서 이른바 예술의 사회주의라는 개념이 나타나고 주장된다. 우리나라에서 널리 알려진 아놀드 하우저의 『문학과 예술의 사회사』도 대충 위와 같은 사회와 예술 간의 인과적 관계를 전제함으로써만 이해될 수 있다.

그러나 위와 같은 전제는 타당한 것 같지 않다. 예술이 사회와 전혀 관계가 없다는 것은 아니지만, 예술이, 더 정확히 말해서 한 예술 작품의 특성이 오로지 그 예술이 생산된 사회 여건에 의해서 충분히 설명된다고는 말할 수 없다. 어떤 근거에서 그리스의 '비극', 산수화, 「영자의 전성시대」가 각기 고대 그리스의, 동양의, 1970년대 한국의 사회를 반영하며, 그 사회적 조건에 의해서 인과적으로 결정되었다 할 수 있는가? 위와 같은 작품들이 사회적 여건의 인과적인 결과라고만 볼 수 있는 것이 아니라 오히려 이러한 것들이 우리가 지칭하는 사회적 여건을 만들어낸 것이라고는 볼 수 없을까? 만약 이런 것들이 생산되지 않았더라면 우리가 머리에 두고 말하는 사회적 여건은 달리 서술돼야 하지 않을까? 만약 예술 작품이 사회적 여건의 인과적 결과라고 전제한다면 예술 작품의 창조성은 부정되어야만 할 것이다. 예술 작품이 다른 모든 작품이나 문화적 사건들과 마찬가지로 그것이 발생된 사회적 조건과 복잡하고 밀접한 관계가 있으며, 따라서 그 사회 속에 깊이 뿌리를 박고 있음을 부정할 수는 전혀 없지만 한 예술 작품은 사회적 여건만으로만은 만족스럽게 설명되지 않는다. 그것은 초사회적인 차원을 지니고 있다고 봐야 한다. 이와 같은 관점에서 볼 때 예술은 어떤 사회의 단순한 서술이나 단순한 사실만은 아니라는 결론이 선다.

그렇다면 둘째, 예술이 사회에 인과적인 영향을 준다는 입장을 검토해 보자. 『난장이가 쏘아올린 작은 공』이 한국에 있어서 사회 의식을 크게 일깨웠다는 점에서 이 작품은 사회에 일종의 인과적 관계를 맺고 있음은 자명이다. 솔제니친의 『암병동』은 스탈린 시대의 소련의 비인간적인 정치적 독재를 폭로하여 스탈린식의 소비에트 정책에 크나큰 브레이크의 역할을 했다는 것은 부정될 수 없다. 프랑스의 혁명가(革命歌)인 「라마르세예즈」가 구체제에 반기를 든 혁명 대중들의 사기를 돋우어 혁명을 성공하게 하는 데 큰 도움이 됐다는 것은 사실이다. 피카소의 「게르니카」가, 혹은 현대 라틴 아메리카의 진보주의적 예술들이, 독재 세력 혹은 부패 세력을 고발하는 데 큰 역할을 했음을 인정하지 않을 수 없다. 그러나 이와 같이 직접적인 정치적 혹은 사회적 영향을 갖고서만 「게르니카」의 예술적 의미와 가치를 만족스럽게 설명할 수 없다. 이상의 시 혹은 괴테의 『파우스트』 혹은 미켈란젤로의 조각들 혹은 다빈치의 「모나리자」 또는 모차르트의 바이올린 곡 등은 조세희의 소설, 피카소의 그림,

프랑스의 국가와 같은 직접적인 영향을 주지 않았다. 그럼에도 불구하고 전자들과 같은 예술 작품들은 후자들의 작품들과 비교해서 훨씬 높이 평가되고 있는 것이다. 이러한 사실은 예술 작품의 의미와 가치가 그것이 한 사회에 미치는 정치적 혹은 이념적인 영향력에 의해서만 이해되고 결정될 수 없음을 입증한다. 이와 같이 볼 때 정치적 차원에서 본 사회적 영향을 강조하는 '예술의 사회 참여론'은 예술의 기능, 예술과 사회와의 올바른 관계를 이해하지 못한 데서 나온 것이라는 결론이 나온다. 이러한 결론은 예술이 사회를 변형하고 발전시키는 데에 무관심하다는 말과는 전혀 다르다. 그것은 이념적 혹은 실존적 결단의 문제임을 말할 뿐이다. 아무리 공부가 중요하다고 해도, 만일 내가 공부를 포기하고 가족들의 목숨을 살려야만 한다면 마땅히 공부를 버리고 가족들의 생명을 건지는 것이 보다 높은 가치를 위한 선택일 것이다. 그렇다고 해서 공부의 기능이 가족의 생명을 구하는 데 있다거나 혹은 가족들의 목숨을 구하기 위해서만 공부하라는 말은 타당한 논리가 아니다. 이와 마찬가지로 예술의 기능이 정치적 변혁을 꾀한다는 뜻에서의 사회 참여는 경우에 따라 마땅히 발휘되어야 하겠지만 그렇다고 예술의 기능은 그러한 사회 참여에 있다고는 말할 수 없다.

그렇다면 예술은 사회와 아무런 관계가 없고 어떤 막연한 관념적 공간에, 고립된 상아탑에 가두어 두어야 한단 말인가? 그래서 예술의 순수성을 다시 들고 나와야 하는가? 만일 예술의 순수성이 작품의 형식미 혹은 순수한 예술성을 의미한다면, 그러한 것들이 공허한 개념에 지나지 않는 무엇을 지칭하는 것인가? 내용을 떠난 형식을 생각할 수 없다면 문자 그대로의 예술의 순수성이란 아무런 의미도 담지 못한다. 그것이 어떤 종류의 예술 작품이든 간에 예술 작품이 한 구체적인 사회 속에서 살고 있는 사람의 생각이나 경험 혹은 꿈의 표현이라는 것을 인정할 때, 그리고 그것은 반드시 구체적인 사회 속에서 살아가는 사람들에게 제시되고, 감상되고 평가된다는 것을 상기할 때 예술은 숙명적으로 사회와 복잡하고 복합적인 관계를 맺고 있게 된다.

이와 같이 검토해 볼 때 한편으로 예술과 사회는 밀접한 관계를 갖고 있으면서도, 또 한편으로 그것들의 관계는 물리 현상과는 달리 기계적으로 설명될 수 있는 인과 관계를 맺고 있지는 않다. 그렇다면 그러한 관계는 어떻게 서술되고 설명될 수 있는가? 우선 예술 작품의 발생학적 면에서 보자. 예술의 생산과 그것이 놓여 있는 사회적 여건과는 어떤 관계를 갖는가? 바슐라르는 하나의 시와 그것의 기원 간의 관계를 설명하면서 꽃이 땅이나 그것들의 화학적 구성 분자와 떼어서 생각할 순 없지만, 꽃은 그러한 화학적 성분으로 환원될 수 없다고 했다. 꽃의 의미를 인과적 관계만으로는 완전히 설명할 수 없듯이 하나의 시의 의미를 그것의 발생학적 입장에서 인과적으로 설명할 수 없다는 것이다. 이러한 주장은 예술 일반과 사회와의 관계에도 적용된다. 예술 작품은 창작으로서 꽃에 비유되며, 사회적 여건을 꽃이 뿌리박고 있는 땅 혹은 그것의 화학적 성분에 비유된다. 검은 땅에서 솟아나는 나무 끝에서 알록진 꽃이 하나의 황홀한 경이듯이 사회에 뿌리박고 사는 예술가에 의해서 창조된 예술품도 하나의 아름다운 놀라움임에 틀림없다.

그렇다면 거꾸로 일단 창조된 예술 작품과 사회와의 인과적인 것이 아닌 관계는 어떻게 설명될 수 있는가? 앞서 말했듯이 만약 한 예술 작품이 정치적 차원에서의 사회적 영향은 예술 작품의 참다운 의미를 설명하지 못한다면, 예술 작품은 사회에 대해서 어떤 작용을 하며, 어떤 영향을 미치는가? 어떤 것이 예술 작품의 참다운 사회적 기능이라고 말할 수 있겠는가? 예술 작품이 사회적인 스캔들을 일으키는 경우가 있다. 보들레르의 『악의 꽃』, D. H. 로렌스의 『채털리 부인의 사랑』 등은 도덕적인 이유에서 판매 금지가 되었었음은 누구나 잘 알고 있는 바이다. 처음 인상파의 그림이 19세기 말 파리의 살롱에서 전시되었을 때 당시의 저명한 미술 비평가들도 그러한 작품은 그림이 아니라고 규탄했다. 처음 큐비즘 혹은 추상화가 나왔을 때, 그리고 더 가까이는 앤디 워홀이 「캠블 수프 통」이란 이른바 팝 예술 작품을 냈을 때 크나큰 물의를 일으켰었다. 또 한편 존 케이지 등에 의한 극히 전위적인 음악 운동이 있었을 때 일반 사람들에게는 그것이 도저히 음악으로 받아들여질 수 없었다. 이러한 예술에 대한 반발은 이 예술이 우리들의 전통적이고 경직된 예술관에 맞아들어가지 않기 때문이다.

그러나 시간이 지난 오늘에 와선 인상파 그림이 다른 유형의 그림보다 더 많은 사람들의 애호를 받게 된 것 같고, 모든 장식이나 조명에 있어서 큐비즘적, 혹은 추상 회화가 보여주는 감수성을 더욱 나타내고 있다. 이만큼 우리들의 감수성 혹은 사물에 대한 인식의 눈이 변하게 됐음을 우리는 잊어서는 안 될 것이다. 『악의 꽃』 혹은 『채털리 부인의 사랑』이 전제하는 윤리 도덕적 입장은 오늘날 스캔들이라고 하기보다는 차라리 하나의 상식이며 당연한 것이 되었다. 이와 같이 예술은 우리들에게 사물 현상을 새로운 눈으로 보게 도와주고, 도덕적 혹은 그 밖의 가치에 대해서 새로운 시야를 열어주며, 우리들의 감수성을 새롭게 하고 바꿔가는 데 도움을 준다. 이러한 예술의 사회적 기능은 그것이 할 수 있는 정치적 혹은 이념적 기능보다 근본적인 기능에서 예술의 참다운 사회적 기능을 찾게 된다. 이와 같은 관점에서 볼 때, 한 사회는 그곳에 살고 있는 사람들의 사물에 대한 인식, 사물 현상에 대한 가치관, 그리고 도덕적 혹은 종교적 가치관의 총체적 반영이라고 인정할 때 우리들의 감수성과 가치관을 항상 재검토하게 하고 창조라는 그것의 본질적 기능을 통해서 항상 새로운 지평을 열어주는 예술은 가장 근본적인 의미에서 사회와 밀접한 관계를 갖고 있다. 이런 차원에서 예술은 한 사회의 반영인 동시에 한 사회의 비판이며 새로운 사회에로 문을 열어 놓는다. 이와 같은 사회와의 이중적 관계에는 모순이 없다. 그러한 관계가 기계적인 인과 관계가 아니라 이른바 변증법적으로 역동적인 관계를 나타내고 있기 때문이다. 이런 관점에서 볼 때 이른바 참여 예술과 순수 예술과의 싸움, 예술의 사회성과 초사회성과의 시비는 그 뜻을 잃게 된다. 예술은 참여 예술이 생각하고 있는 것보다 더 근본적인 의미에서 사회에 참여하고 있으며, 그러면 그럴수록 그것은 순수 예술론이 생각하고 있는 것보다 더 근본적인 의미에서 순수한 것이다.

철학, 예술 및 건축

건축이 '어떤 실용적 목적을 위해 의도적으로 제작된 어느 정도 이상 크기의 구조물을 제작하는 행위'로 정의될 수 있다면 건물은 그러한 행위의 결과일 것이다. 동물과 인간을 구별하는 정확한 잣대를 꼭 하나 지적하기란 쉽지 않지만 그래도 하나만을 집어본다면 우리가 내놓을 수 있는 유일한 척도는 '건축' 외에는 없을 것 같다. 인류와 그 밖의 동물과의 구별이 전자가 문화적이요, 후자가 자연적이라면, 인류의 가장 시초의 뚜렷한 문화적 활동은 자연 속에서는 찾을 수 없는 어느 정도 지속적 안정성을 가진 주거지의 제작이었다. 일정한 주거지에서 잠정적으로나마 인류의 다른 문화적 활동이 가능했을 것이다. 만일 이런 주거지가 제작되지 않았더라면 인류의 생존 양식은 다른 동물의 생존 양식과 별다르지 않았을 것이다. 인류의 역사는 그 발생과 발전에 있어서 건축의 발명의 역사와 동일하다.

인간을 인간으로서 즉 문화적 동물로서의 속성을 규정하는 어쩌면 유일한 징표인 건축은 두 가지 측면에서 철학과 양면적 관계를 맺고 있다. 철학과 건축의 관계의 양면성은 '철학'이라는 개념의 두 가지 의미와 논리적으로 얽혀 있다. 첫째 철학은 한 사람 혹은 한 사회가 갖고 있는 어떤 '원칙' 혹은 '총괄적 신념 체계'를 뜻한다. 이 경우 철학은 '사상', '세계관' 혹은 '이데올로기'라는 말과 거의 같은 의미로 사용된다. 이러한 철학관은 일반인들은 물론 분석철학이 발명되기 전까지는 아무 철학자에게도 의심받지 않았다. 둘째 철학관은 분석철학가들에 의해서 처음으로 분명해졌다. 철학은 어떤 대상에 대한 신념 체계 즉 정보가 아니라 모든 차원에서의 담론이 제기하는 언어적 의미를 분명히 하고 담론의 논리를 해명함에 있다는 것이다. 가령 '진리', '지식', '과학성', '예술' 등의 허다한 개념을 투명히 하자는 것이며, 인식적, 윤리적 혹은 행위적 담론 간의 논리적 구조의 차이를 가려내자는 것이다.

위와 같은 두 가지 다른 뜻으로서의 철학과 건축의 관계는 다음과 같다. 첫 번째 뜻 즉 '사상' 혹은 '세계관'으로서의 철학은 주거 구조물 즉 '집'으로서의 건축만이 아니라 모든 건축물과 뗄 수 없는 관계를 맺고 있다. 그러나 주거 공간 제작이 건축의 기원이었을 것이라는 추측은 모든 건축은 주거를 목적으로 한다는 말이 아니다. 인간은 다양한 것을 필요로 한다. 인정되고 평안한 주거지가 마련되면 필요한 물건을 보다 효율적으로 생산하거나 자신의 소유물을 보존할 장소가 필요하다. 그런가 하면 인간 사회는 시대와 장소를 떠나 필요에 따라 종교적 의식을 위한 장소로서의 구조물을 제작해 왔으며, 종교적 의사 표현 그리고 또 중요한 사건 혹은 사실을 기념하기 위한 큰 규모의 상징물 혹은 기념비를 건축할 필요를 보여왔다. 이처럼 건축은 다양한 필요 충족을 목적으로 한다. 그러나 건축이 어떤 목적이나 기능을 하든 간에 그것은 그것을 제작한 건축가 개인이나 그 사회의 신념, 바람 그리고 가치관 따위 즉 세계관을 음양으로 그리고 필연적으로 반영한다. 왜냐하면 건축은 인간이 어떤 목적 실현을 위해 의도적으로 제작한 것이기 때문이다. 이런 점에서 모든 건축은 필연적으로 '철학적' 의미를 갖는다.

두 번째 뜻에서의 철학 즉 개념 분석으로서의 철학은 '건축'이라는 개념, 건축과 뗄 수 없는 관계를 갖는 '예술', '건축가의 의도', '사회', '기능' 따위의 개념과 제작품으로서 건축물의 복잡한 개념적 관계를 밝혀주는 작업이거나 아니면 건축사의 대상과 서술에 대한 방법의 논리적 관계를 고찰하는 작업이다.

이처럼 철학은 두 가지 측면에서 건축과 연계되어 두 가지 의미로서의 '건축 철학'을 말할 수 있는데 첫 번째 건축 철학은 사회학이나 사상사와 유사하며 그 목적과 방법은 과학과 근본적으로 다를 바 없다. 건축 철학은 건축과 세계관의 인과 관계를 밝혀냄을 목적으로 하며 경험적 사실의 서술을 그 방법으로 삼게 된다. 가령 고대 그리스의 건축에 나타난 사상적 바탕을 탐구할 수도 있고 혹은 불교 사상이 어떻게 건축에 반영되며 같은 불교적 건축이 중국과 한국에서 어떻게 달라지는가도 첫 번째 뜻으로서의 건축 철학의 일부가 될 것이다.

이와는 달리 두 번째 건축 철학은 어떤 사실을 그냥 서술적으로 설명함에 있지 않고 그것을 개념적 차원에서 논리적으로 반성하고 비판적으로 평가하는 규범적 작업이다. 그래서 후자의 경우 건축 철학은 과학의 일부로서의 건축학 즉 건축에 대한 직접적 담론이 아니라 그러한 '담론에 대한 담론' 즉 메타 건축(meta-architecture)학이다. 달리 말해서 건축은 한편으로 어떤 세계관 혹은 이념 혹은 사상을 표상하는 점에서 '철학적' 고찰의 대상이 되고 또 다른 한편으로 그와 관련된 개념들의 의미를 밝히는 '분석철학적' 작업 즉 '메타 작업(meta-reflection)'의 대상이 된다. 그렇다면 우선 첫 번째 뜻으로서의 건축 철학부터 검토해 보자.

1 '철학적' 표현으로서의 건축

인간의 모든 의도적 행위는 간접적이고 희미하나마 싫건 좋건 반드시 그의 세계관을 반영한다. 가령 '양반걸음'이라는 낱말은 그 밑바닥에 한국적 유교 사상을 깔고 있으며, 공격적 성격을 나타내는 행위는 도전적인 이기주의적 인생관을 반영한다. 왜냐하면 모든 개별적 행위란 세계관 혹은 인생관이라는 큰 이념적 테두리를 떠나서는 그 의미를 지닐 수 없기 때문이다. 모든 건축은 반드시 어떤 실용적 목적을 갖고 있다. 뒤에서 보다 구체적으로 언급하겠지만 바로 이런 점에서 보통 뜻으로서의 건축은 그것의 스케일과 상관없이 똑같이 건축된 것인데도 불구하고, 다른 모든 의도적 행위와 마찬가지로 철저히 의도적 작품인 건축물은 필연적으로 어떤 세계관 혹은 인생관을 반영한다. 즉 철학적 의미가 있다. 건축물이란 인위적 제작물이 다른 수많은 종류의 제작물과 달리 물리적으로나 경제적으로 스케일이 크고 어느 정도 영구성을 목적으로 일정한 장소에 고정된 제작품인 이상 그것은 그만큼 더 '철학' 즉 무엇인가의 세계관을 반영한다는 말이다. 모든 건축물이 '철학적' 의미를 나타내고 있지만 그렇다고 모든 양식의 건축물들이 다 똑같은 양식으로 다 똑같은 '철학적' 의미 즉 세계관을 표상한다는 말은 물론 아니다. 모든 건축물이 어떤 용도를 위해 어떤 기능을 위해 의도된 것으로서 어느 의미에서 '실용적'이지만 그 실용성의 성질이 모두 같은 것은 아니다. 건축의 용도는 인간의 일상 생활을 위한 거처일 수 있으며, 교육을 위한 장소일 수 있으며, 생산을 위한 작업장일 수 있으며, 소유물을 저장하기 위한 창고일 수 있으며, 개인이나 사회의 중요한 사건을 기념하기 위한 기념탑일 수 있으며, 종교적 신앙 대상인 신들의 거처일 수 있으며, 어떤 사회적 의지를 천명하기 위한 것일 수도 있다. 이렇게 다양한 용도를 위한 건축물들은 어느 사회 어느 시대를 막론하고 언제나 있었다. 화려한 베르사유 궁전을 비롯해서 산골에 있는 흙담 초가에 이르기까지 수많은 양식의 수많은 '집'들의 근본적 용도는 주거에 있다. 다양한 양식의 허다한 수의 학교 건물, 공장, 창고도 각기 교육, 생산, 보관을 목적으로 제작된 것들이다. 파리의 개선문이나 그 밖의 허다한 기념비 혹은 기념탑들은 무엇인가의 기억을 위한 것이며, 카이로 근교의 피라미드, 아크로폴리스의 신전이나 모든 사찰의 중심이 되는 대웅전은 신 혹은 부처님의 거처를 위한 것이다.

모든 건축이 반드시 무엇인가의 목적 수행을 위한 기능을 담당한다는 점에서 한결같이 '실용적'이지만 종류에 따라 그 실용성의 밀도에 차이가 있다. 주거, 교육, 생산, 보관 따위의 실용성은 그것이 인간의 생리학적 생존 조건의 절실성에 비추어볼 때 기념적이거나 종교적 용도보다 더 절실하다는 것은 자명하다. 모든 건축이 어떤 세계관 혹은 사상을 표상하지만 그것이 원래 의도한 목적의 실용도에 따라 한 건축의 사상적 즉 철학적 표상의 밀도가 달라진다. 서양의 석조 집들이 서양적 인간 중심적 세계관을 표현하고 동양의 초가집 혹은 목조 가옥이 동양의 자연 중심적 세계관을 보인다 하겠지만 가옥에 대한 이와 같은 철학적 해석은 극히 암시적이며 추측적이다. 이와는 달리 파리의 개선문이나 고딕 양식 성당의 특유한 뽀족탑에서 각기 승리를 기념하려는 나폴레옹의 의도와 속세를 초월하여 존재하는 한없이 높고 맑은 영원한 세계를 인정하는 세계관과 그런 세계에 대한 갈망을 쉽게 읽을 수 있다. 르네상스 건축 양식에서 신 중심적 구속으로부터 인간 중심적 세계관으로의 해방을 해독할 수 있다면, 바로크에서 로코코 스타일로의 변천에서 모든 구속으로부터 해방된 쾌락주의적 사상을 읽을 수 있다. 그렇게도 혁명적인 바우하우스(Bauhaus)와 그로피우스(Gropius)나 르 코르뷔지에(Le Corbusier)의 순수한 기능주의적 건축 이론은 산업주의 사회의 기계적 세계관과 공리주의적 가치관을 반영한다. 그런가 하면 후기 르 코르뷔지에가 프랑스의 북부 롱샹에 지은 '노트르담 성당'이나 프랭크 L. 라이트(Wright)의 '낙수'라는 이름이 붙은 개인 주택에서 자연과의 화해에 대한 갈망을 읽어볼 수 있다. 그러가 하면 로에 (Rohe)와 존슨(Johnson)의 합작 '빛의 탑'이란 별명이 붙은 시그램 빌딩(The Seagram Building)이 보여준 절충주의적 스타일에서 이른바 포스트모더니즘의 징조를 목격한다. 이 건축 사조의 극단적 표현의 한 예는 피아노(Piano)와 로저스(Rogers)의 합작인 파리의 상트 드 퐁피두(Centre de Pompidou)이다. 이 건물은 언뜻 보아 아름답기는커녕 지저분한 정유 공장이나 죽은 동물을 건조시킨 창자나 고물상을 연상하게 한다. 그것이 처음 파리의 중심부에 들어섰을 때 그것이 상징한 포스트모더니즘의 무질서와 품위의 저속성은 누구한테나 충격적으로 낯설었다. 그럼에도 불구하고 그것은 어느덧 세계적으로 유명한 관광 명승지가 되고, 파리 시민을 위한 다양한 대중문화의 창작과 감상의 공간으로서 익숙해져 가고 있다.

한 시대 혹은 한 사회는 다른 시대와 다른 사회에 비추어볼 때 각기 물리적 여건을 달리하고 문화적 전통을 달리한다. 그러므로 한 시대의 건축은 그 시대의 물리적 여건과 완전히 분리할 수 없으며 한 사회의 건축은 그 사회의 문화적 전통을 결코 무시할 수 없다. 로마인의 경제력이나 건축 기술이 없었다면 로마의 콜로세움 즉 원형 경기장은 불가능했으며, 최첨단 과학 기술이 없었다면 오늘날 흔히 볼 수 있는 유리로만 된 고층 건물이나 파리의 상트 드 퐁피두라는 건축은 불가능했을 것이다. 서양 건축 양식의 존재를 전혀 모른 채 한국이나 중국의 건축밖에 모르고 있었던 19세기 말까지의 한국 건축가는 그가 아무리 독창적이었다 해도 서양식 구조를 가진 건물은 상상도 할 수 없었을 것이다. 그가 지을 수 있는 건물이란 이른바 동양적 건축 양식의 큰 테두리를 벗어나지 못했을 것이다.

그것은 마치 유교권에만 살아왔던 사람으로서 유교적 세계관과는 전혀 다른 기독교적 세계관을 상상하기조차 어려웠던 것과 같다. 요컨대 다른 인간의 활동이나 작품과 마찬가지로 건축이라는 작업과 작품은 그가 위치해 있는 시대와 문화적 공간을 초월하지 못하고 그것들을 반영하거나 그렇지 않다면 그것들로부터 결정적인 영향을 받는다.

이러한 사실을 건축가는 물론 사회가 명백히 의식하는 일은 중요하다. 이러한 것을 의식할 때 건축가나 그런 건축을 요구하고 수용하는 사회는 새로 짓는 건물이 물리적으로나 문화적으로 보다 잘 공헌할 수 있게 되기 때문이다. 그러나 건축과 사회의 물리적 그리고 문화적 조건에 대한 의식은 건축을 통해서 그러한 문화가 갖고 있는 세계관을 수동적으로 반영하는 데 머물지 않고 주어진 여건을 극복하고 그러한 전통적 유산을 능동적으로 재창조함으로써 전통적인 세계관을 비판하고 개선해 가는 작업의 전제 조건으로서 결정적으로 중요하다.

한국의 건축가나 도시 계획가들도 한편으로는 이러한 사실을 염두에 두고 서양적 건축만 맹목적으로 모방할 것이 아니라 전통에 대한 지식을 갖추어야 할 것이며 또 다른 한편으로는 무조건 복고주의에 도취되기보다 전통을 넘어서 보다 보편적이고 시대나 지역이나 문화적으로 보다 적절할 수 있는 새로운 이질적 양식을 수용할 수 있는 개방적 태도와 보다 대담스럽게 독창적인 것을 만들 수 있는 창조적 당돌성을 갖추어야 할 것이다. 이러한 작업은 보다 깊고 보다 옳고 보다 우아한 세계관, 인생관 그리고 미학적 감각의 창조를 뜻함에 지나지 않는다. 이런 점에서 한국의 건축, 도시 계획 그리고 건축 문화적 풍경은 아직도 삭막하고 혼탁하고 거친 상황에 머물고 있다. 이런 점에서 볼 때 한국의 건축은 보다 철학을 의식하고 보다 더 철학을 반영해야 하며 보다 더 철학적으로 설계해야 한다.

세계관 혹은 어떤 이념의 표현적 측면을 갖고 있다는 점에서 건축에 대해 위와 같은 '철학적' 고찰이 가능하다면 이러한 건축에 대해서 '개념 분석'으로서의 철학은 무엇을 살 수 있는가? 개념적 측면에서 건축은 무엇이 문제되는가?

2 철학적 분석 대상으로서의 건축

건축과 관련된 개념 중에서 가장 중요하지만 가장 애매한 개념은 바로 '건축'이라는 개념 자체이다. 이 글의 제일 첫 줄에서 필자는 이미 '건축'이라는 말에 정의를 내렸지만 이 정의는 보다 철학적 검토를 필요로 한다. 앞서 내린 정의는 투명성을 추구하는 철학적 요청을 만족시키지 못한다. 문제는 이 개념이 그와 유사한 개념과 불투명한 관계에 놓여 있다는 사실이다.

'건축'이라는 개념이 제기하는 가장 가깝고도 중요하며 동시에 어려운 문제는 '예술'이라는 개념과 맺고 있는 관계이다. 더 초점적으로 말해서 '건축'이라는 범주는 '예술'이라는 범주에 소속되는가가 문제된다. 이러한 문제가 생기는 이유는 한편으로 모든 건축물이 반드시 실용성을 목적으로 하여 언제나 무엇인가를 위한 도구로 존재한다는 점에서 작품 자체의 감상을 목적으로 하는 예술 작품과 다름에도 불구하고 거의 모든 예술사에는 건축물들이 예술 작품의 예로서 자연스럽게 취급되고 있는 사실과 다른 한편으로 주거나 기념이나 의식(儀式) 등의 실용적 기능을 위해 만든 건물들이 그것들의 실용성과는 상관없이 오직 미적 감상의 대상이 되어온 사실에 있다. 대부분이 아니라면 적어도 적지 않은 관광객들은 크고 작은 고대 도시의 건축물들을 개별적으로 혹은 어떤 도시나 부락에서 집합적으로 감상하려고 먼 길을 떠난다. 그래서 우리들은 파리의 노트르담 대성당 하나를 놓고 제일 아름다운 건물이라든가 혹은 독일의 하이델베르크 시가 가장 아름다운 도시라는 말도 한다. 이러한 사실들이 '건축'이라 불리는 시각 대상들을 과연 어떤 사물의 범주에 소속시켜야 할지에 대한 물음에 대해 혼란과 갈등을 일으킨다.

과연 건축은 예술 작품의 한 장르에 속하는가? 그렇다면 예술의 개념은 어떻게 정의될 수 있는가? 반대로 그렇지 않다면 지금까지 쓰여진 예술사와 건축물들이 그것들의 실질적 용도와는 전혀 상관없이 미적 감상의 대상이 되어 있는 사실을 어떻게 설명할 것인가?

프랑스의 한 예술 철학가 포시옹(Focillion)은 건축을 '동결된 음악'이라고 시적으로 비유해서 아름답게 정의했다. 이 정의는 일반 사람들이 막연하게 알고 있던 건축의 한 본질적 측면을 계시하듯 의식하게 한다. 이 정의가 우리의 주의를 끄는 이유는 건축의 본질적 속성의 하나가 예술의 본질적 한 속성과 일치하기 때문이다. 그것은 '구조적 관계성'이라 부를 수 있는 요소다. 예술적 요소의 하나인 '조화'는 반드시 다양한 구성 요소 간의 복잡한 구조적 관계를 전제한다. 모든 예술이 그러하듯이 모든 건축도 기필코 이러한 구조적 요소와 그것들 간의 관계를 전제하고 그것으로부터 산출되는 조화를 지향하며 그러한 조화는 그것이 의도하는 내용과는 상관없이 그 형식적 구조 자체만으로도 미적 감상의 대상이 될 수 있다.

모든 건축은 그것의 전체적, 구조적 측면에서 미적 감상의 대상이 될 수 있을 뿐만 아니라 그것들이 자연적 혹은 문화적 공간에서 차지하고 있는 위치나 그것들 간의 구조적 조화라는 측면에서도 미적 감상과 평가의 대상이 된다. 또한 대부분의 건축은 그것들이 원래 의도한 실용적 기능과도 관계없이 자체적으로나 부가적으로 장식적 경향을 갖는다. 로코코 스타일의 건축이 내재적으로 갖고 있는 장식적 경향을 의도적이며 적극적으로 가장 잘 나타낸 구체적 예이다. 그러나 실용적 기능만을 강조한 이른바 '인터내셔널 스타일'을 자처

하는 비(非) 아니 반(反) 장식적 건물들도 그 나름대로의 미학적 즉 장식적 효과를 전혀 무시하지 않는다. 이런 스타일의 건축에서 우리는 비 아니 반장식적, 즉 역설적 표현을 빌리자면, '반미학적 미학'의 효과를 발견한다. 뉴욕 시 5번가의 고층 건물들이나 르 코르뷔지에가 마르세유 시에 지은 '서민 아파트'에서도 극도의 절제와 기능적 미를 체험할 수 있다. 모든 건축물이 미학적 감상의 대상이 될 수 있을 뿐만 아니라 그렇게 되기를 지향한다면 건축을 조각과 마찬가지로 예술의 한 장르로 봐야 할 것 같다.

그러나 건축은 그 자체로서 어디까지나 건축이지 결코 예술이 아니다. 건축의 존재 양식과 예술의 존재 양식이 동일하지 않다는 말이다. 흔히 예술은 아름다움과 같은 의미로 해석된다. 그러나 이런 상식적 관념은 잘못이다. 보기에 결코 아름다울 수 없는 것들도 위대한 예술 작품일 수 있는가 하면 보기에 아무리 아름다운 것들도 결코 예술 작품일 수 없는 것들이 얼마든지 있다. 물론 예술 작품을 예술 아닌 다른 작품과 구별하는 것은 그것이 '비도구성' 즉 '실용적 무용성'에 있다. 물론 예술 작품도 어떤 의도하에 제작된다. 그러나 예술이 의도하는 것은 창작된 예술 작품 그 자체의 가치를 감상함에 있다. 그러나 앞서 말했듯이 모든 건축은 반드시 무엇을 위한 도구적 역할을 한다. 주택, 사무소, 공장 따위와 다른 기념물, 종교적 의미를 가진 건축물 역시 그 자체가 목적으로 존재하지 않고 그 자체의 가치와는 다른 무엇인가의 가치를 위해 건축된다.

건축이 이처럼 예술일 수 없는데도 많은 건축물들이 예술사에서 언제나 중요한 위치를 점유하는 이유는 무엇인가? 이런 물음에 대한 답은 '예술(the artistic)'이라는 개념과 '미학(the aesthetic)'이라는 개념의 구별을 전제한다. 즉 '예술 작품'이라는 사물의 범주와 '아름다운 것'이라는 사물의 범주를 혼돈해서는 안 된다는 말이다. 어떤 사물이 미학적으로 만족스럽다 해서 예술적으로 만족스럽지 않으며,

역으로 예술적으로 만족스럽다 해서 미학적으로 꼭 그만큼 만족스럽지 못하다. 예술 작품이 아닌 사물도 미학적으로 만족스러울 수 있다는 말이다. 건축이라고 불리는 존재가 바로 그러한 예이다. 물론 건축만이 그렇다는 것은 아니다. 인간이 만드는 모든 물건은 물론 인간의 모든 행동은 각기 그것의 의도된 분명한 일차적 용도가 있지만 같은 값이면 미학적으로도 만족스러운 것이 되고자 한다. 미학적 가치는 모든 인간의 본질적 가치이기 때문이다. 건축이라는 제작품은 그 규모가 다른 제작품에 비해 월등히 크고 모든 사람들이 접해야 하는 공공장소에 위치해 있는 만큼 많은 사람들에게 피할 수 없는 시각적 경험 대상으로 존재한다. 따라서 그들은 그런 건물들이 시각적으로 즉 미학적으로 만족스러운 것이기를 바라게 되고 건축가나 도시 계획가는 건축의 실용적 가치와 더불어 가능하면 자신의 미학적 가치를 표현하며 남들이 그러한 가치를 감상해 주기를 필연적으로 바라게 된다. 요컨대 그 자체로서 예술일 수 없지만 미적 감상의 대상이 될 수 있고 그렇게 되기를 지향한다. 가령 카이로 교외 파라오들의 무덤인 피라미드, 아크로폴리스의 신전, 파리의 대중문화 공간인 상트 드 퐁피두, 프랑스 루아르 강변의 귀족들의 주거를 위해 지은 샤토 드 상보르(Chateau de Chambord) 성 그리고 영국의 왕실의 거처인 윈저 성(Winsor Castle) 등 그 자체만으로도 마치 예술 작품이나 조각인 것처럼 관람되고 감상된다. 원래 미학적 감상만을 위한 대상으로 제작되지 않은 것 즉 예술 작품으로 분류할 수 없는 것이라도 미학적 감상의 대상으로 될 수 있고 그렇게 되면 그만큼 좋다. 건축은 바로 그러한 제조물의 가장 좋은 예이다.

이 밖에도 건축과 예술의 관계는 깊다. 대부분의 건물은 실용성과 무관하게 미학적 효과를 목적으로 다양하게 장식된다. 또한 대체로 큰 규모의 건물들에는 '예술'로서의 벽화 혹은 조각들이 건축 자체와 뗄 수 없는 일부로서 존재한다. 특히 서양의 큰 건물의 경우 미술관이라는 느낌을 줄 만큼 그 내부의 벽에 미술 작품들이 걸려 있고 조각 등이 진열되어 있다. 이처럼 건축은 예술의 한 장르로 분류될 수 없어 보일 만큼 후자와 뗄 수 없는 관계를 맺고 있다. 그렇다면 건축이 예술과 혼돈되지 않아야 하겠지만 건축은 원래 의도한 실용적 기능의 효과만이 아니라 아울러 예술 작품의 경우와 마찬가지로 최대한의 미학적 효과를 고려해야 한다. 가능하면 모든 건축은 '예술 작품'처럼 존재할 수 있으며 그렇게 되기를 지향해야 한다.

3 '예술 작품'으로서 건축의 존재 조건

예술 작품의 근본적 속성의 하나는 그것이 '표상성'에 있다. 예술 작품은 그냥 사물로서가 아니라 무엇인가를 표상하는 일종의 '언어'로서 존재한다. 따라서 예술은 필연적으로 무엇인가를 '의미'한다. '예술적'이기를 지향하는 건축은 그것이 전달하는 의미가 깊고 분명한 것이도록 해야 한다.

예술의 또 하나의 본질은 '조화'이다. '조화'는 형식에 관한 개념이다. 건축이 무슨 실용적 용도를 위해서 물리적 구조를 가져야 하든 그리고 어떤 의미를 표상하든 그 구조와 표상은 다같이 최대한의 조화를 갖추어야 한다. 한 건물만을 떼어놓고 그것의 건축적 조화를 이야기할 수는 있다. 그러나 모든 건물은 부득이 구체적인 어떤 자연적 그리고 문화적 환경 즉 구체적 공간과 시간의 맥락 속에 위치해 있게 마련이다. 그러므로 하나의 건물은 그것이 어떤 목적을 위해 지어진 것이건 간에 그것이 서 있는 물리적 환경 즉 그 건물이 세워지는 사회의 특정한 역사, 특정한 여러 문화 전통 특히 건축 양식과 조화도 아울러 고려해야 한다. 한마디로 건축의 미학은 한 개별적 건축물을 그 밖의 모든 것 즉 전체와 유기적 관점에서 고찰되어야 한다. 이제부터는 인간의 존재가 그러해야 하듯이 건축도 이른 바 넓은 의미로서의 '생태학적' 시각에서 고찰되어야 한다.

표상성과 조화는 예술에서 뺄 수 없는 요소지만 예술의 또 하나의 더 중요한 속성은 아무래도 '창의성'이다. 예술의 근본적 의미는 '창작'이다. 모든 예술은 언제나 그 성격상 필연적으로 '새로운 것', 가능하면 아주 '유일한' 것이 되고자 한다. 과거나 현재의 어떤 예술 작품이 아무리 표상적으로 성공했고 형식적으로 조화를 갖췄더라도 그것과 똑같은 것이 제작된다면 그렇게 제작된 작품은 창작이 아니라 역시 모방에 지나지 않는다. 따라서 그것은 예술 작품이기를 그친다. 건축도 마찬가지다. 한 건축이 그것의 직접적 기능상으로만 아니라 '예술적' 즉 미학적으로도 보다 큰 의미를 지니려면 그것은 가능한 여러 가지 의미에서 '조화'를 잃지 않는 한 독창적이어야 한다. 독창성은 전통성과 대립되는 것으로 생각되기 쉽다. 그러나 전통 밖에서 '독창성'은 이미를 갖지 못한다. 그러므로 참다운 독창성을 갖는 건축을 위해서는 건축의 전통 즉 역사, 특히 그 건물이 세워질 문화권의 건축 전통에 대한 깊은 지식이 필요하다. 참다운 독창은 무정부적 모험성이나 이질성을 의미하지 않고 전통의 새로운 조명과 그렇게 조명된 전통과의 새로운 조화를 의미한다.

서양의 건축은 그 양식과 그것을 뒷받침하는 철학에 있어 꾸준히 그리고 확실한 변화를 해왔다. 그리스로부터 오늘의 이른바 포스트모더니즘 스타일로 이어지는 건축사가 그것을 입증한다. 서양에서는 그만큼 건축에 있어서도 '창조'의 전통이 지속되어 왔다는 말이다. 불행히도 한국의 건축 전통은 적어도 이런 면에서 극히 침체적이 아니었던가 싶다.

싫건 좋건 특히 지난 반세기로부터 그리고 앞으로도 계속 한국의 건축은 양식으로 보나 그 밑에 깔려 있는 이념으로 볼 때 전혀 전통을 달리하는 서양의 건축 양식을 수용하지 않을 수 없는 사정에 있다. 이처럼 건축의 전통을 달리하기 때문에 피할 수 없는 서양식 건축의 수용에 건축적 어려움과 고민이 있다. 그만큼 전통과의 조화를 찾기 어렵고 ‘예술적’ 창의성을 발휘하기가 어렵게 되었다는 것이다. 오늘의 한국의 건축은 그만큼 더 큰 노력과 독창성을 필요로 한다. 사회적, 문화적, 미학적 그리고 경제적 여건을 고려할 때 한국의 마을에 어떤 양식의 가옥이나 그 밖의 건축물을 지어야 할 것이며 한국의 도시는 전체적으로 어떻게 설계해야 하며, 그럼으로써 한국 국토 전체를 어떤 모습으로 조경했으면 좋을까 하는 선택의 문제가 마땅히 고찰되어야 한다.

다른 문화권의 대표적 건물들과 일대일로 비교될 수 없지만 현재 한국에 서 있는 큼직한 건물들 가운데는 나름대로 우아하고 나름대로 견고하며 따라서 건축적 관점에서 뛰어난 것들이 더러 있다. 경회루나 불국사 혹은 더러 남아 있는 정형적 기와집 한옥을 그런 예로 들 수 있다. 그런 한국적 건축들의 집단도 미학적으로 뛰어날 수 있다. 예를 들어 해인사는 그 배경으로 보나 다양한 건물들의 배치로 보나 그 전체가 좋은 조화를 이룬다. 경주 가까이 있는 민속촌 양동(良洞) 마을도 그렇다.

그러나 개별적으로 보나 집단적으로 볼 때 한국의 가옥들은 별로 만족스럽지 않다. 초가집은 물론 기와집도 몇 백 년이고 남을 수 있을 만큼 견고하지 않다. 6·25 후 도시에 그리고 지금은 시골에도 가득 들어서 있는 토치카 같은 ‘양식’의 주택이나 상점 혹은 사무소들은 그 하나하나를 따로 떼어보나 집단적으로 보아도 우선 미관상 불쾌감을 준다. 그 양식이 전통적이든 아니면 ‘현대적’ 즉 서양적이든 별로 다를 바 없이 한국의 시골이나 도시는 다 같이 무질서하다. 이러한 전체적 인상은 개별적으로나 집단적으로, 한 건축의 부분에 있어서나 전반적 관점으로나 깔끔하고 청결하지 않은 데서 오지만 그에 앞서 형식적 조화와 색깔의 품위가 어딘가 미흡하다는 사실에 기인한다. 지난 몇 십 년 거의 모든 가옥이 이른바 '현대적'인 것으로 대치되어 가면서 이러한 사실이 더욱 현저하게 느껴진다. 한국의 전통 가옥 치고 백 년 이상 넘고 그 자체로서 건축학적으로나 미학적으로 중요한 감상의 대상이 될 만한 것이 별로 남아 있지 않다. 작고 큰 것과는 별도로 한 마을, 한 도시로서의 역사적 그리고 미관적 감상 대상으로서 그 안을 산책하듯 거닐고 싶은 곳이라고는 어쩌면 단 하나도 없다는 것이다. 한국의 주거지는 개별적 건물로 보나 집단적 부락 혹은 도시로 보나, 시각적으로나 문화적으로나 어쩐지 황폐함을 느끼게 한다. 유럽의 경우와 비교하면 그런 느낌은 더욱 절실하다. 적지 않은 유럽의 마을이나 도시는 짧고 긴 역사의 흔적을 간직한 가옥들로 조화롭게 짜여 있어 바로 마을 혹은 도시 자체가 하나의 공원이나 박물관 같은 인상을 주고 그곳을 누비는 좁고 꼬부라진 길들은 공원의 오솔길이나 미술관의 진열실로 통하는 통로임을 느끼게 한다.

르 코르뷔지에는 건축을 '기계'로만 보았고 그로피우스는 건축을 기능이라는 차원에서만 생각했다. 그래서 그가 마르세유의 서민 아파트의 설계도 '주거를 위한 기계'를 염두에 두고 고안했고 50년대 뉴욕의 '인터내셔널 스타일'의 고층 건물들은 모든 장식적 요소를 배제했다. 건축의 특정한 기능만을 강조하고 말한 것이다.

그러나 건축은 그냥 '기계'만이 아니고 어떤 고정된 하나의 기능만을 위해서 존재하지도 않는다. 그것이 주거를 위한 주택이건, 생산을 위한 공장이건, 저장을 위한 창고이건 모든 건축은 특정한 목적을 위한 기능 외에 다양한 방법으로 인간의 삶을 풍요롭게 하는 데 공헌할 수 있는 삶의 공간이다. 모든 건물, 군락지로서의 마을이나 도시는 단순히 특정하게 의도된 도구적 기능과는 다른 기능 즉 철학적 그리고 미학적 기능도 아울러 한다. 그것들은 때로는 개별적으로 때로는 집단적으로 그것에 거주하는 개인의 세계관, 집단적 인생관 혹은 인간적 품위를 나타내는 얼굴이다. 하나의 건축이 이와 같이 기능이 크면 클수록 '건축'은 '집'으로 인간화되고, 그 자체도 그냥 물리적 존재로만이 아니라 '생명'을 갖게 된다. 그럼에도 불구하고 경제성만 강조되는 현대에 와서 건축은 '집'으로 살아 있기를 주저하고 도구로서의 '기계적 기능'만 강조되어 왔다.

이러한 현상은 이른바 '선진국'이 되는 수단으로 서양적 기술과 문화를 수입하고 모방하는 과정에 있는 한국에서는 더욱 그러하다. 이러한 것을 의식하면 할수록 한국의 건축은 그만큼 더 전통과 현대화, 경제성과 미학적 가치 간의 조화를 남달리 그리고 어느 때보다도 더 반성하고 그것을 작업에 깊이 참작해야 한다. 우리가 짓는 모든 건축물 하나 하나, 그 속에 있는 가구나 장식 하나 하나, 그리고 우리의 마을, 우리의 도시, 우리가 일하는 공장, 우리의 물건을 간직하는 창고, 이 모든 것들은 다 함께 우리의 얼굴이며, 우리의 마음씨의 표현이요 우리의 가치관과 인간됨의 거울이기 때문이다. 모든 면에서 그렇지만 건축도 물리적으로만 아니라 정신적으로 깊이와 무게와 품위가 있어야 한다. 다른 측면에서도 그렇지만 반만년 역사를 자랑하는 민족으로 우리가 물려받은 건축적 유산은 다른 몇몇 문화권에 비해 열악하다. 그러기에 우리의 건축이 해야 할 창조적 과제는 무겁고 그만큼 가능성도 크다.

예술, 외설, 권력

예술이 외설이라는 이유로 권력의 탄압을 받은 때가 많다. 가장 높은 문화 수준을 자랑하는 프랑스나 개인의 자유를 구가하는 미국에서도 그랬다. 소설 『주스틴』과 『줄리에트』의 18세기 저자 사드는 그 작품이 음탕하다는 죄로 투옥됐고 시집 『악의 꽃』의 19세기 저자 보들레르는 유사한 이유로 그 일부를 삭제당했고 같은 시대에 플로베르의 소설 『마담 보바리』은 도덕적으로 불순하다는 구실로 오랫동안 판금되었다. 20세기 들어와서도 조이스의 『율리시스』, 로렌스의 『채털리 부인의 사랑』, 헨리 밀러의 『북회귀선』 등의 소설이 오랫동안 판금됐다. 권력에 의한 예술의 통제와 탄압의 예는 문학 말고도 다른 예술의 경우에서도 쉽게 찾아볼 수 있다. 20여 년 전 「헤어」와 「오! 캘커타」가 상연됐을 때 그것의 외설성과 법적 대처 문제를 놓고 상반된 의견들이 열기를 띠었다.

이러한 사건들이 있을 때마다 사회적 문제가 제기되고 각계 각층에서 찬반의 논쟁이 벌어지곤 했다. 우리의 경우 같은 문제가 1993년에 있었던 소설 『즐거운 사라』의 판금과 그 작가의 투옥, 그리고 최근 연극 「미란다」의 상연 금지로 새삼 제기되고 예술계, 학계에서 논쟁과 찬반의 시비 대상이 되고 있다. 언뜻 보아 문제의 성격은 명백하다. 그것은 예술과 외설의 관계 문제인 듯하다. 그러나 좀 반성

해 보면 문제의 성격은 훨씬 복잡하게 얽혀 있을지도 모른다는 점
이다.

문제의 성격은 무엇이며 논쟁의 초점은 어디에 있는가? 예술과
외설, 권력의 관계에 대한 논쟁은 위의 물음에 대한 대답을 암암리
이긴 해도 필연적으로 전제하고 있다. 그러나 그 대답이 잘못될 수
있다. 만약 그 대답이 잘못이라면 그 문제를 둘러싼 논쟁은 공전할
수밖에 없다. 현재 전개되고 있는 논쟁에 전제된 문제의 성격과 초
점에 대한 파악은 옳은가? 그렇지 않다면 문제의 성격과 초점은 무
엇이며 그 문제는 어떻게 해결될 수 있는가?

외설이라는 이유로 한 문학 작품에 대한 판매 금지나 연극의 상
연 금지의 문제가 현재 '예술이냐? 외설이냐?'라는 물음의 형태로
제기되고 있다. 이 같은 문제 제기에는 예술이 국가 권력의 통제 밖
에 있다는 대전제를 깔고 있으며 그러한 대전제는 대충 다음과 같
은 잘못된 소전제를 빗나간 논증으로 뒷받침되고 있다.

첫째, 예술 작품과 외설물이 객관적으로 규정될 수 있다는 것이
다. 그러나 예술과 외설은 명확히 규정할 수 없다. '예술'이라는 말
이나 '외설'이라는 말은 분류적으로도 사용되고 평가적으로도 사용
된다. 분류적으로 사용될 때는 그것의 좋고 나쁨을 떠나서 그것이
사물로서 소속하게 되는 사건의 객관적 속성 범주와 관련되는 데
반해서 평가적으로 사용될 때는 그 사물이나 사건에 대한 우리의
긍정적 혹은 부정적 태도를 표현한다. 분류적 뜻으로 예술이나 외설
물을 결정하는 작업은 용이하지 않다. 예술 작품과 그렇지 않은 물
건들을 결정하는 문제는 오늘날 예술 작품에서 더 이상 숨길 수 없
는 핵심으로 끊임없는 토론의 대상이 되고 있으며, 외설성과 그렇지
않은 것의 차이는 객관적으로 결정될 수 없고 개인, 사회 그리고 시
대에 따라 그 속성이 항상 변하고 있다. 따라서 어떤 작품이 예술이
냐 아니냐, 어떤 것이 외설이냐 아니냐가 객관적으로 영원불변하게

결정될 수 있는 듯이 문제를 제기한다는 것은 처음부터 공허하다.

둘째, 예술 작품과 외설물은 서로 배타적인 두 개의 다른 범주에 속하므로 예술 작품은 외설물일 수 없고 동시에 외설물은 예술 작품일 수 없다는 생각이다. 그러나 예술과 외설은 서로 배타적이 아니다. 어떤 작품이 예술의 범주에 속할 수 있는 동시에 외설물의 범주에 속할 수도 있다. 어떤 사람이 교수의 범주에 속하고 그와 동시에 아버지의 범주에 속할 수 있으며 어떤 사물이 나무의 범주에 속할 수 있는 동시에 아름다운 사물의 범주에 속할 수 있는 경우도 있다. 외설적이면서 예술 작품일 수 있으며 예술 작품이 아닌 외설물도 허다하다.

셋째, 예술이 내재적 가치를 갖고 있는 데 반해 후자는 그 정반대라는 명제이다. 그러나 예술과 외설이라는 개념이 평가적으로 긍정적 가치가 있는 것과 부정적 가치가 있는 것으로 흔히 사용되지만 분류적인 뜻으로 예술 작품은 가치를 자동적으로 의미하지 않고 분류적 의미로서 외설물은 자동적으로 가치를 뜻하지도 않는다. 꽃나무가 식물의 범주에 속하면서도 아름다운 사물의 범주에 속할 수 있는 것이나 혹은 살인의 범주에 속하는 사람이 위인의 범주에 동시에 속할 수 있는 것과 마찬가지다.

넷째, 내재적 가치가 있는 것은 국가 권력의 통제 대상이 될 수 없다는 전제이다. 그러나 이런 전제는 성립되지 않는다. 꽃이 그 자체로서 아무리 가치가 있다고 하더라도 만약 그 꽃 때문에 의학적으로 인간이 해를 받고 사회적으로 혼란을 빚게 된다면 그 꽃의 재배, 유통, 그리고 진열은 국가에 의해 마땅히 통제되어야 한다. 아편 꽃은 아름답지만 자유로운 아편 재배로 큰 사회적 문제가 생긴다면 국가에 의한 그 꽃의 재배 및 유통의 통제는 정당화된다.

다섯째, 결론적으로 어떤 작품이 외설의 범주에 속하지 않고 예술의 범주에 속한다는 것이 밝혀졌다면 예술 작품은 국가 권력의 간섭, 통제 및 처벌의 대상이 될 수 없다는 것이다. 문학예술로 자칭한 텍스트 『채털리 부인의 사랑』이나 『즐거운 사라』나 무대 예술로 자칭한 쇼 「미란다」가 정말 소설의 범주에 속하고 연극의 범주에 속한다는 것이 결정된다면 국가 권력에 의한 그것들의 출판이나 무대 발표의 금지는 정당화될 수 없다는 것이다. 그러나 이러한 결론은 타당치 않은 논리에 뒷받침되어 있다. 앞서 보았듯이 예술 작품과 외설물을 각기 어떻게 정의할 수 있는가는 아직도 해결되지 않은 철학적 문제이다. 이러한 사실을 무시하고 백보를 양보해서 예술이 무엇이냐 혹은 외설이 무엇인가에 대한 확실한 대답이 나오고 그에 따라 어떤 작품이 예술이다 혹은 외설물이다라는 결론이 섰다고 가정할 경우에도 권력에 의한 어떤 예술 작품의 출판 혹은 상연, 전시의 금지나 그에 따른 처벌이 제기하는 문제는 풀리지 않는다.

이미 24세기 전 플라톤은 외설과는 아무 상관 없는 인식론적 이유로 자신의 『공화국』에서 시인들 그리고 화가들이 추방되어야 한다고 주장했다. 플라톤에 의하면 가장 중요한 것은 옳게 사는 것인데 옳게 행동하려면 먼저 무엇이 옳은가를 알아야 한다. 그러한 지식은 이데아의 세계 즉 비감각적으로만 존재하는 관념적 실체를 파악함으로써만 가능하다. 그러한 실체는 오직 냉철한 이성으로써만 인식할 수 있다. 그러한 기능을 가장 잘 맡는 지적 활동은 철학이다. 철학자와 달리 시인이나 화가로 대표되는 예술가들의 인식 대상은 오로지 감각적인 현상에 불과하며 예술가들은 그들의 성격상 이성적이 아니라 감정적이며, 그들의 인식은 이성 대신 감성에 의존한다. 따라서 예술가들은 형이상학적 진리를 바탕으로 세우려는 이상적 '공화국'에서 해롭기만 한 존재라는 것이다. 소련 공산 정권은 이념적 이유로 작가 솔제니친을 시베리아에 유형시켰고 우리와 가까운 시인 김지하(金芝河)는 제3공화국을 비판했다는 정치적 이유로 오랫동안 투옥되었고, 이란 정부는 전혀 상관없지만 종교적 이유로

루시디의 소설 『악마의 시』를 판금했을 뿐 아니라 현상금을 내걸면서까지 이 작가의 살해에 나섰다. 현재도 수많은 비민주적 국가에서는 유사한 이유로 수많은 작가 및 예술가들이 같은 고통을 받고 있거나 사형을 받거나 한다. 북한에서는 그것의 예술성이 어떠하든 그리고 성적 도덕에 관해서는 완전히 건전하다는 판단이 나오더라도 김일성을 조금이라도 비판하는 작품이 있다는 바로 그런 이유만으로 사형당할 가능성이 많다. 이런 작가나 예술가들이 권력에 의한 수난을 당하는 것을 그들이 예술가가 아니라는 판단에 근거한 것도 아니며 그들의 예술적 활동이 꼭 외설적이라는 이유에서만이 아니다. 외설과는 상관없이 예술가나 예술 작품이 국가 권력에 의해 박해를 받거나 통제당할 수 있는 것과 마찬가지로 예술가와 전혀 상관없는 사람들이나 예술과는 무관한 작품들이 이념이나 정치와는 상관없이 다만 외설이라는 이유로 정당화될 수 있다. 해수욕장이나 거리에서 음란한 행위에 대한 처벌은 정당화될 수 있다. 예술 작품으로 취급되지 않는 그림이나 사진 혹은 행위가 외설이라는 이유로 법적으로 엄격한 금지나 통제를 받기도 한다. 가령 최근 대중 잡지 한국판 ≪펜트하우스≫의 판금이나 환락가에서 어떤 종류의 쇼에 대한 금지나 통제가 그러한 예이다. 요컨대 예술과 외설 간에 아무런 필연적 관계가 없을 뿐만 아니라, 더 나아가서 한편으로 국가 권력에 의한 개인이나 그들의 활동에 대한 통제와 다른 한편을 예술이나 외설 간에도 필연적 관계는 전혀 있지 않다.

그러므로 설사 『즐거운 사라』나 「미란다」가 외설물이 아니라 예술 작품이라는 판단을 내리더라도 그것에 대한 국가 권력의 통제가 정당한가 아닌가의 문제는 처음과 전혀 변함없는 상태로 남는다. 어떤 이가 예술가라 하여 그가 필연적으로 국가 권력 통제 밖에 사는 것도 아니며 어떤 작품이나 활동이 예술의 범주에 속한다 해서 자동적으로 국가 권력의 손이 미쳐서는 안 될 특권을 갖는 것도 아니다. 예술로 분류되지 않는 출판물이나 행위가 외설이라는 이유로 국가의 통제를 받아야 한다면 예술로 분류되는 출판물이나 행위도 똑같은 이유에서 통제 혹은 금지될 수 있다. 예술가는 다른 시민이 갖지 못하는 특권을 누릴 수 없으며 예술 작품이나 행위는 작품이나 행위 그 이상의 특수한 권리를 누릴 수 없다.

국가 권력이 어떤 예술 작품을 판금하거나 그런 작품의 작가를 처벌할 때 제시하는 유일한 이유는 그 작품이 예술에 속하지 않는다고 해서가 아니라 도덕적으로 허용될 수 없다는 데 있다. 성 도덕으로 봐서 잘못이라는 의미로 '외설'적이고 따라서 사회적으로 해롭다고 전제하기 때문에 예술가나 예술 작품은 다른 시민이나 다른 것들과 마찬가지로 처벌과 통제의 대상이 된다는 것이다. 그러나 과연 국가가 국민들의 개별적인 판단을 초월한 그러한 탁월한 도덕적 판단을 할 수 있으며, 비록 할 수 있다고 가정해도 그런 판단에 따라 자신의 통치하에 있는 국민들의 도덕적 판단과 행위를 강요할 정당성을 갖고 있는가?

도덕적 문제는 인간 생활의 다양한 측면과 관련되어 있다. 대인 관계에 대한 도덕이 있고 정치, 경제, 전쟁, 의학, 교육 등등 무수한 삶의 측면에 관련된 도덕적 문제도 있다. 그중에 성(性)에 관한 문제는 가장 보편적이고 가장 뿌리 깊다. 성이 동물로서의 인간이 타고난 가장 근본적 본능의 하나이기 때문이다. 그렇기 때문에 그러한 본능적 욕구는 어떠한 통제 하에서도 어떤 형태로든지 표현되게 마련이다.

옛날이나 지금이나 사춘기에 들어서지도 않은 어린 중학생들은 노골적으로 음탕한 잡지나 화보를 선생님 몰래 돌려보고 좋아한다. 성에 대한 인류의 본능적 관심은 중국의 『금병매(金甁梅)』, 인도의 『카마수트라』, 신라의 『처용가』, 르네상스 시대 보카치오의 『데카메론』 등으로 벌써 태곳적부터 르네상스 그리고 근대를 거쳐 현대에 이르기까지 그치지 않고 문학적 양식으로 노출되었다는 것은 너무나도 자연스러운 이치이다. 세계 문학의 고전이 된 위와 같은 작품들 외에 속된 것으로만 여겨 오면서도 한 사회의 민중에게 널리 애독되는 텍스트들은 어느 문화권에서나 찾아볼 수 있다. 이러한 사실은 성이 인간에게 가장 중요하고 보편적 관심이며 문제임을 말해 준다. 남녀 간 즉 타인간의 관계를 전제하는 본능이며 쾌락과 관련된 만큼 성은 필연적으로 타인 간의 도덕적 갈등을 낳게 마련이다. 그렇다면 구조주의 인류학자 레비스트로스가 주장하는 대로 인간적 삶은 규범의 도입에서 시작됐으며 가장 보편적으로 시초의 규범은 성생활을 통제하는 규범이었다는 것은 우연이 아니다. 그렇다면 어느 사회 어느 시대를 막론하고 성에 대한 도덕적 규범이 다른 어느 것에 대한 규범보다도 두드러지게 필요하면서 문제되는 것은 당연하다.

성적 본능과 관심이 보편적이고 본질적인 만큼 그것에 대한 도덕적 규범은 보편적이고, 또한 그런 성에 대한 도덕적 규범은 확실치 않고 항상 유동적이다. 여러 면에 거친 도덕적 규범들 가운데서 어떤 것은 시대와 장소를 통해 보편적이며 공통적인가 하면 다른 어떤 것들은 유동적이다. 무고한 살인이나 남에 대한 가해가 도덕적으로 '악'이며, 남을 위한 헌신적 봉사가 도덕적으로 '선'하다는 것은 시간과 공간을 초월한 불변의 객관적 규범 같다. 사회 정의 그리고 더 일반적으로 '정의' 자체에 대한 도덕적 평가 기준도 비교적 보편적이며 고정된 듯하다. 그런가 하면 가령 부모 자식 혹은 사제 간의 도덕적 규범이나 포로나 병자나 동물에 대한 도덕적 규범은 시대나 문화에 따라 크게 다양하고 유동적이다. 서양에서 생각하는 부모 자식 간의 올바른 도덕적 관계는 동양 특히 한국에서 생각하는 것과 아직도 사뭇 다르고, 같은 한국 사회에서도 사제 간의 올바른 도덕적 규범에 대한 생각은 어제와 오늘 크게 변했다. 동물에 대한 도덕적 관념은 서양에서나 동양에서나 다같이 관대한 방향으로 크게 변했다. 부모에 대한 효도의 덕목이 서양에 가면 동양보다 훨씬 약해지고 동물이나 병자에 대한 관심과 배려는 서양에서 훨씬 강해진다.

다양하고 유동적인 도덕 규범들 중에서도 가장 두드러지게 다양하고 유동적인 것은 성에 관계된 규범이다. 한국에서 우리는 과거 어려서부터 '남녀칠세부동석(男女七歲不同席)'이란 성에 관한 규범을 익혀 왔다. 그러나 현재 바로 그러한 한국의 수도 한복판에서 20대, 30대의 성적으로 왕성한 남녀들이 팔짱을 끼고 입을 맞추며 대로를 활보한다. 한국에서는 미혼의 여자가 자식을 낳는 것은 성 도덕적으로 몹시 부끄러운 일이지만 미국의 10대 미혼 고등학교 여학생들 가운데는 아기를 안고 학교에 등교하는 경우가 적지 않은 실정이다. 몇 십 년 전만 해도 젊은 여자가 많은 남자들 틈에서 해수욕을 한다는 것이 다소 대담해 보였지만 최근에는 해수욕장에서 비키니를 입은 젊은 여성들이 활개를 치고 다닌다.

19세기 말 『악의 꽃』이나 『보바리 부인』이 외설죄로 판금되거나 그 저자들이 투옥됐던 사실이 외설에 대한 지금의 도덕적 안목으로는 우스운 사건만 같고, 20세기 초 조이스의 소설 『율리시스』가 외설이라는 이유로 판금되었다는 것은 지금으로서는 이해하기 어렵다. 오늘날 로렌스의 소설 『채털리 부인의 사랑』이나 헨리 밀러의 작품 『북회귀선』이나 「해어」나 「오! 캘커타」 등의 쇼가 보이는 성적 노출이 적나라한 점이 있다고 생각되지만 그러한 작품들에 도덕적 충격을 받기에는 오늘날 서구 사회나 동경 혹은 서울의 성인들은 그러한 종류의 영화, 이야기, 잡지에 너무나도 익숙해져 있다. 과거 도덕적 근거에서 에로 잡지는 물론 시, 소설 등의 이른바 문학 작품들이나 공연물들의 판매나 출연을 금지 내지 통제했던 바로 그 국가 권력이 오늘날 똑같은 것을 도덕적 규제로부터 해방하고 있다. 중학교에 들어와서 목이 달아난 대리석 조각 「밀로의 비너스」의 그림을 처음 봤을 때 나는 무척 외설적이라는 생각에 크게 충격을 받았다. 나와 같은 어린 학생만이 아니라 그때까지의 모든 한국인 아니 동양인은 나와 유사한 성에 관한 도덕적 충격을 받았을 것이다. 그 후 대학에 들어와서 보티첼리의 「비너스의 탄생」이나 로댕의 조각 「애무」를 봤을 때도 나의 충격은 남아 있었지만 부끄럽지 않았다. 백발이 되어 봐도 위대한 예술품이라고는 하지만 고야의 「나상의 마야」 같은 그림이나 그밖에 수많은 서양화가들 그리고 현재의 동양화가들에 의한 특히 여자들의 나체상은 아무래도 여전히 자극적이다. 그러나 그것이 외설적으로 음탕하고 추하게만 보이지 않게 되었다. 성에 관련된 예술 작품에 대한, 아니 성 일반에 대한 나의 감수성과 반응의 위와 같은 변화는 연령의 변화와도 관계 있겠으나 문화적 및 시대적 변화를 반영한다. 그리고 성에 대한 감수성의 개인적 및 시대적 및 문화적 변화는 다름 아니라 성에 관계된 도덕적 감각과 평가가 상대적으로 변할 수 있으며 실제로 변해 왔음을 말해 준다.

이러한 성에 대한 감수성의 변화는 외설에 대한 규정의 변화를 말해 주고 외설에 대한 규정의 변화는 곧 성 도덕에 관한 인식의 다양성과 그것에 관한 개인적, 시대적, 문화적인 부단한 인식 변화를 반영한다. 그리고 이러한 사실은 예술 작품의 외설성 즉 도덕성이 확고부동한 객관적 기준을 갖고 있지 않음을 의미하고, 그것은 더 나아가 어떤 특정한 개인이나 집단이 자신의 기준을 다른 개인이나 집단에 강요할 수 없음을 말해 준다. 국가도 하나의 집단이다. 물론 국가는 막강한 권력을 위촉받은 집단이다. 그러나 국가의 권력은 논리적으로 부당한 것이어서는 안 된다. 과거 여러 형태의 국가 조직이 자신의 권력을 종교적으로 혹은 전통에 호소하여 정당화했지만 현대 어느 민주 국가도 그와 같이 자신의 권력을 정당화할 수 없다. 어떤 것이 예술이며, 어떤 것이 외설이며, 어떤 것이 도덕적 혹은 비도덕적이냐 하는 문제는 그것이 국민 전체의 합의를 얻기도 전에 국가가 단독적으로 결정하고 해결할 문제가 아니다. 이와 같은 합의가 있기 전까지는 국가는 국민 개개인의 표현과 행동의 자유를 간섭하거나 억압할 권리나 권위는 가질 수 없다. 외설의 기준을 결정할 권한과 능력이 없는 한 '외설' 즉 '비도덕'이란 명목 하에 성에 대한 예술적 표현은 물론 모든 양식의 표현에 대한 통제와 억압은 부당하다.

위와 같은 근거로 이른바 소설 즉 예술 작품인 『즐거운 사라』의 판금이나 그 저자의 투옥이나 역시 이른바 연극 즉 예술 작품 「미란다」의 상연 금지나 그 출연자들의 구속이 정당화될 수 없다면, 그와 똑같은 논리에서 가령 《펜트하우스》 같은 에로 잡지 즉 '비예술 작품'의 경우에도 똑같은 주장이 선다.

그렇다고 국가는 어떠한 경우에도 예술 작품이나 그 작가를 통제하고 탄압할 수 없다는 것은 아니다. 국가 및 국민 전체의 큰 이익에 위배된다는 것이 확고하다면 예술가나 예술 작품은 그 자체로서 다같이 귀중한 가치가 있더라도 국가에 의한 그것들의 통제나 처벌은 정당화될 수 있다. 그것은 마치 아편의 꽃이 그 자체로서 아름답다 해도 그것의 자유로운 유통이나 재배 혹은 사용에 대해서는 국민의 건강과 사회적 안정을 위해 국가의 통제가 정당화될 수 있다는 것과 같다.

어떤 것이 예술이냐 외설이냐 또는 도덕적이냐 아니냐의 문제는 국가의 권한 밖에 있다. 그러한 물음에 대한 대답은 그때그때 국민의 합의에 의해서만 찾을 수 있다. 어떤 경우에도 결정적으로 중요한 것은 국민의 합의다. 국민의 합의만 있다면 국가는 예술 작품에 관한 것도 다른 것들에 관한 것과 꼭 마찬가지로 통제, 규제할 권리를 행사할 수 있다. 그렇다면 『즐거운 사라』나 「미란다」의 경우 국가의 판금이나 공연 금지 조치는 정당한가? 시대적 그리고 세계적 추세만이 아니라 현재 우리가 경험하고 있는 외설관이나 도덕관으로 볼 때 위와 같은 작품들은 도덕적으로는 물론 그밖에 다른 측면에서 국가, 국민의 이익에 결정적 타격이나 위험이 되지 않는다. 그럼에도 불구하고 일부 계층의 도덕적 정서에 배치된다는 이유로 국가가 간섭한다면 그것은 국민의 자유 억압과 인권 유린이라는 대가를 과도하게 치러야 함을 의미한다. 가령 『즐거운 사라』나 「미란다」에 대한 통제는 사회적인 부정적 여론 및 평론가들이나 독자들의 부정적 반응에 의해서 자연스럽게 즉 비강권적으로 이루어질 수 있다. 특별한 이유를 댈 수 없는 한 가령 『즐거운 사라』나 「미란다」 같은 작품을 외설이라는 이유로 공권이 개입할 수 없다는 주장은 그러한 작품들이 예술적으로 가치가 있다는 것을 함의하지 않음은 물론 비록 그들이 그런 작품들을 '예술'이라고 한대서 그런 주장을 반드시 인정함을 의미하지도 않는다. 이러한 문제는 예술 작품에 대한 국가 권력의 통제가 갖는 정당성의 문제와 별개의 성질에 속한다. 자세히 들여다보면 그것들은 예술을 빙자한 상업 만능주의의 표현이거나 예술의 가면을 쓴 도덕적 타락의 예일 가능성이 많다. 상업 만능주의가 성행하는 오늘날이기에 이런 가능성은 더욱 크다.

예술은 예술과는 직접 상관없는 어떤 정치적 혹은 경제적 목적을 위해 제작되고 판매되며 이용될 수 있다. 얼마 동안 우리나라에서는 다른 적지 않은 전체주의 국가에서와 마찬가지로 예술 특히 문학 예술이 의도적이든 아니든 정치적 이념을 전파하는 목적에 널리 이용되어 왔다. 그러나 최근에는 개방과 예술의 특권을 빙자한 예술 상업주의의 오염된 바람이 문학, 예술, 출판계에 휘몰아치고 있는 것 같다. 예술 아닌 것들이 예술로 포장되어 값비싼 상품으로 팔리고 있다는 것이다. 그렇지 않다고 해도 오늘날 일반적으로 그러하듯이 예술도 날로 저속화되고 타락하고 있다는 생각이 든다.

요새 우리나라 신문, 잡지, 그리고 여러 가지 영상 매체에서 볼 수 있는 이른바 문학 예술계의 현상을 보면 누군가의 음모나 술책에 의해서인지 모르나 속된 예술의 오렌지족 시장이 형성되어 가고 있다는 생각은 더욱 굳어간다. 가령 『즐거운 사라』나 「미란다」 같은 작품들도 그러한 예로서 순진한 젊은이들의 가장 원초적 신경을 자극하여 돈을 벌거나 명성을 올리기 위해 상품으로 고안되고 제작되었지만 예술로 화사하게 포장한 천한 상품이기 쉽다. 예술이냐 외설이냐를 따지기 전에, 국가 권력에 의한 예술 작품의 통제가 정당하냐 아니냐를 다루기 전에, 중요한 것은 예술가 자신들은 물론 국민 전체의 지적 및 도덕적 저속화의 물결을 막고 가능하면 보다 진지하고 수준 높은 예술적 탐구와 질 높은 정신적 가치에 대한 끊임없는 이상을 지키고 키워가는 작업이다.

환경과 예술

　대부분의 정치가, 사업가, 상인, 과학자, 과학 기술자, 군인, 노동자 및 일반 시민들이 환경 운동가나 환경주의자가 아니고, 또 대부분 그들의 활동과 그들이 생산하는 것들이 반환경적이라고 하더라도 우리는 놀라지 않는다. 그러나 예술가와 예술에 대한 우리의 일반적 관념은 좀 다르다. 비록 모든 예술가들이 환경 운동가인 것은 아니지만 반환경적 예술가를 상상할 수 없고, 반환경 친화적 예술은 상상할 수 없다. 환경과 예술 간에는 깊은 관계가 있기 때문이다. 이런 생각은 예술가들 사이에서는 각별히 분명하고 예술가 아닌 사람들 사이에도 널리 퍼져 있다.

　환경과 예술에 대한 이와 같은 관념은 자연을 떠난 환경을 생각할 수 없고, 과거 시인들 특히 과거 동양의 시성들이 자연을 즐겨 노래하고, 화가들은 주로 산수화를 그렸다는 사실과, 자연은 원래 아름다운 것이고, 모든 예술 작품이 자연의 풍경처럼 아름답다는 통념에 근거를 둔 것 같다. 그러나 이러한 통념이 사실과 꼭 맞는 것은 아니다. 이상이나 도스토예프스키가, 추사나 다빈치가, 홍난파나 베토벤이, 백남준이나 뒤샹이, 그리고 각기 그들의 예술 작품 「오감도」나 『지하 생활자의 수기』가, 「세한도」나 「모나리자」가, 「봉선화」나 「운명」이, 「TV 부처」나 「샘」이 공자나 플라톤, 뉴턴이나 아인슈

타인, 진시황이나 율리우스 카이사르, 그리고 각기 그들의 업적인
『논어』나 『대화록』, 만유인력설이나 상대성 이론, 진나라나 로마 제
국에 비해서 왜 환경 친화적인지는 분명하지 않다. 경제적으로 비생
산적인 삶을 살았던 수없이 많은 작가들, 화가들, 조각가들, 배우들,
음악가들, 그리고 빛도 보지 못하고 폐기된 그들의 수많은 문학 작
품들, 미술품들, 조각들, 연극들, 음악들 특히 록 음악들은 자연 친
화적이거나 아름답다기보다는 오히려 환경을 오염시키는 작은 원인
이라고 볼 수 있기 때문이다. 그럼에도 불구하고 예술가와 예술 작
품이 깊은 환경 친화적 관계가 있다는 생각은 예술가들은 물론 일
반인들도 떨칠 수 없는 신념인 것 같고, 그것들의 관계가 우연적이
아니라 필연적이라는 점을 함축한다. 이러한 신념에 근거가 있다면
그것은 무엇인가?

그것은 우선 예술이 환경에 도구적으로 기여할 수 있고 실제로
많은 경우에 그렇게 취급되고 있다는 사실에서 찾을 수 있다. 거실
에 걸린 그림이나 배치된 조각들이 집 안의 생활공간에서 시각적인
면으로 기여하고, 수많은 미술관이 마을이나 도시를 미학적으로 향
상시킨다. 음악을 듣거나, 무용이나 연극 관람을 통해서 마음의 환
경을 정서적으로 개선하고 승화한다. 이 경우 예술은 환경을 위한
일종의 장식물로서의 의미만을 갖는다는 점에서 환경과 예술의 관
계는 평등적이 아니라 주종적이며, 예술 작품들이 그렇게 장식물로
사용될 수도 있고 그렇지 않을 수도 있다는 점에서 환경과 예술의
관계는 필연적이 아니라 우연적이다. 그렇다면 환경과 예술 사이에
뗄 수 없는 관계가 있다는 신념의 근거는 없다.

나는 이 글에서 환경과 예술의 필연적 관계를 전제하고 그 관계
의 필연성의 근거를 '둥지'라는 개념으로 정리할 수 있는 구조적 공
통점에서 찾을 수 있다는 주장을 펴고, 그러한 주장을 바탕으로 '예
술 작품으로서의 환경' 개념을 도입하여 환경의 예술적 계획, 조성

및 관리의 필요성을 제안하고자 한다.

그렇다면 우선 둥지란 무엇을 뜻하는가?

1 거처로서의 둥지

동물이나 인간이 잠을 자고, 휴식하고, 추위와 더위, 약탈자로부터 자신을 보호하고, 사랑을 하고, 새끼를 낳아 키우고, 그 새끼들을 교육하여 각기 자신들의 유전자를 계승시켜 나가기 위해서는 거처가 필요하다. 거처는 자연의 일부로서 발견의 대상으로 존재하는 것이 아니라 자연의 진화 과정에서 나타난 동물이나 인간에 의해서 자연 속에서 그리고 자연으로 동물과 인간에 의해서 만들어진 제품이다.

다 같이 거처이면서도 포플러 나무 꼭대기에 지은 까치의 거처, 초가집 추녀 속의 참새의 거처, 호숫가 버드나무 가지 사이에 매달린 물방울새의 거처, 풀숲의 꿩의 거처, 땅굴에 있는 여우의 거처, 개펄에 있는 게의 거처 등과 같은 동물의 거처는 옛날 한국인의 거처였던 초가집이나 기와집, 오늘의 대부분의 한국 도시인들의 거처인 아파트, 근대 유럽 귀족들의 거처인 성들과는 그 규모, 기술, 견고성, 편이성에 있어서 비교가 될 수 없이 다르다. '사랑의 둥지', '신혼부부의 둥지'라는 낱말의 경우처럼 인간의 거처가 '둥지'로 불리는가 하면, '까치집', '개집'이라는 낱말의 경우처럼 동물의 거처가 '집'으로 불리기도 하지만, 인간의 거처를 '둥지'라고 부르는 대신 '집'이라 부름으로써 동물의 거처와 인간의 거처 사이의 차이를 지각적으로도 쉽게 알 수 있다.

여기서 두 가지 점에 주의할 필요가 있다.

첫째, 피상적인 차이를 본질적인 차이로 착각해서는 안 된다는 것이다. 동물들의 거처로서의 둥지와 인간의 거처로서의 집의 차이는, 마치 까치의 둥지로서의 까치집 모양과 참새의 둥지로서의 초가집 추녀의 차이가 그러하듯이, 또 집으로서의 옛날 한국 초가와 집으로서의 근대 서양의 양옥의 차이가 그러하듯이, 그리고 인간으로서의 황색인과 인간으로서의 백인의 차이가 그러하듯이 본질적이 아니라 우연적이며, 근본적이 아니라 피상적이다. 기능과 구조라는 본질적인 관점에서 볼 때, 까치둥지나 참새의 둥지가 동물들의 거처라는 점에서 동일하고, 초가와 양옥이 인간의 거처라는 점에서 똑같으며, 황색인과 백인이 인간이라는 점에서 전혀 다를 바 없듯이, 거처로서의 기능과 구조를 가졌다는 점에서 동물의 거처인 둥지와 인간의 거처로서의 집은 본질적으로 똑같다.

둘째, 둥지가 인간으로 아직 진화하지 못한 동물이 본능적으로 즉 자연적으로 고안해 낸 거주지인 데 반해서 집이 동물에서 월등 진화한 인간의 거주지라는 점에서, 그리고 동물이 만들 수 있는 둥지가 인간이 제작할 수 있는 집에 비추어 그 크기나 질이나 기술에 있어서 비교할 수 없이 빈약하다는 점에서, 집은 발달된 둥지로 규정할 수 있고, 바로 이런 점에서 둥지는 집에 비추어서만 그 기능, 구조가 설명되고 그 가치가 평가될 수 있다고 언뜻 생각할 수 있다. 그러나 이런 생각은 잘못이다. 실상은 정반대이다. 둥지와 인간의 집이 다 같이 거처를 지칭하지만, 언뜻 생각하기와는 전혀 달리, 동물의 둥지가 인간의 집보다도 더 좋은 거처의 이상적 원형이라는 사실 즉 집을 통해서 둥지가 설명될 수 있는 것이 아니라 둥지에 비추어서 집이 설명되어야 한다는 사실이다. 왜일까?

자연은 한편으로는 땅과 하늘, 산과 들, 나무와 물처럼 '물리적' 즉 '비주체적' 자연과 다른 한편으로는 동물과 인간과 같은 '생명적' 즉 '주체적' 자연으로 분류할 수 있다. 이 두 종류의 자연은 처음부터 그냥 존재하는 자연의 일부로서 객관적으로 존재한다. 거처로서의 둥지와 집도 자연의 일부로서 객관적으로 존재한다. 그러나 거처로서의 둥지와 집이라는 존재는 주체적 자연 즉 생명체와 그 대상으로서의 모든 자연의 관계가 빚어낸 새로운 '이차적' 자연이다. 역동적 생명체로서의 인간을 포함한 동물과 그 이외의 존재들과의 관계는 이러한 관계라는 개념에 비추어서만 그것이 둥지이든 집이든 거처라는 개념의 의미를 가질 수 있다.

거처로서의 둥지와 집은 동물과 그 이외의 존재와의 관계를 떠나서는 이해할 수 없고, 그러한 관계의 중심에는 역동적 주체가 있고, 역동적 주체의 복판에는 눈으로는 볼 수 없는 욕망과 의도가 자리 잡고 있다. 거처는 발견된 것이 아니라 의미가 담긴 제품이다. 예술 작품, 결혼 반지, 사랑의 엽서가 물리적으로만 인식될 수 없는 의미로서 존재하듯이 거처로서의 둥지와 집의 의미 또한 가시적으로만 설명될 수 없는 가치라는 관념적 속성을 포함하고 있다. 거처로서의 둥지와 집에는 동물과 인간이라는 역동적 그리고 주체적 생명체의 이상적 삶에 대한 꿈이 담겨 있고, 그것을 실현하는 지혜가 배어 있다. 한 동물이 갖고 있는 꿈의 내용과 지혜의 수준에 따라 거처는 둥지의 양식을 가질 수도 있고 집의 양식을 갖출 수도 있으며, A라는 둥지 대신에 B라는 둥지가, A라는 집 대신에 B라는 집이 세워질 수도 있고, 그것들은 각기 달리 평가될 수 있다.

동물의 꿈과 지혜의 측면에서 볼 때, 동물의 거처로서의 둥지와 인간의 거처로서의 집은 각기 어떻게 다르며, 상대적으로 어떻게 평가될 수 있는가?

결론부터 말하자면, 누구나가 자명한 진리라고 믿고 있는 바와는 달리, 거처로서는 둥지가 집의 모델이 될 수 있지만 집이 둥지의 모델이 될 수 없고 또 되어서는 안 된다고 나는 믿는다. 어째서일까?

진화론적으로 동물이 인간의 원조이듯이, 동물이 자신의 거처로 지은 둥지는 인간이 자신의 거처로 지은 집의 원형이며, 따라서 집은 둥지의 한 형태이며 따라서 둥지에 비추어 설명될 수 있지만, 그 반대의 경우는 성립되지 않는다는 사실에서 그 이유를 찾을 수 있을 것 같다. 그러나 이러한 사실은 거처의 탁월성이라는 점에서 집에 비한 둥지의 구조적 우월성을 증명하지는 못한다. 오히려 그 반대일 수 있다. 무엇이든 옛것보다는 그 후에 그것을 모방하여 개량해서 만든 것이 월등 뛰어난 것이 일반적인 진리이기 때문이다. 미루나무 위의 까치둥지나 땅속의 두더지 둥지는 크기, 견고성, 호화성, 기술에 비추어 볼 때 20층 아파트나 바티칸 궁전의 지하 3층 거처에 비해 상상을 초월하게 열등하다.

그럼에도 불구하고 둥지는 역시 집의 원형 즉 모델이며, 거처로서의 둥지의 건축학은 거처로서의 집의 건축학보다 역시 월등하다.

거처의 관점 즉 한 동물 혹은 한 인간이 자신의 안정과 행복에 대한 근원적 욕망, 종족 번식과 번영의 생물학적 본능을 충족시키기 위한 기본 조건으로서의 가장 바람직한 장소의 관점에서 볼 때, 둥지를 지은 동물의 '세계관'과 그 세계관을 반영하는 건축학적 구조와 규모는 집을 지은 인간의 '세계관'과 그 세계관을 반영하는 건축학적 구조와 규모와 비교해서 볼 때 역시 월등 높게 평가되어야 한다. 그것은 둥지가 집에 비해 시간적으로만이 아니라 논리적으로도 '원형적' 즉 '규범적'이라는 사실에 근거한다.

앞서 보았듯이 인간을 비롯한 대부분의 동물은 그의 생물학적 구조상 생존해야 하고, 자신의 생명을 위협하는 여러 가지 위험으로부터 보호되어야 하고, 그러자면 잠정적이나마 안전한 거처가 필요하다. 그러나 그의 생존, 안전, 번식, 번영 그리고 그러한 목적을 실천하기 위한 불가피한 거처의 구조도 그 이외의 무수한 다른 동물들, 더 나아가서는 모든 생명의 공동 원천인 생태계, 자연과 균형을 깨뜨리거나 파괴하지 않는 한계 내에서만 기획되어야 한다. 만일 이러한 균형이 깨진다면 언젠가는 다른 동물들, 다른 생물들의 죽음만이 아니라 그러한 것들의 죽음에 따르는 불가피한 생태학적 결과로 인간 자신의 죽음을 면할 수 없기 때문이다. 이런 점에서 볼 때 동물들은 이러한 원칙의 틀에서 자신의 생존을 계획해 왔고, 거처로서의 둥지를 지으며 살아왔다. 그러나 동물들과는 달리 인간은 문명을 발전시키고 자연을 지배하게 되면서부터 점차적으로 균형을 잃은 욕망을 키워왔고, 이런 과정에 그가 자신의 거처로 지은 집들은 다른 사람들, 생태계, 자연 그리고 지구 전체와의 균형을 점차적으로 더깨고 궁극적으로는 자연, 지구를 파괴하는 형태로 그 구조가 변형되어 왔다. 나 이외의 다른 사람들, 다른 동물들, 다른 생명들을 존중해야 한다는 이타적 도덕심을 위해서만이 아니라 장기적으로는 자신의 생존을 위해서만이라도 인간의 거처로서의 집은 동물의 거처로서의 둥지에서 그 원형, 범전을 다시금 발견해야 한다. 이상적 거처의 근본적 조건 중의 하나는 그것이 생태학적 즉 '자연적'이어야 한다는 점이다.

집에 비교한 둥지의 건축학적 우월성의 근거는 미학적 관점에서도 뒷받침된다. 둥지는 집에 비해 한결 아름답다. 수많은 양식의 둥지가 있지만 건축학적 아름다움을 갖춘 대표적인 둥지는 아마도 나뭇가지, 풀잎, 조개껍데기, 이끼로 겉을 꾸미고 작게 뚫린 입구를 들여다보면 새들의 속털로 포근하게 단장된 산새의 보금자리 그리고 좀 간소하지만 보리밭의 조용한 곳에 마련한 종달새 보금자리를 예로 들 수 있을 것 같다. 이러한 둥지는 주어진 자연이 아니라 자연의 의도적 조작적 변형화 산물 즉 자연의 비자연화, 비유적인 뜻에서 문화화의 결과이지만, 그 조작화, 비자연화, 문화화는 너무나 '자연적'인 것이어서 그 둥지가 과연 자연의 일부인지 아니면 '문화'의 일부인지 알 수 없을 정도이다. 이런 점에서 둥지에서 자연과 문화, 그냥 주어진 것과 조작된 것과의 경계선은 애매하게 흐려진다. 그래서 둥지는 자연 아닌 자연인 동시에 '문화' 아닌 '문화'라고 부를 수

있고, 둥지에서 자연과 '문화'의 가장 원천적 차별과 관계, 생명체와
비생명체, 동물과 그 존재 조건, 주체와 객체로서의 모든 대상 간의
가장 원초적 대립과 화해 즉 생태학적 균형을 읽어낼 수 있다.

2 둥지로서의 환경과 예술

둥지는 지성과 더불어 감성의 접근과 이지적 인식 대상인 동시에
지성에 앞서 감성의 미학적 감상 대상이다. 다른 자연적 및 문화적
존재들은 물론 인간의 거처로서의 집보다도, 동물들 특히 산새들의
둥지가 우리의 미학적 감성을 자극하고 매료하는 것은 바로 둥지의
이와 같은 특이한 존재론적 그리고 건축학적 구조 때문이며, 그 특
징은 생태학적이라는 데 있다. 바로 위와 같은 몇 가지 점에서 새의
둥지를 비롯한 모든 동물의 집인 둥지는 일종의 비언어적 예술 작
품이며, 집의 원형인 동시에 환경 조성의 모델이다. 그러나 환경과
예술의 관계를 분명히 파악하자면, 비록 환경과 예술 작품이 다 같
이 둥지의 존재론적 범주에 속하더라도, 먼저 둥지로서의 환경과 예
술 작품으로서의 둥지의 구별을 분명히 할 필요가 있다. 그 구별은
환경이 몸의 거처로서의 '사물적 둥지'인 데 반해서 예술은 '마음의
거처로서의 언어적 둥지'라는 사실에서 찾을 수 있다.

a) 몸의 사물적 둥지로서의 환경

우주에는 지구, 산과 바다, 들, 공기와 물, 나무와 풀, 광물과 식
물, 동물과 인간, 자연현상과 문화적 산물 등이 각기 자연과 우주의
일부로서 존재하고, '환경' 하면 이러한 것들이 먼저 머리에 떠오른
다. 그러나 위의 어느 것도 그 자체만으로서는 '환경'이 아니다. 환
경은 객관적으로 발견할 수 있는 존재가 아니다. 그것은 지구와 우

주를 구성하는 단순한 일부가 아니라 이러한 것들과 지구와 우주 안에서 진화론적 과정에서 역시 지구의 일부로서 출현한 동물이나 인간의 특수한 관계를 지칭한다. 그러므로 '환경'은 진화적 과정에서 동물 혹은 인간이 지구와 우주에 출현하기 이전에는 존재하지 않았고, '환경'이라는 말은 무의미하다.

모든 관계에는 개념들 간의 논리적 관계와 사물들 간의 인과적 관계가 있고, 인과적 관계는 기계적, 의도적인 것이 있다. 광물과 같은 무기물이나 식물과 같은 유기물들 간의 관계는 기계적으로 설명할 수 있지만 동물이나 인간의 경우는 의도적으로만 설명될 수 있다. 어떤 의도도 갖지 않은 무기물이나 식물은 그 밖의 존재와 물리적 혹은 화학적 인과 법칙에 의한 기계적 관계를 맺는 데 그치며, 따라서 A라는 존재와 B라는 존재 간의 관계는 일정하다. 이와는 대조적으로 동물이나 인간은 의도를 갖고 있고, 의도는 어떤 동물 혹은 어떤 인간이냐에 따라 혹은 경우에 따라 가변적인 만큼 한 동물이나 한 인간과 그 밖의 모든 것들의 관계는 무한히 가변적이다. 이러한 점에서 동물이나 인간은 넓은 뜻에서 주체적이라고 말할 수 있고, 주체로서의 동물이나 인간과 그 밖의 모든 존재들과의 관계는 의도적이며, 목적론적이고, 창조적이며 유기적이다. 주체적 존재로서의 동물과 인간은 자신에게 주어진 물리적 혹은 문화적 모든 여건을 자신의 특정한 의도, 목적, 계획에 따라 그것에 대해 기계적으로 반응하지 않고 그것을 주체적으로 변형, 재구성, 개조한다. 환경은 동물이나 인간의 위와 같은 창조적 활동에 의해서 새롭게 조정된 그들과 그들을 둘러싼 모든 여건들과의 새로운 관계인 동시에 결과이다.

생명체로서의 동물이나 인간의 가장 근본적인 본능, 욕망, 의도, 목적, 가치는 자신의 생존과 번영이다. 자신의 생존을 위해서 먹어야 하고, 먹기 위해서 활동해야 하고, 보다 잘 활동하고 먹기 위해서 휴식을 취해야 한다. 지신을 추위와 더위, 다른 약탈자로부터 보호해야 한다. 한 걸음 더 나아가서 자신의 삶을 가능한 한 즐겨야 한다. 또한 자신의 개별적 생명의 한계를 넘어 자신의 종족을 이어가기 위해서 짝짓기를 통해서 자신의 새끼를 낳아 양육함으로써 자신의 유전자를 다음 세대에 전수할 필요가 있다. 이러한 가장 원초적인, 따라서 보편적 목적을 실현함에 있어서 자신의 거처 즉 둥지가 절대적으로 필요하다. 환경은 다름 아니라 동물이나 인간과 같은 주체자가 자신의 거처 즉 둥지로서 주어진 자연적 여건들을 자신이 재구성하여 만들어 자신의 입장에서 자신을 중심으로 바라보고 평가할 수 있는 물리적 조건들의 유기적 총체이다. 환경은 동물이나 인간이 각기 자신의 특정한 욕구와 목적에 의해서 자신의 지혜와 능력에 따라 재구성하고 따라서 변형한 자신을 둘러싼 모든 존재들의 총칭이다. 이런 점에서 환경은 거처 즉 둥지이기는 하지만 그 둥지는 어디까지나 '존재의 둥지'이다. 미루나무 가지 사이에 구성된 까치집, 새털, 흙, 이끼, 나뭇가지 등을 조합해서 만든 예쁜 산새들의 보금자리, 땅 밑에 있는 두더지의 굴 같은 동물의 둥지나 초가집, 벽돌집, 고층 아파트 같은 인간의 둥지 즉 환경은 다 같이 물리적 존재이다. 한마디로 말해서 환경은 객관적으로 즉 물리적으로 존재하는 것들의 재조합을 지칭하며, 동물이나 인간에 의한 존재와 자연의 창조적 재구성 즉 하나의 작품이며, 이런 점에서 환경은 동물과 인간의 거처로서의 둥지이되 그것은 언어의 둥지 즉 관념적 둥지로서의 예술 작품과는 달리 어디까지나 존재의 둥지 즉 실질적 둥지이다.

모든 동물이나 인간은 자신의 궁극적 목적인 생존, 번영, 생물학적 및 문화적 만족을 가장 효율적으로 만족시킬 수 있게끔 거처 즉 환경을 조성할 것이다. 그러나 동물과 인간의 생존 및 번영의 조건은 생물학적으로 다르며, 같은 동물이나 같은 인간이더라도 동물마다 그리고 인간마다 서로 다르다. 따라서 가장 이상적인 환경 즉 둥지의 구체적 모습은 똑같은 잣대에 의해서 평가될 수 없다. E라는 환경 즉 둥지가 동물에게는 이상적이지만 인간에게는 정반대일 수 있으며, H-1이라는 환경은 인간에게는 좋지만 H-2라는 환경은 인간에게는 가장 나쁠 수 있다. 이러한 점을 고려한다면, 한 동물 혹은 한 인간의 환경은 각기 그 동물과 그 인간의 생물학적 혹은 심리학적인 객관적 조건과 그러한 주체들이 각기 놓여 있는 객관적 조건에 비추어 각기 그들이 조성한 환경은 객관적으로 평가될 수 있다.

이같이 한 동물이나 한 인간의 가장 바람직한 환경의 모습이 객관적으로 평가될 수 있고, 또한 모든 동물이나 인간이 필연적으로 가장 효율적인 즉 가장 이상적인 환경을 만들려고 할 수밖에 없다 하더라도, 각기 그것들의 지혜와 능력은 동물마다 그리고 사람마다 천차만별이다. 그러므로 모든 동물과 인간의 욕구가 동일하고, 그러한 욕구 충족으로 똑같이 추구하고, 그러한 방법으로 거처 즉 환경을 조성하려고 한다 하더라도, 각 동물이나 인간이 조성하는 거처 즉 환경은 동일하지 않으며, 그중 어떤 것은 우월할 수 있고 다른 것은 열등할 수 있다.

환경이 동물이나 인간의 사물적 거처이며 동물의 경우와는 달리 적어도 인간의 경우 환경의 구성은 본능에 따른 것이 아니라 의도적 그리고 이성적으로 조성될 수밖에 없다면, 이상적 환경 조성에 적용할 수 있는 가장 일반적 구조 원칙은 존재하는가? 만일 존재한다면, 그 원칙의 모델은 어디서 찾을 수 있는가? 이 물음을 접하면서 머리에 언뜻 떠오르는 것은 예술 작품이다.

b) 마음의 언어적 둥지로서의 예술 작품

환경이 동물이나 인간이 자신들의 생물학적 생존, 번영 그리고 안정을 위한 몸의 거처로서 자신들의 주변에 있는 사물들을 창조적으로 재구성해서 조성한 사물적 둥지라면, 예술 작품은 인간이 자신의 인식적 투명성, 총체성, 일관성과 정서적 안정을 위한 마음의 거처로서 자신의 알고 있는 모든 언어를 창조적으로 재조합해서 만든 언어적 둥지이다. 몸을 위한 물리적 둥지로서의 환경이 생물학적 욕망을 갖고 욕망에 따라 움직일 수 있는 인간을 포함한 모든 동물에게 존재할 수 있지만, 마음을 위한 언어적 둥지로서의 예술 작품은 이성적, 언어적 동물로서의 인간에게만 가능한 제품이다.

언어는 주로 의사 전달이나 무엇인가를 표상하는 매체이며, 그 매체는 주로 한국어, 일어, 영어와 같은 '자연어'를 지칭한다. 인간이면 누구나 그리고 어디서나 사용하는 자연어는 사회적 약정에 의해서 그 의미가 인위적으로 정해진 매체이다. 예술의 기능도 무엇인가를 표상하고 표현하는 데 있으며, 그러한 기능을 수행하기 위해서는 매체를 사용할 수밖에 없다. 그러나 예술에 사용된 매체는 문학의 경우처럼 자연어 즉 문자일 수도 있고, 미술이나 조각이나 무용이나 음악의 경우처럼, 선, 색깔, 동작, 소리 등일 수도 있다. 그렇다면 예술 작품을 통틀어 언어적 둥지라고는 말할 수는 없다. 그런데도 예술 작품을 언어적 둥지라고 부를 수 있다면, 그것은 언어의 개념을 확장함으로써만 가능하다. 언어를 '자연어'로서가 아니라 의사소통이나 표상의 매체로 규정한다면, 문학만이 아니라 미술, 음악, 조각, 무용 등도 다 같이 언어에 속할 수 있고, 모든 예술이 무엇인가를 전달하고, 표상하고, 표현하는 이상, 그것들을 다 같이 '언어'의 범주에 포함시킬 수 있다. 여기서 나는 언어를 바로 이 같은 넓은 뜻으로 사용하여 모든 예술을 언어의 범주에 귀속시킨다.

언어는 일상 대화, 철학, 과학, 문학 등 여러 가지 인간의 활동에 다 같이 사용된다. 그것은 의사의 전달, 지식의 전달, 감정의 표현, 명령, 의례 등의 목적으로 사용되면, 구두어의 경우에서는 일회적으로, 문자어의 경우는 반복적으로 사용된다. 이 모든 경우에 언어를 대하는 우리의 태도는 어떤 목적을 위한 도구 및 수단으로서 대하는 경우와 그 자체를 목적으로 대하는 경우로 구별할 수 있다. 문학과 예술의 맥락에서 언어가 사용되는 경우를 제외하면 그 밖의 모든 맥락에서 언어가 사용되는 경우, 언어에 대한 우리의 태도는 도구적이다. 문학의 의도와 기능이 이해와 감상의 대상이 될 수 있는 언어로 구성된 어떤 작품의 구성, 제조에 있는 데 반해서 일상생활에서는 물론 철학적 혹은 과학적 텍스트를 구성, 제조하는 데 있어서도 언어 사용자의 의도와 언어의 기능은 그것이 구두로 사용된 경우나 문자적 텍스트로 존재하는 경우나 다 같이 어떤 특정한 목적 달성을 수행하기 위한 도구일 뿐이며 따라서 그것의 가치는 도구적 관점에서만 평가된다. 언어를 도구로서 사용하여 달성하고자 하는 목적, 가령 의도, 지식, 감정의 전달은 수많은 다른 언어에 의해서 표현되고 전달될 수 있으며, 그러한 다른 언어들은 아름답고 우아하고 박력 있게 사용된 것일 수도 있고 그렇지 않을 수도 있다. 그러나 이 경우 핵심적인 문제는 언어의 선택이나 표현 양식에 있지 않고 그 표현 내용에만 있을 뿐이다. 물론 같은 내용의 철학적 사유 혹은 과학적 지식을 전달하는 철학적 혹은 과학적 텍스트는 물론 일상 생활에서 사용된 언어도 좋은 말과 좋은 구성을 갖거나 그렇지 않을 수 있으며, 따라서 순전히 언어적 차원에서 좋고 나쁨의 기준에 따라 감상과 평가의 대상이 될 수 있다. 그렇지만 문학의 경우를 제외하면 언어의 그러한 차원은 언제나 이차적, 부수적이라는 사실에는 변함이 없다. 왜냐하면 문학을 제외한 맥락에서는 요점이 의사나 사유 또는 지식의 전달에 있기 때문이다.

이와는 달리 문학 작품 더 일반적으로 말해서 예술 작품의 경우 예술의 의도와 작품의 기능은 그 자체 즉 언어로서 감상과 평가의 대상일 수 있는 언어적 가치의 창출이다. 물론 예술가는 반드시 무엇인가를 전달할 의도, 생각, 지식이 있으며, 문학 작품은 반드시 인간에 대해서, 자연에 대해서, 사회에 대해서 어떤 지식을 전달하고 감동을 자극한다. 그러나 예술 작품과 위와 같은 것들 간의 관계는 직접적이 아니라 간접적이다. 예술 작품의 기능은 이미 존재하는 어떤 사실을 표상하는 것이 아니라 그러한 것들을 새로운 각도에서 보고, 표상하고 느낄 수 있는 새로운 언어적 틀을 창안해 내는 데 있다. 문학 작품을 픽션 즉 허구라 부르고 예술 작품을 상상(想像)의 산물로 취급하는 이유가 바로 여기에 있다. 어떤 텍스트를 철학이나 과학적 텍스트와 구별할 수 있는 근거는 그것이 담고 있는 내용에 앞서 그러한 내용이 어떤 언어로 즉 어떤 식으로 얼마나 새롭게 표현되었느냐는 관점에서 찾을 수 있다. 예술의 핵심적 과제는 이미 존재한다고 전제된 진리나 이미 알고 있는 사실이 아니라 진리라고 전제된 것, 사실로서 인정된 것을 얼마나 새롭게 관찰하고 인식할 수 있는가를 새삼 반성하고 알아볼 수 있게 하는 언어적 그물망을 짜고, 렌즈를 깎고, 갈고, 닦아내는 데 있다.

　인간은 모든 존재와 현상에 대한 진리를 찾고자 하는 충동을 떨칠 수 없다. 이러한 충동은 사회, 자연, 우주 안에서 지적으로 투명하고, 정서적으로 편안하고자 하는 본능에서 솟아난다. 종교, 철학 그리고 과학은 이러한 욕망의 표현으로 볼 수 있다. 그것들은 인간, 사회, 자연, 우주를 서술하고 설명한다. 그러나 종교, 철학 그리고 과학이 보여주는 것은 원래의 의도와는 달리 인간, 사회, 자연, 우주가 우주 자체가 아니고 그것들의 관념화, 즉 추상화 즉 구체적으로 존재하는 인간, 사회, 자연, 우주와는 별개의 것, 그러한 것들의 왜곡된 모습이다. 불행하게도 이러한 결과는 모든 인식, 모든 표상의 불가피한 숙명이다. 왜냐하면 표상은 필연적으로 언어적 표상이며, 언어의 표상은 지각할 수 없는 비관념적 즉 구체적인 것들의 의미화·관념화 즉 추상화로서만 가능하기 때문이다. 바로 이런 점에서 모든 표상, 모든 인식은 왜곡된 것이며, 진리에 대한 인간의 욕망의 완전한 충족은 원천적으로 좌절될 수밖에 없다. 자연 안에서, 우주 안에서 인간이 정말 편안할 수 있는 거처, 자연의 한가운데서 자연과 어울려 행복할 수 있는 아담하고 따뜻하고 안전하게 꾸며진 새의 거처, 즉 둥지는 존재하지 않는다. 그가 있는 곳과 시간은 언제나 조금은 불편하다. 그러나 그는 자신의 이상, 자신의 실존적 꿈을 포기할 수 없는 이카로스이다. 그는 자신의 꿈, 정신적 둥지를 마련하고자 진리의 태양열에 자신의 밀랍으로 만든 날개가 녹아 땅에 추락하는 것을 알면서도 녹아버린 날개를 다시 펴서 진리라는 태양의 빛을 향하여 다시 날지 않을 수 없다.

종교적, 철학적, 과학적 언어는 이카로스의 몸을 진리인 태양에까지 올릴 수 없는 밀랍으로 만든 날개이며, 문학적, 더 일반적으로 모든 예술적 언어는 땅에 추락한 이카로스가 어떠한 좌절에도 굴복하지 않고 다시금 자신의 이상, 행복의 거처로서 불타는 태양에 도달하기 위하여 끝없이 자신의 날개를 다시 고치고, 다시 펴고, 다시 고안해 내는 날개이다.

종교, 철학, 과학이 지적으로 균형 있고, 확실하고, 정서적으로 편안하고, 미학적으로 아름다울 수 있는 언어적 거처로서의 세계관을 고안해 내려는 계획이며 실천 방법이라는 점에서 그것들은 예술과 마찬가지로 다 같이 일종의 거처 짓기이며, 종교인, 철학자, 과학자는 다 같이 예술가와 마찬가지로 다른 얼굴을 한 이카로스이다. 언어의 기능이 무엇인가를 가장 충실히, 즉 왜곡하지 않고 즉 그 대상과의 거리를 삭제한 채 그 자체로서 표상, 표현, 전달하는 데에 있지만 그러한 언어의 기능은 논리적으로 그가 삭제하고자 하는 그것과 그 대상 간의 거리를 전제하는 만큼, 종교적, 철학적, 과학적, 예술적 기획은 필연적으로 실패로 돌아가고, 그것들이 지은 거처는 하나같이 어딘가 딱딱하고 불편하다. 하지만 예술적 거처와 그밖의 거처 사이에는 차이가 있다. 그것은 정도의 차이다. 다 같이 언어로 지은 거처이기는 하지만, 예술적 거처에 비해서 그 밖의 거처는 더 딱딱하고, 더 불편하다. 그 이유는 예술적 언어가 가능한 은유적·다의적 즉 사물적·구체적으로 애매하게 사용되고 있는 데 비해서, 종교적, 철학적, 과학적 언어는 가능한 개념적·일의적 즉 관념적·추상적으로 투명하게 사용되고 있기 때문이다. 이런 점에서 종교적, 철학적, 과학적 거처 즉 이론들은 인간의 거처로서의 집에 비유할 수 있고, 예술적 거처 즉 작품들은 동물들 특히 일부 새들의 둥지에 비유할 수 있다. 같은 거처이지만 집보다는 둥지가 자연에 더 가깝고, 그만큼 평안하다.

예술적 거처의 위와 같은 특징은 예술적 언어가 은유적이며, 비정상적이라는 데에서 드러난다. 예술적 언어가 은유적이고 비정상적으로 사용되는 경향을 띠는 것은 개념적, 추상적 즉 관습적으로 전달할 수 없는 무엇인가의 사물적, 감각적 즉 신선한 의미를 전달하기 위해서이며, 그러한 언어적 의미를 통해서 세상의 모든 것을 새로운 유일한 눈으로, 다양한 대로 그리고 하나의 조화롭게 통일된 전체로서 바라보고, 느끼고, 생각하기 위해서이다. 유일성, 다양성, 통일성이 예술 작품을 구조적으로 평가하는 가장 기본적 잣대로 사용되는 것은 전혀 우연이 아니다. 구조적 측면에서 볼 때 예술 작품의 근본적 원칙은 생태학적이다.

건축학적으로 생태학적 원칙에 따라 세워졌을 때 마음의 거처로서의 하나하나의 예술 작품은 비로소 하나하나의 개별적 마음이 모든 것과 원초적인 차원에서 그 밖의 모든 것과 그리고 그 자체 안에서 조화롭고, 편안하고, 행복할 수 있는 언어의 둥지가 된다.

c) 예술 작품으로서의 환경

마음의 언어적 둥지로서의 예술 작품은 몸의 사물적 둥지로서의 이상적 환경과 구조적으로 동일하며, 따라서 언어적 둥지로서의 예술 작품은 사물적 둥지로서의 환경을 계획하고, 설계하고, 조성하고, 관리하는 데 있어서 가장 적절한 청사진, 설계도, 패러다임으로서 적용될 수 있다. 모든 종류의 환경은 그 하나 하나가 마음의 둥지로서의 예술 작품처럼, 즉 유일성, 다양성, 통일성의 원칙에 맞추어 하나 하나의 몸의 하나 하나의 둥지로 꾸며져야 한다.

하지만 문제는 그렇게 간단하지 않다. 인간에게 적절한 둥지는 동물에게 적절한 둥지·환경과 일치하지 않고, A라는 인간에게 바람직한 둥지·환경은 B라는 인간에게 이상적인 둥지·환경과 상충하며, A라는 동물에게 맞는 둥지·환경은 B라는 동물에게 적절한 둥지·환경과 갈등한다.

이러한 갈등을 풀기 위해서는 거시적이고 동시에 원시적 그리고 보편적 차원에서 지구 전체를 모든 동물과 인간이 공유하는 하나의 환경으로 보고, 각기 자신을 초월한 상위적 차원인 생태계 중심적 입장에서 지구상의 모든 인간, 동물, 생물 그리고 무기물이 생태학적 고리를 파괴하지 않고 전체적 조화를 잃지 않는 테두리 안에서 각기 자신의 환경을 일구어가야 한다. 이러한 환경 기획과 조성에는 예술 작품에서 그 모델을 찾을 수 있었던 개별적 환경 기획과 조성의 원칙이 똑같이 적용될 수 있다. 환경을 언어적이 아니라 사물적 예술 작품으로 인식하고, 계획하고, 조성하고, 창조하고 관리해야 한다는 것이다. 그것은 자연·세계의 예술 작품으로 지속적 그리고 창조적 전환 작업의 필요성을 의미한다.[9] 니체는 "과학을 예술의 렌즈로, 예술을 삶의 렌즈로 봐야 한다"라고 선언했다. 이제 우리는 낱

---

9) Ynhui(Yeemun) Park, "The Transfiguration of the World into Artwork : a Philosophical Foundation of Environmental Aesthetics," presented at The XIth International Congress of Aesthetics at Lahti, Finland, 1995. published in *Aesthetics*, vol. 20, The University of Tokyo, 1995, and reprinted in Ynhui Park, *Reality, Rationality and Value*, Seoul National University Press, 1998.

말 하나를 바꾸어, "환경을 예술의 렌즈로, 예술을 삶의 렌즈로 봐야 한다"라고 선언해야 한다.

맺음말

인간 이외의 모든 동물을 이러한 문제를 의식 못하고, 설사 그러한 것을 의식한다고 하더라도 그들에게는 그러한 문제를 해결할 수 있는 자유 의지나 지적 및 기술적 능력이 전혀 없다. 따라서 그들에게는 이러한 문제가 제기되지 않는다. 그들은 본능에 따라 각기 자기중심적으로 둥지를 짓는다. 다행히 동물들의 둥지들은 '자연적'으로 조절되어 생태학적 균형을 깨뜨리지 않는다. 오로지 인간만이 이러한 문제를 의식할 수 있고, 인간만이 지구적 차원에서 생태계를 파괴하지 않고 환경을 예술 작품으로 만들 수 있고, 관리하고 유지하여 자기 자신은 물론 자신 이외의 모든 동물들의 진정한 땅, 안전하고 포근한 삶의 둥지로 지켜갈 수 있다. 따라서 각기 자신의 개인적 환경은 물론 지구적 환경에 대한 책임을 과거에나 현재나 내일도 져야 한다.

지난 인류 역사 특히 지난 한 세계의 문명사를 뒤돌아볼 때 인류는 자신의, 오직 자신만의 단기적이고 미시적인 욕망 충족, 행복을 위해서 자신의 거처를 오늘과 같은 거대 도시로 만들고 그 과정에서 지구적 차원에서 환경을 파괴하기에 이르렀다. 누적되는 쓰레기, 공기 오염, 썩어가는 하천과 바다, 물의 부족 현상, 핵 에너지의 잠재적 위험성, 녹지의 무제한 개발, 자연 자원의 고갈, 생태계 파괴, 지구 온난화, 인구 폭발, 기후 변동, 대도시의 교통난, 무모한 생명 공학 발달이 몰고 올지도 모를 인간과 생명의 존엄성 상실 등으로 상징되는 환경 문제를 감안할 때, 앞으로 이런 식으로 자신의 환경

은 물론 지구 환경의 파괴, 그것에 수반되는 생태계 파괴, 인류의
멸망이 올 것은 불을 보듯 훤하다.

근시안적, 미시안적 이성을 넘어 원시안적, 거시적 이성으로 세계
를 바라보고, 인간 중심적인 관점을 넘어 자연 중심적으로 지구·자
연을 인간만을 위한 도구로서만이 아니라 그것을 하나의 예술 작품
처럼 그 존재 자체로서의 내재적 가치를 깨달아야 하며, 그러자면
과학적 이성의 의미를 예술적 이성의 잣대로 파악하고, 도구적 이성
을 생태학적 이성으로 통제해야 한다.

둥지의 건축학 *

약동하는 생명으로 넘치는 지구가 없었다면 아무리 반짝이는 별들로 가득 차 있더라도 우주는 삭막했을 것이며, 동물이 둥지를 틀고 살지 않았더라면 다른 생명이 넘치더라도 지구는 쓸쓸했을 것이다. 사람이 없는 자연은 고독하며, 한 채의 집, 하나의 마을이 그 품에 들어 있기에 한 풍경의 아름다움은 더 균형이 잡히고 빛을 낸다.

인간을 포함한 모든 종의 동물의 궁극적 목적은 행복의 추구이다. 그러나 그러한 행복은 종족 번식을 통한 생존과 번영을 전제하며, 이러한 전제들은 각기 동물들이 주어진 환경에서 자신의 생물학적 및 역사적 조건에 맞게 가장 적절히 적용할 것을 요구한다. 모든 생물에 있어서 개체적 삶이란 각자 자신에게 주어진 여건 속에서 그것들을 각자 자신들에게 가장 바람직한 환경으로 재구성하는 전략적 및 기술적 발명과 적용과정으로 볼 수 있다.

동물들이 트는 둥지나 인간이 짓는 집은 다 같이 생물학적으로 결정된 조건에 따라 자신들의 궁극적 목적 달성을 위해서 불가피하게 스스로 고안해야 할 거처이다. 동물은 때로는 살아 있는 전체 기간을 통해서, 때로는 잠정적으로 각기 나름대로의 둥지를 틀고 살

___

* 이 글은 한국건축학회 주최로 열린 세미나에서 기조 강연으로 발표된 것이다.

고, 인간은 항상 어떤 형태로든 집을 짓고 산다. 동물들의 둥지나 인간의 집은 소극적으로는 추위나 더위, 비나 눈과 같은 외부로부터의 물리적 재난이나 맹수와 같은 포식동물들 또는 적대적인 다른 인간들로부터 자신과 자신의 가족들의 생명과 소유물을 보호, 번식하고, 적극적으로는 자신의 종족번식, 번영 그리고 행복을 위한 필수적 공간이기 때문이다. 둥지와 집은 각기 동물과 인간에게 다 같이 불가피한 생존 조건인 동시에 전략이다.

동물의 둥지는 인간의 집에, 그리고 인간의 집은 동물의 둥지에 각각 해당된다. 그러나 동물들의 거처인 둥지 양식이 시간과 장소를 초월하여 거의 변하지 않는 것과는 달리 인류의 '거처' 즉 '집'은 양식이나 기술이나 스케일이나 기능의 효율적 관점에서 볼 때 시대와 장소에 따라 항상 변한다. 인간이 사는 집과 인간들이 많이 모여 사는 도시의 양식은 장소에 따라 다르고, 시대에 따라 변하며, 개인에 따라 각양각색이다.

봄에 찾아 오는 제비는 한국에서나 중국에서나 똑같은 식으로 둥지를 틀고 알을 까서 새끼를 키우며, 연못에 사는 수달은 천년전이나 지금이나 똑같은 모양으로 나뭇가지를 끌어와서 둥지를 틀고 서식한다. 그러므로 동물에게는 둥지를 무슨 재료를 써서 어떻게 어떤 모양으로 틀어야 하는가의 문제가 생기지 않는다. 동물의 경우 이상적 둥지의 모델은 영원히 고정되고 똑같이 전수된다. 이미 생물학적으로 주어진 모델에 따라 본능적으로 튼 둥지는 곧 그들의 꿈의 거처가 된다.

반면 인간의 거처인 집의 경우 사정은 다르다. 사람마다 그리고 경우마다 다른 대답이 나올 것이다. 시간적 축에서 볼 때 프랑스의 라스코 혹은 스페인의 알타미라 동굴에서 오늘날 세계 대도시에 우후죽순처럼 솟는 마천루로 발전했고, 공간적 축에서 볼 때 몽골이나 아프리카 벨베르족의 텐트에서 시작하여 베르사이유 궁전을 거쳐 현재 서울 복판에서 서고 있는 최첨단 고층 아파트 등에 이르기까지 한없이 다양하다. 동물들이 둥지를 집단적으로 틀고 한 곳에 큰 집단적 거처를 구성하지 않는 데 반해서 인류는 문명의 발달과 병행하여 많은 도시를 꾸미어 왔으며, 최근에는 인구 천만 명이 훨씬 넘는 거대 도시를 지구 각처에 구축하고 살게 되고 있다.

집 즉, 인간의 거처의 영원 불변한 고정된 모델은 존재하지 않아 보인다. 새로운 집을 지어야 할 경우 새로운 세대의 새로운 장소에서 건축가나 집주인은 각기 자신의 구체적인 그리고 지리적, 역사적, 기술적, 경제적, 기능적, 미학적 그리고 사회적으로 유일무이한 조건과 요청의 상황에서 그 유일한 조건에 가장 맞는 유일한 양식의 집을 자의적으로 고안하고, 발명하고, 설계하고, 건설해야 함의 혼란과 그러한 혼란에서 오는 고통, 집의 좋고 나쁨, 성공과 실패를 측정할 보편적 잣대의 부재 즉 집, 건축물에 대한 합리적 평가의 불가능을 논리적으로 함축하는 것으로 보인다. 그렇다면 어떤 집, 어떤 도시가 꿈의 집, 꿈의 도시일 수 있는가? 그러한 집과 도시의 모델은 존재하지도 않고 존재할 수도 없다고 보아야 할 것 같다.

정말 그럴까? 나는 건축가도 건축사가도 아니고 건축의 문외한이지만, 이 자리에서 건축에 대해서 평소 관심과 애정을 갖고 미학적 및 철학적 관점에서 왔던 소박한 문제를 제기하고, 나름대로의 대답을 건축 전문가 여러분들에게 제안해 보고자 한다. 첫 번째 제안으로 언뜻 보기와는 달리, 건축가들이 자신들의 작품을 설계할 때나, 모든 이들이 자신의 거처로서의 집이나 그밖의 건물 일반을 대한 태도로 볼 때나 논리적 관점에서 볼 때, 보편적 건축 모델과 평가 잣대가 존재할 가능성이 있다는 소극적인 점을 말할 수 있다. 두 번째 제안은 동물들 특히 새들의 '둥지'의 구조가 모든 인간의 집을 비롯한 모든 건축의 보편적 모델이 될 수 있고, 그 모델에 깔려 있다고 볼 수 있는 '생태학적 조화'라고 부를 수 있는 "둥지의 건축학"

의 기본적 원리가 모든 건축물에 대한 평가의 보편적 척도가 될 수
있다는 적극적인 주장이다.

1 건축 평가의 객관적 잣대가 존재하는가?

　예술 작품을 비롯해서 모든 작품과 행위는 평가의 대상이 된다.
이러한 사실은 건축의 경우 더욱 분명하다. 모든 건축가는 주어진
여건 하에서 가장 좋은 집을 지으려 하고, 건축의 소유자는 같은 값
이면 가장 좋은 작품을 갖고 싶어한다. 누구나 자신의 좋아하는 집
이 있고, 각별히 살고 싶은 마을이나 도시가 있다.
　사람들의 얼굴이나 산들의 모습이 서로 다르듯이 수많은 집들이
나 도시도 완전히 동일한 것은 단 하나도 없다. 많은 사람들이나 산
들 가운데에 가령 마릴린 몬로나 소피아 로렌과 같은 특정한 사람
들이나 그리고 설악산, 후지산이 각별히 수많은 대중들의 마음을 거
의 보편적으로 사로잡듯이, 또 수많은 집들이나 도시 가운데 가령
아테네의 고대 아크로폴리스 신전이나 이스탄불의 소피아 성당 같
은 특정한 건축물, 그리고 파리나 프라하 같은 도시가 거의 보편적
으로 건축가, 건축사, 도시 계획가들만이 아니라 일반 대중들의 공
통적 감상과 찬양의 대상이 되어 있다. 그러다 보면 건축이나 도시
의 좋고 나쁨, 성공작과 실패작을 가늠하는 객관적 척도가 있을 법
하다. 하지만 정말 그런 것이 있을까? 나 자신의 건축과 도시에 대
한 느낌과 기호에 대한 개인적 이야기를 시작으로 문제를 생각해
보자.
　1965년 말에 나는 몇 년 동안 살던 파리를 떠나 미국 땅, 그것도
뉴욕에 처음 도착했다. 그때 나는 높고 거대한 현대적 건축물들에서
부와 기술의 경이로운 힘을 느꼈지만 그곳에서 살고 싶은 생각은

전혀 없었고, 10여 일 후 로스앤젤리스로 가서 약 3년 가까이 살면서 사는 하루라도 빨리 그곳을 빠져나오고 싶은 생각뿐이었다. 태평양 해변이나 베버리 힐 부촌에 있는 하나하나의 주택들의 호화롭고도 아름다움에 압도되기도 했지만, 그밖의 대부분의 지역에 들어선 상자갑 같은 집들과 군데군데 고층 건물들이 무질서하게 섞여 있고, 도보로는 아무 데도 갈 수 없고, 자가용 차가 있어야만 살 수 있는 그 도시에서 인간적 느낌이라고는 전혀 느낄 수 없었기 때문이다. 그럴 때마다 나는 가난하게 살았었음에도 불구하고 파리만을 줄곧 그리워하고 프랑스의 지방 도시에서 본 주택만을 기억 속에서 반추하고 지냈다.

그 후 미국 케임브리지 시 하바대학 가의 정문에 도로로 오분 거리에 있는 찰스 강변의 아파트에서 20여 년 동안 살면서 나는 은퇴한 후에는 뉴잉글랜드의 북쪽 산 속 작은 마을의 자그마한 목조 건물에서 조용히 살 계획을 혼자 마음속에서 늘 하고 있었다. 산과 숲의 정경을 각별히 좋아하기 때문이다. 뜻밖에도 10여 년 전부터 한국에 돌아와 살면서도 나는 아주 작은 시골 마을에 소박하지만 깨끗하고 아담한 집을 구해 살고 싶었다. 지금 한국의 어느 도시를 가도 숲보다도 더 빽빽이 우후죽순처럼 솟아 오르는 고층 아파트 단지를 볼 때마다 나는 저런 곳에서는 죽어도 못 살겠다는 생각을 해왔었다. 서울을 비롯한 거의 모든 대도시들의 거리의 복잡함과 교통난과 상자와 같은 아파트의 공간은 생각만 해도 숨이 막힐 것만 같았다. 그러나 나는 지금 바로 그러한 아파트 단지의 한 복판, 한 구석에 위치한 상자 속에 살고 있다. 이러한 현실을 의식하면 의식할수록, 비록 작은 마을에 살고 싶음에도 불구하고 필요상 도시에 산다 하더라도 나는 보다 쾌적한 도시에 살고 싶고, 비록 도시에 살더라도 아파트보다는 단층이나 2층의 독립 주택에 살고 싶다. 이럴 때마다 파리(프랑스), 뮌스터(독일), 아리타(有田)(일본), 로텐베르크(독일), 아를르(프랑스), 프라하(체코)와 같은 도시들과, 미국 동부 뉴잉글랜드 특유의 푸른 정원이 붙은 자그마한 목조양식의 집, 붉은 기와지붕에 하얀 회벽을 칠한 스페인식 집, 한국의 집 몇 채 안 되는 산골동네에 산을 뒤로 하고 있는 아담한 집들이 머릿속을 스쳐간다.

내가 좋아하는 건물이나 도시들의 예를 좀더 들고, 나의 건축과 도시에 대한 미학적 기호와 그러한 것을 대하는 태도에 대해 좀더 말해 보자. 유럽 각지에 서 있는 성당이나 교회의 건물이 내 마음을 끈다. 그러나 나는 화려하게 장식된 바로크식 건축보다는 날씬하게 뻗은 단순 고딕을, 요사한 후기 고딕보다는 아주 소박하면서 세련된 초기 고딕 성당을 더 좋아한다. 돌담으로 둘러싸인 뉴잉글랜드 작은 도시의 푸른 공원 한복판에 날씬한 화살 모양의 첨탑이 솟은 지붕의 흰색 목조 교회당이 항상 내 마음을 끌었었다. 바로 같은 맥락에서 나는, 고대 그리스 신전 기둥의 장식으로서 코린트식보다는 이오니아식을, 이오니아식보다는 도리스식을 선호한다.

경상도 산골에 한 채 혹은 두 채 서 있는 과거 유림들이 살았으리라 추측되는 솟을대문이 열려 있는 흰 회벽 전통적 한옥들에서 나는 언제나 집의 은은함과 소박미를 느낀다. 나는 불국사의 청운교의 구조적 미를 빼놓을 수 없다. 일본 에도시대의 유물로 더러 남아 있는 일본식 전통적 초가집에 내 마음이 끌린다. 나는 지금 그 모습의 일면을 하회나 청운동 일부에서 볼 수 있는 전통적 한옥들의 도시 주택 구조보다는 유럽, 그리스, 일본 등의 오래된 도시에 남아 있는 일종의 연립식 주택 구조를 미학적으로 선호한다.

나는 유대교 사원 양식보다는 전통적 양식의 성당이나 교회를 선호한다. 어느 겨울 밤 이스탄불 한 호텔에서 창문 밖을 바라보았을 때, 시야에 들어온 환히 조명된 수많은 모스크들의 뾰족한 탑들로 이루어진 빛의 숲을 보고 황홀한 신성감을 감출 수 없었다. 나는 조명된 아테네의 아크리폴리스의 파르테논 신전의 경관에서 한없이 아름답고 무한히 신성한 초월적 세계와 접하는 기분이었다. 나는 프랑스에서 베르사이유 궁전보다는 퐁텐블루 궁을 분명하게 선호한다. 나는 일본의 각 지방에 있는 작고 큰 여러 성들에서 일본에 독특한 건축적 구조의 미를 발견하고, 프랑스 루와르 강변 군데 군데에서 그곳의 경치에 품위와 격을 돋보이게 하는 귀족들이 거주하던 샤토 드 샹보르나 샤토 드 브르와를 비롯한 여러 성들의 우아함에 감동을 감출 수 없다. 그런가 하면 독일 라인 강변 양쪽에 높이 솟은 산 꼭대기에 음침하고 무서워 보이지만 당당하고 씩씩하게 서 있는 중세 영주들의 성곽에서 전투적 기상과 함께 독특한 고풍적 남성미를 체험한다.

파리의 대성당, 르 코르뷔지에의 두 작품, 롱샹에 지은 검은 지붕과 흰 벽의 버섯 모양을 한 예배당 및 하버드대학 건축학과의 일부로 지은 카펜터 센터는 내 기억 속에 오래 남는 건축물이다. 경주의 불국사, 파리에 있는 루브르 박물관, 마들렌 성당, 로댕 박물관, 시드니 항의 오페라 하우스, I.M. 페이의 여러 작품들, 뉴욕의 구겐하임 미술관 및 시그램 빌딩 등도 각기 나름대로 내 기호에 맞는 건축물들이다. 지금은 기둥만 엉성하게 남아 있지만 그러한 기둥을 기초로 상상할 수 있는 고대 그리스의 마을 델피에 세워졌던 고대 아폴로 신전도 내가 좋아하는 건축물 가운데서 빠질 수 없다. 나는 이집트의 거창하지만 질박한 건축에서 느끼는 감각보다 규모가 이집트에 비해서 작지만 대신 우아한 그리스의 건축학적 감성을 한 치의 주저도 없이 선택한다.

그러나 코르뷔지에의 작품이긴 하지만 그가 설계한 마르세이유의 성냥갑을 나란히 겹친 모양의 서민 아파트와 그런 아파트로 꽉 찬 주거단지, 바우하우스 스타일의 기능적 구조물, 가우디가 지은 바르셀로나 대성당, 파리의 퐁피두 센터, 독일 쾰른의 모든 것을 압도하는 대성당, 중국 고유의 곡선을 강조한 중국식 기와지붕을 덮은 중국 전통 가옥은 내 건축에 대한 기호에서 벗어난다. 나는 몇 십 년 전부터 유행하기 시작한 원색을 칠한 이른바 '포스트모던'적 건축가 벤츄리 스타일의 건축물과 최근 그러한 건물들로 꽉 찬 도시 라스 베가스를 무척 싫어한다.

나의 위와 같은 건축물이나 도시에 대한 태도와 선호가 어떤 객관적 근거를 갖고 있는가? 어째서 어떤 특정한 건물을 선호하고 다른 것을 평가 절하하며, 왜 어떤 건축가를 높이 평가하고 다른 건축가를 싫어하며, 어떤 이유로 특정한 마을이나 도시를 상대적으로 선택하는가를 나에게 묻는다면, 나는 이런저런 이유와 근거를 꾸며낼 것이며, 그러한 평가의 이유와 근거는 다른 사람들이 다 같이 인정하는 평가기준이 될 수도 있을 것이며, 실제로 어느 정도 그렇기도 하다. 그 이유로 많은 사람들이 내가 좋아하는 건물들, 도시들 그리고 건축가들을 높이 평가하며 좋아한다는 사실이나 또는 시대와 장소를 초월하여 건축사학자 및 건축가들이 상대적이지만 다 같이 통시적이며 공시적 관점에서 뛰어난 것으로 공감하는 선별된 건축물, 건축가들의 이야기를 담은 건축사가 쓰여졌고 또다시 계속 쓰여지고 있다는 사실을 들 수 있다.

그러나 이러한 사실은 다른 가령 다음과 같은 사실을 감출 수 없다. 실제로 모든 사람들이 동일한 건축물과 도시에 대해서 언제나 동일한 의견을 갖고 있지 않다는 사실을 지적해야 한다. 이른바 지식인들이 좋다고 말하는 건축물들과 일반 대중들이 좋다고 생각하는 건축물은 흔히 다르며, 같은 지식인에 속하면서도 각기 그들이 좋아하거나 싫어하는 건축물들 사이에는 큰 간격이 있으며, 같은 일류 건축가들이나 일급 건축 비평가들 사이에도 똑같은 건물이나 도시에 대한 평가는 사뭇 다를 수 있으며, 한 시대의 평가 기준은 다른 시대의 평가 기준과 다르다. 그것은 모든 평가가 궁극적으로는 평가 대상의 어떤 객관적 사실의 기록이 아니라 그러한 대상에 대한 평자의 주관적 반응의 표현이기 때문이다.

예술 작품에 대한 평가가 그러하듯이 건축 작품에 대한 평가는 보편적이고 객관적 근거에 바탕을 두고 있는 것이 아니라 궁극적으로는 평자의 기호의 표현에 지나지 않으며 따라서 객관적이 아니라 주관적 사안에 속한다. 백보를 양보해서 모든 사람들이 완전히 동일한 평가를 내린다는 실질적으로 있지도 않고 있을 수 없는 경우를 가상하더라도 사정은 가치평가가 객관적 사안이 아니라 주관적 사안에 속하며, 따라서 그러한 평가의 합리적 및 실증적 근거를 댈 수 없기로는 마찬가지다. 이러한 경우 모든 사람들의 일치된 평가는 모든 사람들의 기호가 우연히 일치했다는 증거에 지나지 않는다는 사실뿐이다.

건축의 좋고 나쁨에 대한 평가는 각자의 평자의 기호에 상대적일 뿐 그것의 객관성을 전혀 따질 수 없는 사안에 속하는가? 그것은 순전히 그때 그때 우연적으로 발생하는 평가자의 순간적 느낌에만 의존하는 것인가? 그렇지 않다. 한 건축물이나 한 도시에 대한 나의 평가가 궁극적으로는 나의 기호 즉 주관적 판단에 근거한다고 하더라도 나는 내 가치 판단에 대한 나름대로의 이유나 근거를 반성적으로 찾아내서 제공할 수 있다. 실제로 대부분의 사람들은 필요할 경우 자신의 가치 판단의 이유와 근거를 나름대로 댄다. 이러한 사실들은 절대적 차원에서 건축물에 대한 가치평가의 단 하나의, 보편적이고 궁극적인 근거를 댈 수는 없어도, 좀더 하위적 몇 가지 서로 다른 근거들이 있을 수 있고, 실제로 많은 경우 건축의 가치평가는 그러한 근거에 의해서 뒷받침된다. 어떤 건축가가 어떤 특정한 건축물을 특정한 모양으로 설계하고, 어떤 특정한 건축물 구매자가 어떤 특정한 장소에서 어떤 특정한 건물을 구입할 때, 그들의 결정은 주사위 혹은 우연 혹은 기분에만 의존하는 것이 아니라 나름대로의 냉정한 합리적 논리에 의한 사유, 객관적 사실들에 근거한 계산의 산물이다. 건축물의 좋고 나쁨에 대한 즉흥적인 판단의 경우에도 무의식적 차원에서 어떤 합리적 사유가 반드시 작용하는 것으로 보아야 한다. 인간의 행동, 판단은 완전히 무의식적, 즉흥적일 수 없다. 앞에서 언급한 수많은 종류의 건축물과 수많은 건축가들에 대한 나의 주관적 기호 즉 선호도의 경우도, 다른 이들이 보편적으로 공감할 수 있을 것인가 아닌가의 문제와는 별도로, 따지고 보면 그것은 내 기분의 산발적인 표현이 아니라 나름대로의 합리적 근거가 무의식적 차원에서나마 마련되어 있다. 만일 어느 수준까지의 합리적 근거가 제공될 수 없는 한, 건축물에 대한 좋고 / 나쁨과, 성공 / 실패, 아름다움 / 추함 등을 둘러싼 담론은 전혀 무의미하지는 않다.

2 건축물의 평가에 적용된 잣대의 다양성

가치평가는 반드시 어떤 관점에서만 가능하다. 특정한 관점을 떠난 초월적 그리고 총체적 관점에서의 평가는 존재하지 않는다. 그러나 평가 대상의 성격에 따라 평가적 관점은 바뀐다. 가령 수학적 혹은 과학적 평가는 오로지 진위와 그것을 뒷받침하는 논리에 의해서만 가능하지 그것이 우아한 언어로 좋은 종이 위에 진술됐느냐 등의 문제는 전혀 고려의 대상이 될 수 없다. 예술 작품의 경우, 그것이 진위 문제는 그것의 평가 관점이 될 수 없으며, 오로지 넓은 의미에서 '예술적', 더 일반적으로는 '미학적' 관점만이 평가적 관점이 될 수 있다. 이런 점에서 수학, 과학, 철학 등 학문의 평가적 관점은 비교적 단순하다. 하지만 위 두 경우와는 달리 건축의 경우는 좀더 복잡하다. 건축 평가에 있어서 어떤 관점들이 고려되어야 하는가? 편의상 대충 다음과 같은 몇 가지만을 우선 생각해 볼 수 있다.

첫째, 기능적 관점이다. 모든 건축은 각기 나름대로 특정한 우선적 기능을 목적으로 구축된다. 주택의 경우 그것은 평안하고 주인에게 가장 유용한 주거 공간이며, 관광서, 공장, 역, 감옥, 기념관 등 각기 특정한 작업을 수행하기 위한 공간이다. 이러한 기능적 관점이 빠진 건축의 평가는 있을 수 없다. 건축이 어떤 특정한 기능을 수행하기 위해서 존재한다는 아주 원초적 사실을 환기시키고 새삼스럽게 강조한 건축관은 그로피우스가 대표하는 바우하우스 파의 혁명적인 건축 양식과 마르세이유 서민 주택과 같은 건물을 설계한 코르뷔지에의 건축 철학으로 대표된다. 의도된 목적에 비추지 않은 기능은 존재할 수 없는 만큼, 한 건축물의 평가는 그 기능에 비추어 보지 않고는 불가능하며, 기능은 그 건물에 의도된 목적을 떠나서는 말할 수 없다.

둘째, 미학적 관점이다. 물리적으로 존재할 수밖에 없는 만큼 모든 건축물은 필연적으로 공동체의 모든 구성원들의 시각적 경험의 대상이 되고, 시각적 경험은 인간에게는 빠질 수 없는 미학적 가치를 동반하는 이상, 그것들은 인간의 미학적 가치에 대한 욕구를 가능하면 최대한 충족시킬 수 있어야 한다. 모든 건축이 의도적으로 혹은 무의식적으로 나름대로 기능적일 뿐만 아니라 언제나 '보기 좋은', '아름다운' 것이 되도록 설계되는 것은 당연하며, 무엇보다도 어떤 기능을 위해 설계, 건설된 건축이 그냥 도구로서의 '집', '공장', '기념관', '박물관'에 머물지 않고, 내재적 가치를 지닌 '예술 작품'으로도 취급되어 그것의 미학적 가치가 감상되고 평가되어 항상 예술사의 중요한 일부를 차지하게 된 것은 우연이 아니다.

셋째, 공간적 관점이다. 건축은 필연적으로 물리적으로 존재하며, 한 건축물이 차지하고 있는 물리적 및 사회, 문화, 역사적 공간은 건축물 자체와 떼어서 생각할 수 없는 건축물의 일부가 된다. 그러므로 구체적인 건축의 특정한 기능을 수행할 수 있는 하나의 건축은 비록 그 자체의 기능에는 변화가 없더라도 그것이 차지하고 있는 공간적 위치에 따라 건축으로서의 가치가 달라진다. 똑같은 건축물이라도 그것이 위치한 여러 차원에서 본 공간의 위치에 따라 그 기능이 더 효율적으로 발휘될 수 있을 수도 그렇지 못할 수도 있으며, 그와 동시에 그 건축물이 위치한 공간적 가치도 달라진다. 한 건축물은 반드시 그가 세워질 장소를 고려해서 그 구조, 건축 재료 등이 결정되고 설계되어야 한다. 건축사에서나 건축 평가에서 이러한 점이 아주 간과되거나 소홀하게 취급되어 왔고 현재로 이어지고 있는 사실이 큰 문제인 동시에 아쉽다.

넷째, 사회, 경제, 정치적 관점이다. 건축은 기술적 활동일 뿐만 아니라 그와 동시에 사회, 경제, 정치적 활동이다. 왜냐하면 건축은 지리 공간적인 동시에 사회, 경제, 정치적 맥락의 산물이며 그러한 공간과 맥락을 떠나서는 존재할 수 없기 때문이다. 기술적, 재료적, 기능적 및 미학적 면만을 떼어놓고 볼 때 A라는 구조물이 B라는 구조물보다 월등하더라도 주어진 특정한 사회, 경제, 정치적 맥락에서는 건축물 B가 건축물 A보다 뛰어난 것으로 평가될 수 있다. 파리의 오페라 극장이나 뉴욕의 고급 아파트들이 기술적, 미학적 면에서 아무리 뛰어났다 하더라도, 오늘날의 프놈펜이나 봄베이에서 그러한 건물보다는 기술적으로 단순하고 미학적으로 소박한 것이 보다 '좋은' 건물이며, 그러한 식의 건물을 설계한 건축가가 그렇지 않은 건축가보다 뛰어난 평가를 받아야 한다. 위와 같은 제3국들이 놓여 있는 경제적, 사회적, 정치적, 문화적 조건들 속에서 파리의 오페라 극장이나 뉴욕의 고급 아파트를 구상하고 짓는다는 것은 일종의 실수이다. 구체적인 한 건물의 구체적인 평가는 위와 같은 건축 자체 이외의 여러가지 관점을 떠나서는 불가능하다.

다섯째, 바로 위와 같은 사실은 많은 것들의 인식과 평가가 다 같이 그러하듯이 건축 평가에 있어서도 역사적 관점이 빠질 수 없다는 사실을 말해 준다. 19세기의 역사적 시점에서 가장 뛰어났다고 평가될 수 있는 건축이 똑같은 서울의 똑같은 장소에 지어진다면 결코 똑같은 평가를 받을 수 없다. 그동안 지나간 시간들 사이에 인간의 욕구, 필요성, 건축 자료와 기술, 사회적, 경제적, 문화적으로 사뭇 달라졌기 때문에 과거와 똑같은 양식의 건축이 맞지 않기 때문이다. 지금 서울 한복판에 초가나 한옥 주택가를 짓고, 도보나 인력거로만 통행할 수 있는 좁은 길을 낸다면, 그 가옥들이 따로 떼어 놓고 볼 때 아무리 건축학적으로 뛰어났더라도 결코 좋은 가옥이 될 수 없다.

하지만 건축 평가의 실상은 위와 같은 몇 가지 관점들의 어느 하나이든지, 여럿이든지 혹은 전부이든지 그것들을 기계적으로 적용할 수 없다는 데 합리성에 대한 문제는 크다. 한 가지 문제는 건축에 대한 요청이 사람마다 다르고, 시대와 사회마다 그리고 특정한 맥락마다 끊임없이 유동적이라는 데 있다. 건축의 기능적 관점에서 볼 때, 기능의 가치가 목적과 떼어 생각할 수 없고, 사람, 집단 그리고 시대마다 우선적 목적과 기본적 미적 감각이 다르고 변하는 이상, 한 사람에게 기능적으로 혹은 미학적으로 만족스러운 건축물은 다른 사람에게는 정반대가 될 수 있기 때문이다.

더 복잡한 문제는 다섯 개의 관점이 다 같이 종합적으로 고려되어야 하는데 그것들 간의 관계가 실질적으로 상충하거나 논리적으로 쉽게 정리되지 않는 데 있다. 어떤 이, 어떤 집단 그리고 어떤 시대는 건축의 기능적 가치만을 절대적으로 생각하는 데 반해서 다른 사람, 다른 집단, 다른 시대는 기술적 혹은 미학적 혹은 사회적 혹은 경제적 단 한 가지 가치만을 우선시한다는 데 있다. 가령 "건축은 동결된 음악"이라고 프랑스의 미학자 포시옹이나 고대 그리스 건축의 기하학적 구조의 미에 도취했던 프랑스의 시인 발레리, 집을 포함한 모든 구조물을 오로지 그것에 부여한 기능의 관점에서만 평가한다고 주장한 그로피우스나 주택을 "사람들이 잠자는 상자"라는 식으로 규정한 코르뷔지에, 건물을 권력의 상징으로 삼고자 했던 베르사이유 궁전의 설계자나 건축을 통해서 부를 과시하고자 했던 바로크 건축물의 설계자들이나 건축을 종교적으로 경건하고 엄숙한 마음의 표시이며 장소로 생각하고 설계했던 고딕식 대성당의 설계자들에게 있어서 동일한 건축물은 서로 전혀 달리 평가될 것이다. 즉 건축에 대한 모든 가치평가는 무정부적일 만큼 상대적이라고 말할 수밖에 없다. 여기서 우리는 객관적이고 보편적인 '옳은' 건축의 가치를 판단할 수 있는 하나의 통일되고 총괄적인 잣대 즉 근거를 포기해야 할 것 같다. 그렇다면 모든 이들이 공감할 수 있는 건축 평가의 잣대, 원칙, 근거는 정말 존재하지 않는가? 그런 것들이 존재하지 않는다면 우리는 절망적이다. 우리는 건축의 좋고 나쁨에 대한 담론을 할 수 없기 때문이다. 위와 같은 논리를 따르면 우리에게 필요한 적어도 근본적인 건축 평가의 잣대가 있을 수 없는 것 같아 보임에도 불구하고, 객관적 현실은 다르다. 건축사가 존재했고 여러 시대를 통해서 그리고 여러 사람들이 끊임없이 새롭게 쓰여진다는 사실이다. 이러한 사실은 무엇인가 건축의 가치를 평가할 수 있는 어떤 보편적인 기준, 근거가 아직도 존재할 수 있음을 암시한다. 왜냐하면 건축 평가를 전제하지 않고서는 건축사를 생각할 수 없고, 그렇게 쓰여진 건축사는 자신의 서술 내용의 객관성을 전제하기 때문이다. 과연 우리가 아직도 발견하지 못한 시대와 장소를 초월한 건축 평가의 잣대는 있는가? 있다면 그것은 어디서 찾을 수 있는가?

3 둥지의 건축학

창의성은 모든 영역에서 중요한 덕목이지만 현대 미술에서 특히 그러했고, 20세기 후반의 건축에서 각별히 그렇다. 건축의 균형, 조화, 견고성, 기능성, 호화성보다는 건축관의 참신성이 한 건축이나 한 건축가를 평가하는 핵심적 근거로서 거론된다. 그로피우스의 기능성 유일주의, 라이트가 설계에 도입한 뉴욕 구겐하임 현대미술관의 대담한 선형적 점진적 구조의 참신성, 일본의 건축가 안도 다다오의 가옥 외형을 무시하고 내부 공간의 중요성에 대한 강조 등은 그것들이 나름대로 새로운 아이디어였다는 점에서 그러한 작품들과 설계자들은 높이 평가되고 건축사에 남게 되었다. 파리의 퐁피두 센터를 공동으로 설계한 피아노와 로저스들, 파리의 빌렛 과학 파크를 설계한 스위스 출신의 건축가 츄미 그리고 최근 세계를 무대로 활발한 활동을 하고 있는 렘 콜하스는 다 같이 '해체'라는 최근의 철학적 개념을 건축에 적용할 생각을 했다는 점에서 유명하다.

그러나 새로운 건축 개념이 자동적으로 '옳은' 것은 아니며, 설사 옳다고 하더라도 좋은 건축을 측정하는 만족스러운 잣대는 아니다. 가령 파리의 퐁피두 센터는 고전적 관점에서 보면 건축 자재, 구조, 그 주위의 다른 건축과의 충격적 이질성, 기능적으로 놀라운 유연성의 측면에서 볼 때 충격적으로 신선하고 창의적 건축임에도 불구하고, 전통적 안목에서 보면 아무리 보아도 상스럽고 추하다. 위에서 예로 들은 다른 유명한 건축물에 대해서도 똑같은 판단이 내려질 수 있다. 그러므로 어떤 한 측면 특히 아이디어가 창조적이라는 점에서 높이 평가될 수 있지만, 여러 가지 관점에서 다 같이 가치 있는 작품들이라고는 말할 수 없다. 한 건물의 창의성을 인정한다는 것이 곧 그 건물의 우월성을 인정한다는 말은 아니다.

모든 관점을 종합하여 어떤 건축물을 '좋다'고 판단할 수 있는 하나의 일반적 즉 보편적 잣대는 없는가? 한 건축에 대해 이상의 수치를 측정할 수 있는 관점과 그 잣대는 없는가? 지금까지 존재해 온 여러 가지 평가의 관점과 잣대들이 개별적으로 볼 때 어느 것 하나 만족스럽지 못하고, 총괄적 관점도 찾을 수 없다면, 평가의 새로운 잣대는 포기해야 하는가? 다행하게도 그러한 이상적 그리고 보편적 잣대가 실재로 존재한다면 그것은 어디서 찾을 수 있는가?

최근 우리나라에서 건축가 승효상(承孝相)이 건축계에 "빈자의 미학"이라는 개념을 도입하여 일부 건축계의 주목을 끌고 있는 것으로 알고 있다. "빈자의 미학"이라 할 때의 '미학'이라는 낱말은 '건축 철학'이라는 말로 바꾸어볼 수 있는데, 승효상은 이 개념을 통해서 자신이 생각하는 건축의 새로운 개념을 규정하고, 건축의 새로운 패러다임을 제안하려는 것으로 본다.

'빈자의 건축 철학'이란 패러다임은 구체적으로 어떤 양식의 건축을 지칭하고 지향하는가? 이 개념을 처음 책에서 접했을 때 나는 그것을 혁신적 관점에서 본 건축관으로 이해하고, 구체적으로는 장식적이고 화려한 헬레니스틱 건축 양식에서보다는 단순하면서도 우아한 헬레닉의 건축 양식에 볼 수 있고, 초기 중세의 고딕 성당의 건축 양식에서 나타난 것처럼 장식이 없는, 단순하고 소박하지만 건축의 본질 즉 건축 사용자의 목적에 비추어 본 기능의 효율성을 강조하는 건축관으로 이해했었다. 그렇다면 그의 건축관은 바우하우스, 코르뷔지에의 건축 철학에 나타난 것과 별로 다를 바가 없다고 생각했다.

그러나 우연한 기회에 내가 그로부터 직접 들을 수 있었던 설명에 의하면, '빈자의 건축 철학'의 의미는 내가 해석했던 뜻과는 전혀 다르다. 그에 의하면 '빈자의 건축 철학'이라 할 때의 '빈(貧)', 가난함은 은유적으로 '비장식성'을 뜻하는 것이 아니고, 문자 그대로 '경제적으로 가난함'을 뜻하고 '빈자의 건축'은 가난한 사람들이 살고 있는 '달동네에서 볼 수 있는 각 가옥의 구조와' 그런 가옥들 간에 존재하는 관계로 구성된 집단적 동네의 전체적 구조를 모델로 개별적 주택을 설계하고, 집단적 공동체를 구성해야 한다는 것이다. 그 이유로 건축가 승효상은 대형 단지의 아파트, 아파트 빌딩들이 각기 다른 이웃들과 단절, 고립되어 소통하지 못하고 비인간적 관계를 갖고 있는 데 반해서, 달동네의 구조는 이웃들이 구조적으로 많은 공간이 서로 열려 있어서 서로 공유하게 되어 있으므로 사람들 간의 인간적 소통이 다양하게 활성화되는 사실을 댄다.

승효상이 제안하는 새로운 건축 패러담으로서의 '빈자의 건축 철학'은 건축 양식상의 개혁인데, 그러한 혁명의 뿌리는 날로 더 분절되어 가는 현대 거주 문화의 실태에 대한 부정적 인식에 박혀 있고, 그러한 혁명의 동기는 그러한 문화적 조건에서 날로 이기적이며 개인주의적이며 따라서 고독하게 되는 '비인간화'하는 개인적 및 집단적 삶의 양식에 대한 그의 감수성, 인식, 진단 및 비판과 분노에서 찾을 수 있을 것 같다. '빈자의 미학'에 나타난 그의 건축관은 어디까지나 도덕적 건축관이다. 그는 건축을 먼저 그리고 근본적으로 도덕적 관점에서 바라보고, 구상하고, 평가한다.

도덕성은 인간으로서 사는 데 가장 중요한 한 요소임에 틀림없지만, 도덕성만으로는 인간의 어떤 것도 완전히 설명할 수 없다. 승효상의 현대 건축과 도시의 비인간성화 경향에 대한 인식, 그러한 것에 대한 그의 도덕적 감수성, 분노, 비판도 귀중하고 당연하다. 하지만 도덕성, 특히 인간적 상호 개방, 교류 및 소통의 가치만이 이 건축이나 도시 설계와 구조의 유일한 고려 대상이 아니며, '달동네의 구조'가 모든 건축물이나 도시 계획의 보편적 모델이 될 수 없다. '빈자의 미학'의 새로운 '건축 패러다임'으로서의 문제는 크게 두 가지 점에서 지적될 수 있다.

첫째, 어떤 사람들, 아니 오늘날 많은 이들은 달동네에서 강조될 수밖에 없는 공동체적 삶 즉 자기 개인만의 내밀한 영역이 삭제된 삶보다는 프라이버시의 가치를 강조한다. 많은 이들과 언제나 어울려 떠들썩하게 살기보다는 가능하면 자신만의 조용한 공간과 시간을 갖기를 원한다고 볼 수 있기 때문이다. '빈자의 건축 철학'이 건축학적 모델이 될 수 있다면 그것은 특정한 삶의 양식, 삶의 가치에 대한 특정한 가치관과 특정한 감수성, 한마디로 특정한 인생관을 갖은 이들에게만 해당될 수 있을지 누구에게나 그리고 어느 사회, 어느 시대에나 한결같이 보편적으로 해당될 수 없다. 시대와 장소에 따라 그리고 개인에 따라 세계관, 인생관 그리고 가치관은 모두 조금씩 다르기 때문이다.

둘째, 백보를 양보해서 비록 모든 사람들이 원시공동체적 인간관계를 갖기를 원한다 해도, 그러한 것이 가족이나 작은 부족 단위를 이루고 살았던 원시 시대나 초기 농경 혹은 수렵 시대에는 실현 가능했지만, 인구가 증가하고, 문명, 문화, 경제의 발달로 차츰 크고 작은 도시가 형성되고, 경제적으로 부유하고, 문화적으로 활발해지고 아울러 인간 간의 교류가 한없이 많고 복잡해지며, 물질적 유통이 급증하고, 기술이 급진적으로 개발됨에 따라 개인적 및 사회적 생활방식이 사뭇 빠른 속도로 변해 왔다. 이런 현실에 '달동네'는 개별적 주택의 관점에서나 사회적 주거 집단의 관점에서나 오늘날에는 도시는 물론 작은 마을에서도 결코 모델이 될 수 없다. 오늘날 가난한 사람들도 대량의 빠른 물량 유통 없이는 기본적인 생활조차도 불가능하고, 그러한 요청을 충족시키려면, 가령 자동차 같은 운반 매체가 통행할 수 있어야 하는데, 비좁고 꼬불꼬불한 '달동네'에서는 그러한 생활 조건을 구조적으로 만족시킬 수 없기 때문이다.

위와 같은 몇 가지 사실들은 앞서 본 역사에 빛나는 건축가들이나 건축 미학자들의 여러 가지 건축 철학을 비롯해서 승효상의 '빈자의 미학'에 나타난 건축 철학에 이르기까지 어떤 단 하나의 보편적 건축 이념이 건축 평가의 척도가 될 수 없음을 입증한다. 위에 본 여러 가지 건축 평가의 관점과 잣대들이 아무리 옳고 중요하더라도 그것들은 한 건축의 보편적, 유일한 그리고 영원불변한 단 하나의 잣대가 아니라 건축의 가치를 궁극적으로 평가하는 단 하나만의 총체적 잣대가 아니라 그러한 평가에 기여할 수 있는 여러 가지 다양한 잣대들의 한 부분에 지나지 않음을 입증한다. 기존의 건축 평가의 수많은 잣대가 단 하나도 만족스럽지 않다면, 다시 말해서 모든 건축 평가에 다 같이 그리고 언제나 적용될 수 있는 잣대가 지금까지는 존재하지 않았다면, 그러한 잣대는 원천적으로 존재하지 않으며, 앞으로도 논리적으로 존재할 수 없다는 말인가?

나는 그렇지 않다고 생각한다. 나는 시간과 장소, 맥락과 상황의 차이를 초월해서 건축 평가에 적용될 수 있는 유일한 보편적 잣대가 존재하며, 나는 그것을 '총체적 조화'라 부르고, 그러한 원칙에 맞추어 지어진 구체적 건축물들의 예를 모든 둥지 특히 새들의 둥지에서 찾을 수 있다고 주장하고자 한다. 둥지는 건축의 백미로서 모든 건축가들에게 있어서 이상적 모델 하우스이며, 앞으로의 인간이 지어야 할 거처 즉 집은 물론 모든 개별적 주택과 도시 만들기의 기본적 패러다임으로 삼아야 한다고 말하고 싶다.

사람을 포함한 모든 동물들에게 휴식, 수면, 짝짓기, 출산, 자식의 양육 등은 빼놓을 수 없는 삶의 필수 과정이다. 기린, 누, 가젤과 같은 몇몇 초식동물들이나 고래나 상어와 같은 몇몇 동물들은 예외지만, 이처럼 생존이 요청하는 필요를 충족하며 살아가기 위해서 인간을 포함한 모든 동물들은 거의 예외 없이 그 과정에서 자신의 거처를 나름대로 가지가지 모습으로 만든다. 동물이 만드는 거처를 둥지라고 부르고 사람이 만드는 거처를 집이라고 부른다. 동물의 둥지는 사람의 집에 해당되며, 인간의 집은 동물의 둥지에 해당된다. 오늘날 인간의 거처는 상상할 수 없이 자연과 떨어진 인공적인 모습을 날로 더 갖추고 있지만 동굴이나 바위틈이나 물가의 뚝이나, 나무가지 위에 살았을 우리의 아득히 오래된 선조들의 거처는 여우나 곰이나 수달이나 원숭이들이 바위틈이나 땅 밑에나 물가에나 나뭇가지 사이에 틀고 사는 둥지와 큰 차이가 없었을 것이다. 최첨단 기구를 갖춘 현대 도시의 인간의 집은 동물들의 둥지와 비교할 수 없이 차원이 다르지만 그것은 동물들의 둥지 양식은 몇 백, 몇 십만 년이 지나도 변하지 않았는 데 반해서 현대인의 집의 구조는 원래의 모습에서 꾸준히 놀라운 변화를 거듭했기 때문인 것이고, 동물의 둥지가 인간의 집의 원형이라는 사실에는 변화가 없다.

오늘날 우리가 짓고 사는 집들과 우리가 만들고 사는 도시가 과거에 비해서 많은 측면에서 몇 년 전만 해도 상상할 수 없었을 만큼 생활에 편의를 제공하는 것을 부정할 이는 아무도 없다. 하지만 그와 동시에 또 하나 부정할 수 없는 것은 현재 우리가 모여 사는 거대 도시나, 그런 도시에 안에 콘크리트나 철근이나 유리로 짓고 들어가 사는 고층 아파트의 삶의 조건에 대해서 답답함, 외로움, 삭막함과 같은 불편, 불만을 느끼지 않는 이도 없을 것이다. 우리는 우리를 겹겹으로 둘러싸고 있는 인공적 세계에서 해방되어 밖으로 나와 열린 공간과 만나고 싶고, 시골에 가서 자연과 더불어 호흡을 함께하고 싶어진다. 자연이 문명의 영원한 고향이라서 다시 찾아가고 싶은 마음의 고장이라면, 둥지는 모든 거처의 변하지 않는 원형으로서 다시 그 원형대로 짓고 그 속에 살고 싶은 꿈의 집이다. 둥지는 생명의 전형적인 거처, 집의 모델이다.

기술적 정교성으로나 구조적 형태나 또한 미학적으로나 수백, 수천 가지의 종에 따라 다양한 둥지들이 있지만, 모든 둥지에 공통적인 그리고 근본적인 건축학적 특징은 단 두 가지로 요약할 수 있다. 첫째는 둥지의 구조 목적의 단순성과 확실성에 있다. 둥지의 목적은 그 구조물의 주인을 외부의 위험으로부터 보호하고, 휴식, 짝짓기, 새끼 키우기 등의 모든 동물의 기본적 과정을 거치면서 삶의 행복과 의미를 찾도록 고안되어 있다. 이러한 둥지의 목적을 이처럼 극명하게 규정할 때, 둥지에서 근본적으로 불필요한 건축 요소들은 거추장스러운 존재로서 제거된다. 둥지의 전체적 단순성, 소박성 그리고 미학적 매력은 바로 위와 같은 둥지의 특성에 근거한다. 두 번째 특징은 동물이 트는 둥지의 건축학적 구조적 원리가 인간이 짓는 집 특히 현대의 고층 건물들의 원리와는 달리 두 가지 점에서 '생태학적'이라는 데 있다. 이 두 번째 점이 건축학적 관점에서 더 핵심적이다.

우선 둥지가 집에 비해 존재론적으로 자연과 보다 깊은 연속성을 갖고 있다는 점에서 그것은 생태학적이다. 동물의 둥지나 인간의 집이 다 같이 동물이라는 주체적 생물체와 인간이라는 주체적 생물체의 생존과 번영을 목적으로 자연을 어떤 양식으로든지 변형하여 만든 일종의 인위적 즉 일종의 문화적 구조물이라는 점에서 동일하지만, 인간의 집 특히 현대 최신 기술과 여러 가지 신재료를 이용하여 구축한 고층 건물과 그 주변의 자연 간에 존재 양식에 있어서 뚜렷한 단절이 존재하는 데 반해서, 새들이나 동물들이 트는 각양각색의 둥지들과 그것들이 위치한 주변 자연환경 간에는 정확한 경계가 없이 연속적이어서 그것들 간의 경계선을 적확히 그을 수 없다. 둥지를 바라볼 때 과연 그것이 다른 자연 풍경의 일부로서 처음부터 그냥 주어진 것인지 아니면 동물들에 의해 기술적으로 구성된 자연과 구별된 일종의 문화적 산물인지 구별할 수 없다. 둥지는 보기에 따라 자연의 일부일 수 있고, 문화의 일부일 수도 있으며, 자연도 문화도 아닌 중간점에 있는 것으로 볼 수 있다. 둥지는 자연의 흐름, 물결을 깨지 않고 자연과 더불어 자연 속에 자연의 원리에 따라 끝까지 자연의 일부로서 존재하고 숨쉬며 자연과 유기적으로 조화로운 관계를 유지하려고 한다. 이런 점에서 둥지는 집에 비해서 자연과 '생태학적' 관계를 갖고 있다는 것은 분명하다.

동물의 구조물인 둥지가 인간의 구조물인 집에 비해서 '생태학적'인 이유로 둥지가 자연 친화적임을 지적할 수 있다. 인간의 건축물이 자연에 대해 공격적 자세로 자연의 리듬과 숨결을 적극적으로 깨뜨리는 데 반해서 동물이 트는 둥지는 그것에 사용되는 재료에 있어서나 그것의 구조적 양식에 있어서 근본적으로 주변의 모든 것과 갈등이 대립이나 아니라 순응과 화해의 원칙에 따라 구성된 점에서 '환경 친화적'이다. 둥지의 구조 원칙의 본질을 한마디로 요약하자면, 그것은 존재론적 및 구조적 차원에서의 '모든 것과의 조화' 즉 각기 주어진 모든 물리적, 기술적, 경제적, 역사적, 자연 환경적 등등의 여건들에 비추어 볼 때 그러한 조건들과 총체적으로 가장 적절하다고 생각되는 건축의 원칙을 뜻한다. 그것이 무엇을 목적으로 한 무슨 건물을 어디서 어떻게 질 것인가를 결정하든가, 과거의 건축물들을 평가하는 데 있어서, 지금까지 보편적 원칙과 잣대로 생각되었던 모든 것들이 하나같이 만족스럽지 못하더라도, '조화'의 원칙을 함축하는 '생태학적 잣대'는 예외이고, 앞으로 미흡하나마 이 원칙이 모든 건축의 담론에 유용할 것이라 믿는다. 이러한 사실은 단 하나의 건물을 짓는 데 있어서 그것을 결정할 주어진 모범답안이 있을 수 없으며, 각기 그때 그때마다 건축 설계는 단순한 설계 기술자로서만이 아니라 사회인으로서, 시인으로서, 철학자로서, 그리고 궁극적으로는 종교인으로서 독창적 답안을 발명해 내야 한다. 왜냐하면 모든 건축은 복사한 것도, 복사될 수 있는 것도 아닌 시간적으로나 공간적으로 유일한 존재 양식을 가져야 하기 때문이다.

제3부
예술 작품의 비평

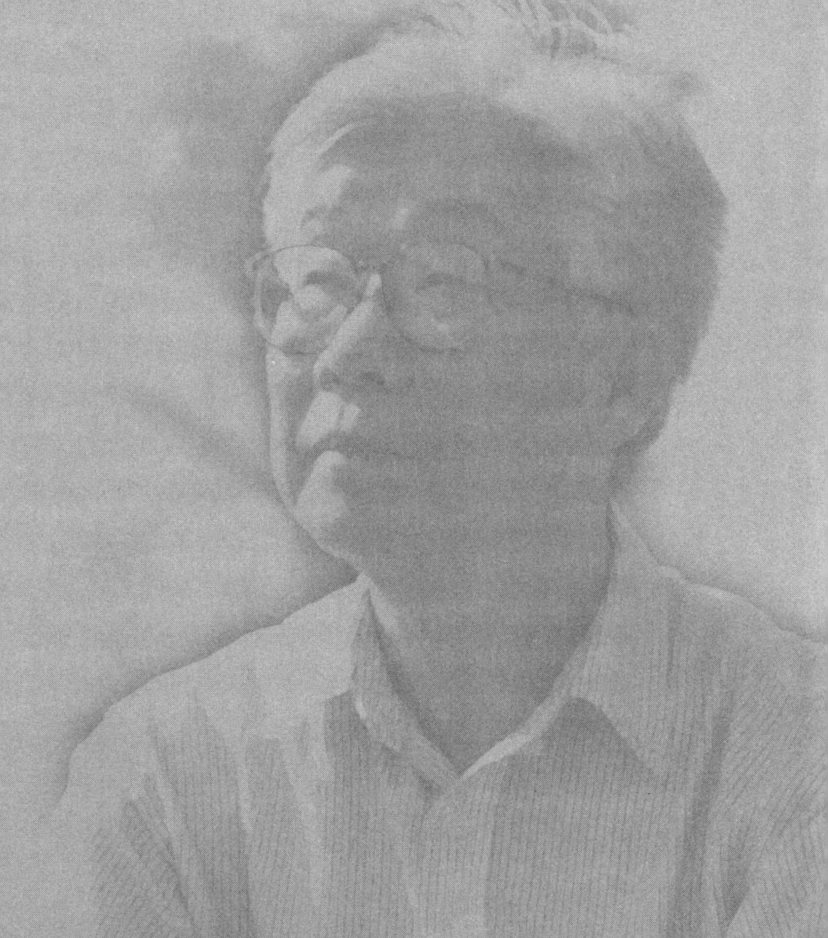

예술 비평과 평가
—— 예술 작품의 가치 평가에 관한 문제들

1 설명과 평가의 성질

하나의 예술 작품은 어떻게 평가되고, 어떻게 평가되어야 하며, 어떻게 평가될 수 있는가?

내 개인의 유치한 경험을 예로 들어 생각해 보자, 나는 중학 2학년 때부터 시를 열심히 쓰고 그때 두 권의 자필 시집을 만들어볼 만큼 정성을 가진 일이 있었다. 물론 나는 당시 대가들인 정지용, 김광균, 김기림 등의 시를 읽었다. 나는 내가 쓴 시가 대가들의 시에 못지않게 '멋'지다고 생각되었다. 그러나 주위에 있는 선배들이나 친구들은 내 시가 좋다고 하기는커녕 엉터리라고 평가할 뿐이었다. 시인이 되고자 한 나 자신의 어린 마음이 얼마나 큰 실망을 가졌겠느냐는 것은 누구나 쉽사리 짐작이 갈 것이다. 그러나 나는 어째서 내 시가 대가들의 시보다 못한가에 대한 시원한 설명을 들을 수 없는 것이 더욱 답답했다.

벌써 약 30년이 지났다. 그동안 대학의 문과를 나오고 대학에서 문학을 가르쳤던 경험을 쌓고 있는 동안에도 나는 내가 어려서 부딪쳤던 의문을 석연하게 풀지 못하고 있다. 어째서 랭보나 말라르메 혹은 T. S. 엘리엇이 위대한 시인이며, 어째서 그 많은 작품 가운데서

「모나리자」나 「게르니카」가 위대한 회화이며, 어째서 베토벤의 「교향곡 5번」이 현제명의 교향곡보다 우수한가? 이것은 곧 예술 작품의 가치 평가에 관한 문제가 된다.

예술 작품에 관한 이야기를 흔히 예술 비평이라고 부른다. 그러나 예술 비평은 따지고 보면 대체로 예술 작품에 대한 설명(explanation)과 평가(evaluation)를 동시에 가리키는 개념이다. 그런데 설명과 평가는 동일한 성질의 작업이 아니다. 설명은 어떤 사물의 내용이 어떠한 것인가를 밝히는 활동이나 평가는 그 사물이 얼마큼, 그리고 어떠한 가치를 갖고 있나를 따져보는 작업이다.

전자는 '앎'에 속하는 일이나 후자는 '가치'에 속하는 개념이다. 어떤 사물을 대단히 잘 알고 있다는 것과 그 사물에 가치를 부여하는 일과는 전혀 관계가 없고 독립된 영역에 속한다. 그러므로 여기서 우리의 문제는 예술 비평의 문제가 되지만 더 정확히 말해서 예술 작품의 가치가 어떻게 결정되며, 되어야 하며, 될 수 있느냐에 관한 제한된 문제를 풀어보는 일이다.

예술 작품의 가치 평가가 애매하고 어렵다는 중요한 이유의 하나는 예술 작품에 있어서의 평가가 '예술적 평가'와 '비예술적 평가'로 원칙적으로 구별되면서도 그런 구별이 실제 예술 비평에 있어서 확실하게 밝혀지지 않기 때문이다.

예술 작품의 예술적 평가는 그 작품의 가치를 예술성이라는 규준에서 본 가치 판단을 가리키며, 예술 작품의 비예술적 평가는 그 작품의 가치를 예술성이란 관점과 다른 관점에서 봤을 때의 가치 판단을 말한다. 예술적 규준이 사람에 따라 다를 수는 있지만, 한 사람을 체력이라는 규준 혹은 지력이라는 규준 또는 논리적 규준 등등에서 별도로 평가할 수 있듯이 한 예술 작품도 순전히 어떤 예술적 규준에서 평가될 수도 있고 그 밖의 다른 규준, 예를 들어 사회적, 정치적, 상품적 혹은 그 밖의 규준 등등에 의해서 평가될 수 있다.

한 사람이 지적으로는 높이 평가되면서도 체력이나 윤리적으로 아주 낮게 평가될 수 있는 것과 마찬가지로, 한 예술 작품도 예술적으로는 높이 평가되면서도 그 밖의 다른 관점에서 볼 때 아주 낮게 평가될 수 있는 것이다. 예를 들어 모차르트나 베토벤의 음악은 음악적으로 우수한 예술 작품으로 평가되지만, 그 음악이 평양이나 북경에서는 타락된 예술이라 하여 배척된다. 흔히 한 예술가가 죽거나 혹은 그가 남긴 작품이 상실되어 남은 작품의 수가 적어질 때 그의 남은 작품 값이 높아지는데 까닭은 작품의 예술적 가치가 갑자기 팽창해서가 아니라 순전히 상품적 가치가 커졌기 때문이다.

그렇기 때문에 만약 예술 비평가가 어떤 예술 작품의 가치를 결정한다면 그는 마땅히 위에서 본 바와 같은 예술의 예술적 평가와 비예술적 평가와의 거리를 자각함으로써 예술적인 규준에 의해서 평가하도록 애써야만 할 것이다. 그렇지 않은 경우 그는 예술 작품의 정치적 혹은 사회적, 상품적 혹은 심리적 평가를 내리게 되며, 따라서 그는 이미 예술 비평가라기보다도 정치자, 사회학자, 심리학자 혹은 상인으로서 작품을 바라보고 있는 것이다.

물론 예술 작품이 반드시 예술적인 평가만을 받아야 할 아무런 이유도 없다. 하나의 예술 작품은 그것이 어떤 것이든 간에 정치의 도구로 쓰일 수도 있고, 윤리나 철학 혹은 과학적 지식의 선전이나 보급의 방법으로서 높이 평가될 수 있으며, 심리학, 고고학, 역사학, 정신사(精神史) 또는 인류학, 사회학의 귀중한 자료가 될 수 있다.

그러나 적어도 이론적으로 예술적 평가, 즉 예술 작품의 순수한 예술적 가치에 대한 비판이 비예술적 가치 판단과 구별되는 만큼, 한 예술 작품을 예술적인 입장에서 평가할 때 비평가는 마땅히 비예술적인 관점에 의해서 절대로 좌우되지 않아야 할 것이다. 이러한 것이 이상(理想)이긴 하지만 문제는 실제로 그와 같은 예술 작품의 순수한 예술적 평가가 가능하느냐를 검토해야 한다.

한 예술 작품의 평가는, 첫째 '예술적인 것'에 대한 규준의 성립과, 둘째로 어떻게 그런 규준에 의해서 평가의 대상이 되고 있는 예술 작품을 '측정'할 수 있느냐 하는 데 있다.

2 '예술적인 것'의 규준

'예술적인 것'에 대한 규준의 문제부터 생각해 보자. 여기서 '예술적인 것'이라 함은 과학적인 것, 혹은 '윤리적인 것'과 대립되는 개념으로서 한 사물이나 사건 혹은 사태에 대한 서로 다른 경험의 차원을 의미한다. 그것은 마치 한 사물에 대한 색채의 관점과 중량의 관점과 크기의 관점이 다를 수 있는 것과 비교된다.

물론 어떤 사람들은 예술적(혹은 미학적) 경험의 특수성을 부정하고 있지만, 한 사물이나 행위에 대한 판단이 각기 진위, 선악, 미추에 입각한 판단을 각기 인식 판단, 윤리 판단, 미학 판단이라고 부를 수 있다. 그런데 모든 판단은 반드시 규범(norm)을 전제로 한다. 어떤 규범이 없을 때 판단은 불가능한 것이다. 여기서 규범은 규준이란 말과 동일하다.

이미 설정된 규범이 있음으로써만 우리는 어떤 것에 대해서 '참이다, 틀렸다', '옳다, 그르다', '아름답다, 추하다'라는 판단을 내릴 수 있다. 윤리 판단, 특히 인식 판단에 있어서 있어야 할 선악에 대한 규범, 진위에 대한 규범은 어느 정도 쉽사리 결정될 수 있다. 예를 들어 사람을 도와주는 행위는 선한 행위요, 남을 해롭게 하는 행위는 악이라는 데 모든 사람은 동의할 수 있다. 그리고 어떤 색깔이 백색이냐 아니냐 하는 것은 더 말할 것도 없이 더 누구나 쉽게 합의를 가질 수 있다.

일단 이와 같은 규범이 설 수 있기 때문에 우리들은 그 설정된 규범에 비추어 어떤 인식 판단이 맞는가 맞지 않은가를 결정할 수 있고, 또한 어떤 윤리 판단이 옳은가 그른가를 결정할 수 있다.

그러나 미학 판단에 전제가 되어야 할 미학적 규범은 어떠한가? 비록 예술적인 것, 즉 미학적인 내용이 무엇인가를 묻지 않고 그러한 특수한 경험이 있다는 것을 분명하게 설정한다 해도 과연 구체적으로 어떠한 것을, 어떠한 종류의 경험을 아름다운 것, 추한 것인가라는 규범을 세울 수 있는가?

가을 하늘, 서산에 지는 석양, 장미꽃 등은 대체로 모든 사람들에게 아름답게 보이며 쓰레기통이나 공장 지대의 풍경이 대체로 모든 사람들에게 추하게 보인다. 그러나 반드시 장미꽃이 아름다운 기준이 되고 공장 지대의 풍경이 반드시 추해야만 한다는 규범이 설 수 없다. 왜냐하면 만약 경우에 따라 혹은 사람에 따라 장미꽃보다는 공장 지대의 살벌한 풍경이 더 아름답게 느껴지는 경우가 있다는 것을 인정한다면, 우리는 장미꽃이 꼭 '아름다워야 한다'는 규범을 내세울 아무런 이유나 권리도 없다.

3 규범의 설정 문제

미학적 규범의 설정 문제는 위와 같이 일반적인 경우에도 그러하지만 자연현상이 아니라 예술 작품을 두고 생각할 때 더욱 복잡해지고 어려워진다. 어떠한 선이나 색채 혹은 그것들의 결합이 회화의 규범이 되어야 하느냐, 어떠한 음의 배열과 조직이 음악의 규준이 되어야 하느냐, 혹은 어떤 이야기나 그것들을 전개하는 순서가 소설의 규범이 되어야 하는가의 문제에 대한 해답이 나옴으로써만이 예술 평가는 가능할 것 같은데, 예술에 있어서는 바로 그와 같은 요구는 자가당착된 요구이기 때문이다. 왜냐하면 모든 예술 작품은 개개가 빠짐없이 하나의 '창조'로서 제시되기 때문이다. 만약 어떤 작품이 어떤 모델을 그냥 그대로 복사한 것일 때, 즉 이미 설명되고 알려진 아름다움의 규범에 문자 그대로 맞추어졌을 때, 그 작품은 예술 작품이라기보다는 하나의 공장 생산물에 지나지 않기 때문이다.

만약 위와 같은 이유 때문에 '예술적인 것'의 객관적 규범을 세울 수 없다고 한다면, 한 작품의 예술적 가치는 대다수를 즐겁게 하는 사실에 의해서 결정될 것인가? 얼핏 보아서 이와 같은 작품의 가치 규준이 설 수 있을 것 같지만, 실제로 한 예술 작품의 가치는 '인기'에 의해서 결정되지 않는다. 이른바 많은 베스트셀러는 거의 예외 없이 2류, 3류 작품으로 낙착된다는 사실을 우리는 잊을 수 없다. 거꾸로 2류, 3류로 취급된 작가가 시간이 가면 1류 작가로 나타나게 되는 예는 적지 않다.

17세기 파리에서 코르네유(Corneille) 형제는 모두 극작가였으나 당시 그중 토마 코르네유(Thomas Corneille)가 피엘 코르네유(Pierre Corneille)보다 훨씬 우수한 작가로 생각되었지만, 오늘날 전자는 완전히 문학사에서 없어진 반면에, 후자의 작품은 프랑스 문학사를 장식하는 뚜렷한 고전으로 남게 되었다.

19세기의 대가 스탕달은 50년이 넘어서야 그의 위대성이 인정됐고, 프루스트는 몇 번이고 그의 작품 발표를 거절당했음은 알려진 일화가 되고 있다. 문학에서뿐만 아니라 다른 예술 분야에서도 비슷한 예는 허다하다. 한 예만을 들더라도, 오늘날 회화사의 꽃처럼 여겨지는 인상파 회화들이 처음 파리의 화랑에 걸렸을 때, 그것들은 악평을 넘어서서 크나큰 예술적 스캔들로 여겨졌던 것이다.

이와 같은 사실들은 무엇을 말하는가? 그것은 예술적 가치 평가를 하는 데 필요한 규범이 확실치 않다는 것이며, 따라서 예술 평가가 극히 상대적, 즉 주관적임을 말한다. 뿐만 아니라 이런 논리를 더 밀고 나간다면 일상 예술 작품에 대한 가치의 '판단'은 불가능함을 뜻하게 된다. 왜냐하면 '규준'이 확실치 않고서는 '판단'이란 개념이 생겨날 수 없기 때문이다.

이른바 예술 작품이 내재적으로 지니고 있다고 믿어진 어떤 가치를 서술하는 것은 사실인즉 예술 작품이라고 불리는 어떤 경험 대상에 대한 우리들 각 개인의 감성적 반응과 표현에 지나지 않을 것 같다. 바꿔 말해서 예술 작품에 대한 평가는, 음식물에 대한 우리들의 반응과 별로 다를 바가 없는 듯싶다. 실상 1930년대에 큰 철학적 영향을 미친 이른바 논리실증주의자들에 의하면, 비단 예술 평가뿐만 아니라 모든 형태의 가치 판단은 사실인즉 어떤 대상에 대한 판단이 아니라 그런 대상에 대한 우리들 자신의 감정적 반응에 지나지 않는다고 주장한다. 극단적으로 말해서 그들의 견해에 의하면 평가적 언어, 예를 들어 "그 행위는 옳은 것이었다.", "그 음악은 아름답다!", "이 음악은 맛이 좋다." 등은 산길에서 호랑이를 만나 "아이구 엄마야!" 하고 놀라서 내는 고함 소리와 전혀 다를 것이 없다는 것이다.

이와 같이 가치 판단에 대한 완전한 무정부주의는 예술사가 존재한다는 엄연한 사실을 망각한 결과가 된다. 그것이 문학사이건, 미술사이건, 조각사이건, 영화사이건 간에 모든 예술사는 오랜 예술 작품의 역사를 통해서 이루어진 예술 작품에 대한 평가의 축소를 의미하는 것인데, 만약 이런 사실을 인정한다면 예술 작품에 대한 가치 판단이 전혀 근거 없는 어떤 개인의 주관적인 반응으로만은 해석할 수 없다.

4 예술사의 존재

예술사 혹은 미술관 또는 박물관에 귀중히 보관된 예술품들은 대개는 헤아릴 수 없이 많은 작품들 가운데서 오랜 시간을 거쳐서 전문가들에 의해 선택된 작품만을 보여주는 것이다. 만약 이와 같은 점을 시인한다면 우리들은 그와 같은 선택에 아무런 객관적 근거가 없다고 일축해 버릴 순 없다.

물론 이와 같은 예술 작품의 선택이 반드시 그리고 완전히 예술적인, 즉 순수한 미학적 규준에 입각해서 이루어졌는지 의심스럽다 하더라도 우리는 일단 그러한 선택에는 어느 정도의 미학적 고려라도 있었을 것이라고 믿어야 할 것이다. 왜냐하면 그것이 예술사인 이상 거기에 선택된 작품들은 예술 작품으로 다루어지고 있기 때문이다.

이러한 예술사의 존재는, 비록 명확히 의식된 규준에 의해서가 아니었을지라도, 그 속에 선택된 구체적인 작품들이 오랜 역사를 통해 많은 사람에게 예술적으로 높이 평가되었다는 것을 의미한다.

만약 위와 같은 예술사를 인정한다면, 우리가 지금까지 보아왔던 것처럼 예술 평가의 조건이 되는 예술 작품의 규범을 구체적인 작품 이전에 처음부터 정해서 그것을 규준으로 구체적인 작품을 평가할 순 없다 하더라도 오랜 역사를 통해서 예술적으로 높이 평가된 개개의 작품을 분석함으로써 거기서 공통성을 귀납적 논리로 찾아낼 가능성이 이론적으로는 없지 않다.

가령 어떠어떠한 이미지, 어떠어떠한 구성, 어떠어떠한 독창성, 어떠어떠한 기술성 등을 찾아낼 수 있을 것이다. 만약 이와 같은 작업에 실제로 성공한다면 우리들은 그러한 요소를 '예술 원소'라고 부를 수 있으며 그 원소들은 모든 예술 작품의 가치를 평가하는 규범으로 적용될 수 있을 것이다. 한 새로운 작품을 분석해서 만약 그와 같은 '예술 원소'가 발견된다면 그 작품은 가치 있는 작품이 될 것이요, 그렇지 못한 경우는 태작(駄作)이란 판단이 가능할 것이다.

그러나 위와 같은 예술 원소가 사실 존재한다 해도, 그와 같은 원소의 발견은 이론상으로는 몰라도 실질적으로 불가능할 것 같다. 왜냐하면 이와 같은 예술 원소의 귀납적 발굴은 이른바 예술사 속에 걸작으로 선택된 작품들이 오로지 순수한 예술적, 즉 미학적 입장에서만 선정됐다는 전제가 서야 하는데 실제로 그와 같은 방법에 의해서 예술사가 꾸며지고, 고전이란 이름을 갖게 됐는지는 극히 의심스럽다.

가령 호머의 「오디세이」나 다빈치의 「모나리자」 혹은 로댕의 「발자크」가 걸작으로 평가되는 이유는 완전히 미학적인 이유에서만은 아니라고 봐야 한다. 실제에 있어서 한 예술 작품의 이른바 예술적 평가도 비예술적인 요소에 의해서 크게 좌우되고 있다고 생각된다.

한 작품의 내용이나 형식에 있어서의 특이성, 그 작품이 주는 여러 분야에 미치는 영향력, 그 작품이 갖고 있는 정치적 혹은 사회적 중요성, 개인 혹은 사회의 역사적 의미 등은 한 작품의 이른바 예술적 평가에 크게 작용하고 있다고 믿어진다. 가까운 예로서 「이반 데니소비치의 하루」의 작가 솔제니친은 노벨 문학상까지 받음으로써 그의 작가로서의 가치가 높이 평가되고 있으나 사실인즉 그와 같은 평가는 순수한 미학적, 즉 순수한 문학 예술적 관점에서 결정된 것이라기보다는 그의 작품의 윤리성 또는 정치성에 의해서 크게 결정되었다고 봐야 한다. 더 심한 예로는 독재주의적 이데올로기를 갖고 있는 정치 사회 속에서 흔히 보게 되는 예술 평가의 경우다.

그러한 사회에서는 한 예술 작품은 그 사회가 갖고 있는 이데올로기에 맞지 않는다 하여 타작이라 낙인이 찍히고, 그 이데올로기에 봉사한다 하여 크게 평가된다. 공산주의 사회나 나치 독재의 경우가 그와 같은 사회의 예가 될 것이다.

5 예술적 관점과 비예술적 관점

예술적 관점과 비예술적 관점과는 분명히 구별된다. 그러나 예술 평가에 있어서의 문제는 구체적으로 그러한 구별을 어떻게 설정하는가에 있다. 바꿔 말해서 이론상으로 한 작품의 예술적 가치와 그 작품의 사회적, 정치적 가치와는 완연히 구별되나 실제로 그러한 구별을 어떻게 적용하느냐, 정치적 혹은 역사적 가치와 예술적 가치와의 차이를 어디에 두느냐가 크게 문제가 될 뿐만 아니라 사실상 불가능하다. 위에서 솔제니친의 작품에 대한 평가는 정치성을 띠고 있다고 말했지만 구체적으로 어디까지가 정치적 가치며, 어디까지가 순수한 예술적 가치인가를 막상 정확하게 지적한다는 것은 불가능하다.

이와 같이 예술 작품의 순수한 예술성을 완전히 끄집어낼 수 없는 이유는 한 사물에 대한 예술적 경험이 인식적 경험이나 윤리적 경험과는 전혀 다른 종류의 경험이기 때문이다. 인식과 윤리는 이성의 활동이지만 예술은 감성의 활동이기 때문이다. 인식적 판단, 윤리적 판단은 이성에 의한 판단이나, 예술적 판단은 감성의 판단이다.

전자의 두 경우에 있어서의 이성은 비록 구체적인 인간의 기능이지만 그것이 놓여 있는 역사적 혹은 사회적 여건으로부터 독립되어 있다. 따라서 이성적 판단은 원칙적으로 위와 같은 여건에 의해서 지배되지 않으며, 또한 지배되어서는 안 된다.

이와는 반대로 예술적 판단을 내린다고 보여지는 감성은 구체적인 생리적, 역사적 혹은 사회적 여건에 의해서 지배되지 않을 수 없다. 왜냐하면 감성이란 다름 아니라 위와 같은 여건의 소산물에 지나지 않기 때문이다.

감성이 구체적인 역사나 사회 여건에 의해서 지배된다는 것을 시인한다는 것은 감성의 변화성을 인정하는 결과가 되며 그런 감성에 의해서 결정되는 예술 평가가 역사나 사회적 여건에서 완전히 분리될 수 없다는 결과가 된다. 이러한 사실은 예술 평가가 흔히 처음부터 예술적 평가이기를 포기하고 사회적, 정치적, 역사적 혹은 철학적, 즉 모든 비예술적인 기준에 의해서 평가되는 경향이 있음을 설명해 준다.

그리고 예술 작품의 예술적 평가도 엄격히 말해서 역사와 사회의 구체적 여건에 의해서 크게 결정된다는 사실은 마치 객관적인 영원한 사실처럼 지금까지 세워지고 있는 모든 분야에 걸친 예술사도 시대나 사회에 따라 완전히 달라질 수 있으리라는 가능성도 보여준다.

나는 여러 번 몇 시간씩 루브르 박물관에 영원한 미의 결정(結晶)처럼 걸려 있는 「모나리자」 앞에 서본 일이 있지만, 그 작품에서 정말로 깊은 예술적 경험을 얻어본 적이 없다. 다시 말하면 나는 그 작품이 정말 아름답다, 예술적으로 우수하다는 느낌을 가져본 일이 없다. 만약 이런 무지한 나 자신의 경험이 많은 딴 사람들에게도 적용될 수 있자면, 우리는 다시 한번 생각해 봐야 할 것이다.

누구의, 어떤 규준에 의해서 「모나리자」는 걸작 중의 걸작이라고 주장될 수 있는가? 내게 진정으로 감명을 준 작품을 골라 현재 유통되고 있는 예술사와는 전혀 다른 예술사를 꾸밀 수 없다고 말할 수 있을까?

이와 같은 질문이 생긴다는 사실은 예술 작품의 순수한 예술적 평가가 얼마나 복잡하고 어려운 것인가를 입증한다.

그러나 예술 작품의 순수한 예술적 평가가 어렵다는 사실은 한 작품의 예술적 평가가 곧 그 작품의 정치적, 심리적 혹은 철학적 등등의 비예술적 평가와 일치한다는 말과는 전혀 다르다. 그것은 다만 예술을 넓은 문화라는 테두리 안에서 볼 수 있음을 나타낼 뿐이다. 예술의 예술적 평가와 비예술적 평가는 뚜렷하게 구분이 되어야 한다. 우리가 흔히 마구 쓰는 '예술 비평'이란 개념을 대체로 세 가지 다른 기능을 동시에 의미하며 그럼으로써 비평가 자신이나 감상자들에게 많은 혼란을 일으키고 있다. 비평이란 개념에는 한 작품에 대한 설명 혹은 해석의 뜻과 그 작품에 대한 평가의 뜻이 있고 평가라는 개념에는 예술적인 평가와 비예술적인 평가라는 뜻이 있다.

그러므로 빠지기 쉬운 많은 혼돈을 피해서 이른바 비평가는 위의 세 가지 입장 가운데서 어떤 입장에서 한 작품에 대하여 논하고 있는가를 명백히 해둘 필요가 있다.

그리고 예술 작품의 예술적 평가가 단순히 순간적인 평자의 감정의 표현이나 인상적 비평의 차원을 넘어서 지적으로 만족할 만한 비평이 되기 위해서는 우선 비평가 자신들에게 보다 체계적인 교양과 이론, 철학적인 바탕이 있어야 할 것이다. 특히 우리나라에서 이러한 종류의 비평가가 아쉽게 여겨진다.

예술 비평과 건축 비평

비평은 평가적 활동이다. 모든 평가의 기준, 규범은 그 평가 대상의 분류에 따라 달라진다. 지능에 대한 평가는 예민, 우둔의 기준을 전제하고, 음식에 대한 평가는 영양적 가치, 반가치의 범주를 전제한다. 하나의 주제, 하나의 사물은 서로 다른 범주 속에 동시에 분류될 수 있다. 한 인간은 남성 / 여성의 생리학적 범주로, 부모 / 자식, 형제 / 자매의 혈연적 범주로, 우 / 열의 지능적 범주로, 상관 / 부하의 사회적 범주로 동시에 분류될 수 있으며, 한 나무는 산소 / 수소 등의 화학적 범주로, 미적 감상물 / 자료 등의 기능적 범주로 분류할 수 있다. 그러나 분류 범주의 시각에 따라 똑같은 대상에 전혀 다른 평가 기준이 적용되며 따라서 그 결과는 전혀 달라진다.

건축 비평과 예술 비평의 관계에 대한 문제는 건축이라는 대상의 분류적 애매성에 있다. 건축은 예술의 범주에 속하는가? 그렇지 않다면 그것들의 관계는 어떤가?

‘감상’은 순수한 지적 파악에 앞서 감각적 인식에 기초한 어떤 지각적 대상에 대한 평가적 감성의 반응을 뜻한다. ‘미학적’이란 바로 이러한 사물과 의식의 ‘감성적’ 관계를 지칭하는 말에 지나지 않는다. 예술 작품은 필연적으로 미학적 감상 대상으로서 존재한다. 감상을 전제하지 않을 예술이라는 개념은 자가당착이다. 모든 감각적 현상은 필연적으로 미학적 감상 대상이 될 수 있다. 그러나 모든 미학적 감상 대상이 곧 예술은 아니며, 한 예술 작품의 평가는 미학적으로만 결정되지 않는다. 다른 사물들의 가치 평가의 경우와는 달리 예술 작품의 가치를 결정함에 있어 미학적 가치가 필수조건이긴 하지만 충분조건은 아니다. 미학적으로 높은 가치를 지닌 자연이나 그 밖의 대상들이 자동적으로 예술 작품이 아니며, 위대한 예술 작품이 반드시 위대한 미학적 가치를 갖지 않기 때문이다.

예술은 감각적 지각과 감상의 대상으로 존재하지만 그것은 시간과 공간의 개념으로만 파악할 수 있는 단순한 사물, 현상으로 존재하지 않고 필연적으로 무엇인가를 '표상', '표현', '상징' 즉 묘사하여 의미를 전달한다. 이런 뜻에서 어떠한 매체를 사용하든 모든 예술 작품은 논리적으로 넓은 뜻에서 '언어'로 존재한다. 독일어를 매체로 한 카프카의 소설 「심판」은 물론, 음을 매체로 한 베토벤의 음악 「5번 교향곡」, 선과 색을 매체로 한 피카소의 그림 「게르니카」, 동작을 매체로 한 볼쇼이 무용단의 발레 「백조의 호수」, 물체를 매체로 한 로댕의 조각 「생각하는 사람」은 각기 '현대 사회의 조직 앞에 무력한 개인의 운명', '운명을 극복하는 인간적 승리', '폭격에 대한 항의', '아름다운 사랑' 그리고 '깊은 사색'을 각기 서술, 표상, 상징을 의미한다. 따라서 예술 작품은 '미학적 감상 대상으로 존재하는 언어'로 일단 정의될 수 있다.

그러나 미학적 감상 대상이 될 수 있는 모든 언어가 예술 작품은 아니다. 모든 언어 및 기호는 필연적으로 지각적 존재이며 따라서 미학적 감상의 대상이 될 수 있지만 가령 신문 기사, 철학 논문, 증명사진, 교통 신호등, 비석, 기념탑 같은 것들은 어떤 의미를 전달하는 매체이지만 그것들을 예술 작품과 혼동할 수 없다. 그렇다면 예술 작품으로서의 언어와 그렇지 않은 범주에 속하는 언어는 어떻게 구별되는가? 두 경우 다 같이 평가의 대상이 될 수 있지만, 언어의

가치가 전자의 경우 내재적으로인 데 반해 후자의 경우 외재적으로
존재한다는 데 두 가지 언어 차이가 있다.

예술과 건축은 바로 이러한 사실에서 또한 구별될 수 있다. 문학
작품, 음악, 연극과 같은 비공간적 예술 작품은 물론 미술이나 조각
같은 공간적 예술 작품은 실용적 도구로서가 아니라 그 자체에 내
포된 미학적 감상의 내재적 가치로서 존재한다. 홍명희의 소설 『임
꺽정〔林巨正〕』, 베토벤의 음악 「운명」, 베케트의 연극 「고도를 기다
리며」, 피카소의 그림 「게르니카」, 로댕의 조각 「생각하는 사람」은
상상력, 음률, 동작과 대화, 2차원적 시간적 구조, 3차원적 공간적
구성의 내재적 가치의 감상 대상으로서만 그 본래의 존재 이유를
지닌다. 이러한 예술 작품은 바로 그들 자체로서 존재하며 그들 자
체로 충분한 존재 이유가 된다.

이와는 달리 건축은 어떤 특정한 목적을 위해 활용할 실용적 도
구, 즉 외재적 가치로 존재한다. 다양한 가옥이나 아파트는 주거의
실용적 목적, 빌딩, 극장, 공장, 학교, 성당은 각기 특정한 활동이라
는 실용적 목적을 떠나서는 그 존재 이유를 잃는다. 이와 같이 볼
때 예술 작품에 대한 정의는 '미학의 자율적 가치를 위해 감상 대상
으로 존재하는 언어'라는 말로 보완된다.

예술 작품은 그 자체의 의미가 해석되고 그 내재적 가치를 '감상'
하기 위해 만들어진 일종의 기호·언어로 정의할 수 있다. 그러므로
'예술'의 범주에 속하는 작품의 예술적 평가는 미학적 평가와 동일
할 수 없다. 모든 사물 현상이 미학적 평가 대상이 될 수 있지만 오
직 평가 대상이 '언어'일 경우에만 미학적 평가는 비로소 예술적 평
가로 바뀔 수 있기 때문이다. 달리 말해서 오로지 예술 작품의 범주
에 속하는 존재만이 예술적 평가의 대상이 될 수 있다.

요컨대 한편으로는 그 존재 양식이 언어냐 아니냐에 따라서, 또
다른 한편으로는 그 존재 가치가 내재적이냐 외재적이냐에 따라서

예술 작품과 건물이 확연히 구별되는 것 같고 따라서 그것들의 평가 기준은 서로 달라야 할 것 같다.

그러나 예술 작품과 건축의 구별이 이처럼 논리적으로 선명함에도 불구하고 실질적으로는 퍽 애매하다. 이집트의 피라미드, 파리의 에펠탑, 워싱턴의 링컨 메모리얼, 논산의 은진미륵 같은 구조물들이 각별히 주거나 어떤 활동을 의도해서 세워진 것은 아니라는 점에서 정확히 건물의 범주에 속하지 않는다고 볼 수 있지만, 그러나 역시 어떤 목적 달성을 위한 기구라는 점에서 역시 건물의 범주에 속한다. 그러나 이러한 건물들은 원래의 의도했던 기능과는 상관 없이 미학적 감상의 대상으로 존재한다. 아직도 그 원래의 실용적 기능을 담당하고 있는 불국사(佛國寺), 파리의 노트르담 성당, 코르뷔지에가 설계한 롱샹의 성당, 루브르 박물관, 파리의 오페라 극장, 르와르 강변의 귀족들의 주거를 위해 지은 성(城)이나 라인 강변의 방어를 위해 지은 중세식 성들 그리고 그 외의 허다한 건물들이 흔히 세계 예술사에 실리고 원래 그것들이 의도했던 기능이나 실용적 가치와는 상관없이 미학적 감상의 대상으로 그 가치가 평가된다. 원래 자율적 예술적 가치를 위해서가 아니라 어떤 타율적 목적을 위해 도구로서 존재하는 위와 같은 건물 가운데는 그냥 '물질' 즉 감각적 대상으로서가 아니라 무엇인가 '뜻'의 전달을 의도한 것이 적지 않다. 가령 피라미드, 불국사, 성당 등의 구조와 자료는 무엇인가의 관념적 의미를 전달하려는 의도에 의해서 결정됐다. '의미'를 지니고 있는 건물들은 비록 위와 같은 예에서만 볼 수 있는 것이 아니라, 간접적으로는 거의 모든 건물에서 건축가가 의도하지 않았던 경우라도 무엇인가의 '의미'를 읽을 수 있다. 코르뷔지에가 지은 「롱샹의 성당」에서 자연과의 경건한 조화에 대한 건축가의 '의도'를 읽을 수 있고, 한국의 흙담 초가에서 한 시대의 '빈곤'을, '엠파이어스테이트 빌딩'에서 현대 문명 기술의 '위력'을, 그리고 프랭크 라이트가 설계한 '구겐하임 미술관'에서 '새로운 현대 건축 미학'을, 아이엠 페이의 여러 건물들에서 '건물의 조각화'의 뜻을 읽을 수 있다.

이런 점에서 위에 예로 든 특수한 건물들은 물론 모든 건물들은 다 같이 일종의 언어적 존재로 볼 수 있고 예술 작품과 엄격히 구별할 수 없다. 이러한 사실은 건축물도 실용적 또는 미학적 기능 외에 언어적 즉 예술적 기능을 함께 할 수 있음과 실용적 및 미학적 기능 외에 무엇인가의 의미를 '표현'할 수 있다면 그 건물의 가치는 그만큼 풍부해짐을 말해 준다. 그렇다면 그만큼 예술과 건축의 경계는 희미해진다.

그러나 이러한 사실에도 불구하고 예술 작품의 범주와 건축의 범주에서 전자가 그 자체의 내재적 가치를 위해 존재하는 데 반해서 후자는 어디까지나 어떤 외재적 목적과 가치를 위한 도구 수단으로서 그 존재의 의미가 있다. 따라서 예술 작품과 건축의 비평 규범과 기준은 결코 동일할 수 없다. 그렇다면 그것들의 비평은 어떤 점에서 다르고 어떤 점에서 같은가?

예술 평가가 그 자체로서 자율적으로 갖고 있는 언어적 가치에 의해 판단된다면, 건축 평가는 우선적으로 그것이 원래 의도한 기능의 효율성에 비추어 결정해야 한다. 또한 미학적 가치는 예술적 가치의 필수 조건이지만 건축 가치의 필수 조건은 아니라는 것이다. 그럼에도 불구하고 한 건축의 가치는 실제로는 기능의 효율성이라는 시각에서만 결정할 수 없다. 왜냐하면 건축은 경제적 비용의 문제를 필연적으로 포함하고, 미학적 감상의 대상으로서 존재하기 때문이다. 한 건축은 그 원래의 기능에 가장 효율적이냐 아니냐의 관점과 아울러 그것이 아름다운가 아닌가의 관점에서도 평가된다는 것이다. 예술 비평과 건축비평은 서로 유사한 점을 갖고 뗄 수 없는 관계로 맺어진다.

예술 작품과 건축의 가치 평가의 기준도 동일한 측면을 갖는다.

다 같이 독창성이 중요한 비중을 갖는 예술 작품과 건축 작품은 각기 예술사와 건축사의 종적 맥락에서 상대적 비교 속에서만 그 가치가 측정될 수 있다. 세잔이나 피카소의 미술 작품의 중요성은 각기 그들이 그 이전에 없던 미술 양식을 발명했다는 사실에 근거하며, 그로피스의 바우하우스 건축 양식이나 프랭크 라이트의 건축은 각기, 한편으로는 고전적 양식과는 달리 기능을 강조한 건축 양식과 다른 한편으로는 자연 환경이라는 맥락을 건축의 중요한 요소로서 도입했다는 사실에서 그 독창성이 부각된다.

그럼에도 불구하고 예술 작품과 건축의 비평은 똑같은 방식으로 할 수는 없다. 역사적 맥락을 떠날 수 없다는 점에서 예술 비평과 건축비평은 다를 바 없지만, 전자의 비평이 개별적으로 평가될 수 있는 반면에 후자는 역사라는 수직적 맥락과 아울러 그것의 공간적 주변을 형성하는 다른 건물들과의 수평적 관계를 떠나서는 불가능하다. 이태백(李太白)의 시 작품, 르느와르의 그림, 뒤샹의 「샘」이라는 조각은 다른 시작품이나, 다른 그림이나, 다른 조각들과 떼어서 단독적으로 하나의 독립된 존재로서 해석되고 감상될 수 있지만, 건물은 그것이 어떤 것이든 간에 반드시 다른 건물들, 다른 자연적, 문화적 및 사회적 환경의 맥락 속에서만 존재하고 따라서 그러한 맥락 속에서만 그 기능과 미학적 가치가 평가될 수 있기 때문이다. ‘불국사’, ‘파리의 노트르담 성당’, ‘문화의 전당’, 그리고 ‘반포 아파트’ 등의 건물이 각기 토함산, 파리의 작은 섬, 서울 강남이 아니고 북한산, 상해(上海)의 중심, 포항, 그리고 마포에 세워졌더라면 그것들은 미학적으로나 기능적 측면에서 현재 그들이 갖고 있는 가치와 의미와는 전혀 다른 가치와 의미를 갖게 되었을 것이기 때문이다.

그렇다면 한 건물을 세울 때는 목적한 바 특수한 실용 기능 외에도 미학적, 사회적, 문화적 환경 여건, 즉 다원적 맥락과의 총체적 조화가 다각적으로 깊이 고려되어야 한다. 또한 건축의 언어적 기능도 잊을 수 없다. 건축의 본래적 기능은 언어적이 아니다. 그러나 그러한 비언어적 건축물은 아울러 언어적으로 활용할 수 있다. 그리하여 언어로 변신할 때 건축은 단지 물리적 구조물만으로 존재하지 않고 하나의 작은 통일적 의미를 담은 한 문장과 같게 되며, 한 마을, 한 도시는 보다 넓고 깊은 의미를 가진 소설이나 시작품과 같다. 그렇다면 건축가나 도시 계획가는 단순한 기능공이나 단순한 미학자가 아니라 그와 동시에 시인, 소설가, 철학자로 변신해야 한다.

이러한 관점에서 다행히도 가령 파리나 프라하의 건물들은 대체로 높이 평가될 수 있으며, 불행히도 가령 서울이나 로스앤젤레스의 대부분의 건물들은 낮게 평가된다. 파리나 프라하의 도시가 아름답게 보이는 중요한 이유의 하나는 그곳의 각기 건물들이 다른 건물들이나 자연과의 조화를 갖고 있기 때문이며, 서울이나 로스앤젤레스가 보기 싫은 결정적 이유의 하나는 그곳에 지어진 각기 건물들이 서로 하나의 전체적 조화를 이루지 못하는 데 있다.

안타깝게도 우리한테는 개별적으로 봐도 아름답고 문화적으로는 깊은 의미를 담은 예술 작품 같은 건물들이 별로 없고, 여러 건물들을 하나의 전체로서 봐도 정말 정든 고향같이 인간적으로 포근하고 미학적으로 아름다운 마을이나 도시가 별로 머리에 떠오르지 않는다. 우리에게는 건축 기술은 물론 다양한 교양을 갖춘 '철학적' 시인·예술가로서의 건축가와 도시 계획가와 행정가가 절실하게 아쉬워진다.

예술 작품 평가의 역사성

평가에는 여러 가지가 있다. 예컨대 신념이나 진술에 대해서는 지적 혹은 인식적 평가가, 어떤 행위나 심성(心性)에 관해서는 도덕적 평가가, 어떤 현상이나 예술 작품을 놓고서는 미학적 또는 예술적 평가가 혹은 상품에 대해서는 경제적 평가가, 어떤 공산품이나 능력에 대해서는 기술적 평가가 내려진다.

어떤 종류의 평가이건 간에 모든 평가에는 평가의 규준이 논리적으로 전제되어 있다. 평가에 앞서 반드시 필요한 기준은 자연현상 속에서는 물론 그 어느 곳에서도 발견되지 않는다. 그것은 시간과 공간 속에 존재하지 않는다. 평가 기준은 객관적 지각 대상으로서의 존재가 아니라 인위적으로 제정된 규약에 불과하다.

평가는 좋고 나쁨, 긍정적인 것과 부정적인 것을 가려내는 작업이다. 따라서 모든 평가는 가치 평가이며, 모든 기준은 가치 기준이다.

가치는 인간이라는 주제를 떠나서는 존재하지 않는다. 그것은 인간의 욕망, 인간의 필요성과 분리해서는 이해될 수 없다. 가치는 인간의 욕망과 그것을 충족시켜 줄 수 있다고 전제되는 사물 혹은 행동 혹은 사건과 상대적 관계를 갖는다. '가치'라는 말은 '존재'의 개념이 아니라 '관계'의 개념이다. 따라서 평가는 인간의 욕망을 만족시키고자 마련된 하나의 절차이며 가치 기준은 그런 절차에 필수적인 하나의 장치에 불과하다.

인간에게는 물질적으로 보다 만족스럽게 살기 위해서 사물 현상을 알고자 하는 지적 필요성이 있다. 사람다운 삶을 살기 위해서 행동과 심성을 도덕적이도록 할 필요를 느낀다. 어떤 특수한 욕망을 만족시키기 위해서 이른바 심미적 경험을 갖추고자 한다. 모든 인간의 욕망이 위와 같은 세 가지 종류로 깨끗이 분류된다는 말은 물론 아니다. 다만 중요한 인간의 욕망과 가치가 그처럼 구분될 수도 있다고 할 뿐이다.

지적 만족을 주는 신념이나 명제가 '진리'라는 가치를 갖게 되고 도덕적으로 수용되는 행위나 심성이 '선'으로 불리며, 심미적 욕망을 채워주는 가치를 흔히 '미' 혹은 아름다움이라고 부른다. 그래서 '진리', '선' 그리고 '아름다움'은 각기 '위(僞)', '악(惡)' 그리고 '추함'과 대립되어 각기 지적, 도덕적 그리고 심미적 가치의 척도적 개념으로 성립된다. 그리하여 어떤 신념이나 진술은 '진리'냐 '허위'냐에 따라 평가되고, 어떤 도덕적 행위나 심성은 '선'이냐 '악'이냐에 따라 평가되며, 어떤 사물 현상은 '아름다우냐', '추하냐'에 따라 그 가치가 측정된다.

지적 가치의 실현을 위해서 인간은 단순한 지각적 정보를 찾을 뿐만 아니라 보다 깊고 포괄적이고 정확한 지적 가치를 위해서 모든 과학적 활동과 철학적 사고를 한다. 도덕적 가치의 실현을 위해서 행동의 여러 가지 규율 혹은 심성의 여러 가지 태도를 권장한다. 심미적 가치 실현을 위해서 예술 작품이 제작되고 감상된다. 이러한 인간의 작업들과 노력이 각기 '진', '선', '미'의 개념으로 그 가치의 성격이 규명되고 서로 다른 기준에 의해서 평가되지만, 막상 구체적인 신념이나 명제에 대한 지적 가치 판단은 '진'의 뜻을 이해하는 것만으로는 불가능하다. 도덕적 혹은 심미적 가치 판단의 경우도 마찬가지여서 '선'과 '미'의 개념을 이해하고 그러한 개념의 필요성을 인정하는 것만으로는 구체적으로 어떤 행동이 '선'이며, 어떤 예술 작품이 '아름다운 것'인지를 결정할 수 없다. '진리' '선' 그리고 '아름다움'은 그것들이 각기 구체적으로 무엇을 지칭하는가가 밝혀지지 않고서는 각기 지적·도덕적·심미적 가치의 척도로 활용될 수 없다. 지적·도덕적 그리고 심미적 가치가 실제로 평가될 수 있으려면 각기 '진리' '선' '아름다움'의 가치가 구체적인 척도 즉 기준을 갖추어야만 한다. 그러므로 구체적인 문제는 '진리' '선' '아름다움'이라는 개념이 구체적으로 무엇을 의미하는가를 알아내는 데에 있다.

위와 같은 개념들의 정확한 의미가 무엇인지에 대한 논쟁은 아직도 결정적인 해결을 찾지 못하고 극히 전문적 철학자들 간에서도 서로 상이한 의견으로 엇갈리고 있다. 그럼에도 불구하고 '진리'나 혹은 '선'이 대충이나마 무엇을 의미하는가에 대한 문제는 막연한 대로 그 답을 갖게 되었다고 믿어진다. 바꿔 말해서 대부분의 사람은 구체적으로 어떤 상황에서 한 신념이나 명제가 '진리'이며 어떤 조건에서도 한 행동이나 심성이 '선'인가에 대해서 대체로 일치된 견해를 갖게 되었다. '진리'는 한 신념 혹은 명제와 그것이 표상하는 사물 현상이나 상황의 상응 관계를 의미하며, '선'이란 남을 위한 행위나 마음씨라는 데 별로 이견을 갖지 않게 되었다. 따라서 '진리'나 '선'의 위와 같은 구체적 상황이나 구체적 심성은 각기 '진리'나 '선'을 결정하고 평가하는 척도 내지 규범으로 사용될 수 있다. 사실 대부분의 경우 과학적 신념이나 명제는 물론 그 밖의 모든 판단들에 대해서도 인식적 가치를 평가하고 판단함에 있어 별로 큰 문제에 부딪히지 않는다. 도덕적 가치의 평가는 좀 복잡하고 불확실할 수 있으나 대부분의 경우 큰 의견의 차이는 없다.

'아름다움'이란 개념도 위와 같은 방식으로 풀이되고, 위와 같은 절차로서 어떤 대상의 가치를 측정할 수 있을 것으로 보인다. 그러나 '아름다움'이란 개념의 경우 그 뜻이 사실 극히 애매모호하다. 그

말이 정확히 무엇을, 어떤 구체적 상황, 어떤 객관적 조건을 지칭하
는가에 대한 의견은 극히 다양해서 일반적인 뜻을 결정할 수 없다.
일부 철학자의 극단적 입장에 따르면 ‘아름다움’이란 말은 인간의
주관적 감정을 표현하는 기능을 가질 뿐이어서 어떤 객관적 대상으
로는 존재하지 않는다는 것이다. 어떤 대상을 두고 ‘아름답다’고 할
때 ‘아름답다’라는 말은 어떤 음식을 두고 ‘맛있다’라든가 어떤 색깔
을 두고 ‘멋있다’라고 할 때의 ‘맛있다’ 혹은 ‘멋있다’라는 말과 똑같
은 기능을 한다는 것이다. 누군가가 이런 말을 할 때 우리는 음식이
나 색깔에 대한 기호를 옳다든가 그르다든가라고 평가할 수 없다.
그의 생각이 나의 생각과 아무리 다르더라도 그것을 객관적 기준에
의해서 평가할 수 없다. 왜냐하면 그들의 생각은 오로지 그들의 기
호 즉 취향을 나타냄에 지나지 않기 때문이다. ‘맛있다’ 혹은 ‘멋있
다’라는 말은 다소 그 사람의 주관적 느낌을 표현하는 데 불과하다.
주관적 취미나 취향 내지 느낌에 기준이 있을 수 없다. 따라서 그의
이런 주관적 취향을 평가하려는 것은 어리석은 착각에 지나지 않음
이 분명하다. 그러므로 누군가의 음식에 대한 ‘맛’이나 색깔에 대한
‘멋’을 더 좋다든가 더 나쁘다든가라는 식으로 평가할 수 없듯이 누
군가의 ‘아름다움’에 대한 감수성을 더 높다든가 더 세련됐다는 말
로 평가하려는 것은 어리석은 짓이라는 결론이 난다. 요컨대 ‘아름
다움’이라는 가치는 객관적 기준을 가질 수 없다는 말이다.

　예술 작품의 가치는 흔히 ‘아름답다’라는 말로 표현된다. 만일 이
러한 일반적 생각이 옳고, ‘아름다움’에 대한 일부 철학자들의 견해
에 설득력이 있다면 예술 작품의 가치는 엄밀한 의미에서 평가될
수 없다는 결론이 나온다. 다시 말해서 셰익스피어의 희곡들이 입센
의 희곡보다 뛰어났다든가, 도스토예프스키가 모파상보다 뛰어난 소
설가라든가, 모차르트가 브람스보다 위대한 작곡가라든가 또는 피카
소의 「게르니카」라는 작품이 똑같은 파카소의 다른 작품들보다 뛰

어났다라는 주장은 의미가 없다. 이런 각도에서 볼 때 많은 공모전에서 수많은 작품들 가운데 각별히 어떤 작품들만이 선정되어 등수가 매겨지고 상을 받게 되는 사실에 의미가 부여될 수 없고 각 분야에 있어서 예술사가 씌어지는 근거를 찾지 못한다.

그럼에도 불구하고 공모전은 자주, 어느 곳에서나 열리고 예술사는 계속 씌어진다. 한 예술 작품과 다른 예술 작품은 신중히 비교되고, 한 예술가의 위대성과 다른 예술가의 위대성이 토론되고 평가되고 있다. 그 이유를 정확히는 알 수 없지만 전문가들이 그들의 개인적 기분대로 작품의 우수성이나 졸렬성을 결정한다고는 생각되지 않는다. 예술사가 쓰는 사람 개인의 기호에 따라 마음대로 씌어질 수 있다고 믿지 않는다. 예술 작품의 가치 평가에도 어느 정도의 객관적 근거가 있어 보인다. 이러한 사실은 예술 작품의 가치를 결정하는 데도 어떤 종류인가의 객관적 평가 기준이 있을 것임을 논리적으로 함의한다. 또한 이러한 사실은 예술 작품의 가치가 '심미적'인 것으로만 규정될 수 없음을 말한다. 왜냐하면 심미적 가치나 '아름다움'이라는 가치는 결코 객관적으로 밝혀질 수도 없고 측정될 수도 없기 때문이다. 그럼에도 불구하고 예술 작품의 가치는 항상 평가되고 예술사가 존재한다는 자명한 사실은 예술 작품의 가치 평가에 적어도 어느 정도의 객관성이 반드시 있음을 말한다. 그렇다면 예술 작품의 근본적 가치는 '아름다움'과는 다른 말로써 서술되어야만 할 성질을 갖고 있다.

우리는 여기서 그런 성질의 가치를 '아름다움' 즉 '심미적' 또는 '미학적'이라는 말고 구별하여 그저 '예술적'이라고 부르기로 하자. '예술'이라는 말을 '아름다움'과 혼돈해서는 안 되며, '예술적' 가치는 '미적' 가치와 엄격히 구별되어야 한다. 예술 작품이 '미적'으로는 나에게 극히 값진 것인 경우라도 '예술적'으로는 가치가 없다는 판단이 내려질 수 있고, 그 작품의 예술적 가치는 미학적 각도와는 다른 시각에서 판단되어야 한다는 말이다.

예술 작품 전시회나 예술사의 존재가 예술 작품의 가치 평가에는 적어도 어느 정도의 객관성이 존재함을 입증한다면, 그리고 모든 평가는 반드시 어떤 종류인가의 평가 기준을 전제한다고 할 때, 그 기준은 무엇이며, 무엇이어야만 하는가. 다시 말해서 어떻게 한 예술 작품의 가치는 평가되어야 하는가. 예술 작품의 가치를 '예술적' 가치라고 할 때, 그런 가치의 기준은 무엇일 수 있는가?

예술 작품은 역시 하나의 작품 다시 말해서 만들어진 사물이다. 무엇인가를 제작할 때는 반드시 어떤 기능이 전제된다. 그 기능이 결정되기 전에는 아무것도 제작할 수 없다. 어떤 기능을 위해 제작된 작품의 가치는 그 작품이 얼마만큼 만족스럽게 의도된 기능을 가장 효율적으로 채워주느냐에 따라 객관적으로 측정되고 평가되어야 한다. 안전하고 단단하며 보기 좋은 경제적인 자동차는 그만큼의 가치가 부여된다. 예술 작품도 예술 작품에 부여된 기능의 효과성에 따라 그 가치가 평가되어야 할 것이다.

예술 작품의 기능은 무엇인가? 예술 작품의 평가가 다른 제작품, 예컨대 자동차의 가치를 평가하는 경우와 달리 항상 문제가 되는 이유는 예술 작품이 항상 제작되고 감상되고 평가되어 왔음에도 불구하고 그 기능이 확실치 않기 때문이다. 이러한 사실은 예술을 어떻게 정의하는가에 대한 철학적 문제가 오랫동안 제기되어 왔고 오늘날에도 다양한 견해가 서로 대립되고 있는 상황에서 입증되며 과학은 물론 그 밖의 여러 분야에서와는 달리 보편적으로 적용될 수 있는 예술 작품의 가치 평가 기준이 아직도 정착되지 않고 있음을 의미한다.

이런 상황에서 어떤 하나의 철학적 입장에 근거하여 마치 법률을 제정하듯이 일정한 평가 기준을 제정할 수도 있다. 그러나 예술의 기능에 대한 상반되는 철학적 입장이 계속 존재해 왔다는 사실은 한 철학자가 자기의 신념대로만 평가 기준을 제정하고 그것을 적용해야 한다고 주장한다면 그것은 터무니없는 독단에 불과하다는 것을 증명해 준다. 사실인즉, 철학의 기능은 어떤 현상이나 실천 상황을 독단적 주장에 따라 그것을 독단적으로 결정함에 있지 않다. 철학은 오히려 그 현상이나 실천 상황을 이해하고 설명하는 데 그친다. 흔히 생각하고 있는 바와는 달리 철학은 그 밖의 여러 가지 인간적 생각이나 활동에 군림하는 여왕이기는커녕 그것들의 시녀에 불과하다. 예술 활동과 예술 철학가, 예술가 또는 예술 감상자와 철학가의 관계도 예외는 아니다.

예술 작품의 가치 평가의 행위가 언제나 구체적으로 있어왔고 따라서 언뜻 보아 불투명하나마 어떤 종류인가의 평가 기준이 있어왔음이 전제된다면 예술 철학이 해야 할 작업은 그와 같은 예술적 평가의 실천을 분석함으로써 평가 작업에 전제된 평가 기준을 도출하는 데 있어야 할 것이다.

구체적으로 이루어지는 예술 평가는 어떻게 이루어지는가? 어떤 예술 작품이 어떤 가치를 갖는다고 할 때 구체적으로 제시되는 근거는 무엇들일 수 있는가? 다양한 평론가들에 의해서 다양한 작품들에 대한 다양한 평가, 다양한 근거들을 일관할 수 있는 보다 보편적인 근거는 무엇일까? 그러한 근거 혹은 그것들에 일관성이 있는가? 이러한 물음을 추구하고 그것들에 대한 일관된 대답이 발견된다면 예술 작품의 가치 기준은 발견됐다고 말할 수 있다.

한 예술 작품을 높이 평가하면서 "깊이가 있다", "잘 표현했다" "본질 혹은 현실을 잘 나타냈다", "구성이 좋다", "색이 우아하다", "감동을 준다", "독창적이다" 등등의 말을 흔히 하게 된다. 이런 표현들의 밑바닥에는 예술 작품의 예술적 가치는 그것의 인식적 기능 혹은 자극적 기능 혹은 기술적 기능에 의해서 결정되어야 한다는 생각이 깔려 있다. 이런 생각들은 예술의 기능에 대한 세 가지 정통적 이론, 즉 표상주의(表象主義), 표현주의, 형식주의 등으로 나타나 있다. 예술 작품의 기능은 각기 어떤 사실에 대한 정보를 주는 데 있으며, 아니면 감상자의 감정을 대신해서 표현해 주는 데 있으며, 아니면 그저 감각적으로 쾌감을 제공하는 데 있다는 것이다. 경우에 따라 예술 작품의 가치는 그것이 주는 도덕적, 더 일반적으로 말해서 정치적, 또는 사회적 영향의 크고 작기에 의해서 평가되기도 한다.

그러나 그 어떤 관점에 입각한 평가도 석연한 근거를 제공할 수 없다. 예술의 기능이 인식에 있다면, 즉 예술에서 기대해야 할 것이 사물 현상에 대한 진리라면 예술의 기능은 과학이나 철학과 구별되지 않는다. 어째서 증명사진은 예술 작품이 아니고 다빈치의 「모나리자」만이 예술 작품인가의 이유가 설명되지 않는다. 만약 예술 작품의 가치가 인간의 감정을 표현하는 기능을 한다면 어째서 자식을 잃고 통곡하는 어머니의 행동은 예술 작품이 아니지만, 고흐의 해바라기 밭 그림들은 훌륭한 예술 작품인지 알 수 없다. 만약 쾌감을 주는 형식이나 색채의 조화나 뛰어난 기술이 예술 작품을 구성하는 본질이라면 어떤 이유로 멋있는 디자인을 갖춘 수많은 가전 제품들이 예술 작품과 구별되는지 까닭을 설명할 수 없다. 만일 예술적 기능이 도덕성이나 사회적 영향력에 있다면 어째서 종교 교리를 쓴 책이 저절로 문학 작품이 될 수 없으며 정치적 선전 포스터가 피카소의 이상스러운 그림보다 예술 작품으로서 가치가 없다고 생각되어야 하는지 이유를 댈 수가 없다. 인식적, 표현적, 기술적, 도덕적 또는 사회 정치적 영향력이 예술 작품이 잠재적으로 가질 수 있는 기능일 수 있을지 모르나 그러한 것들은 예술 작품의 예술적 기능, 즉 예술 작품만이 가질 수 있는 그리고 동시에 모든 예술 작품이 갖고 있는 것들은 예술 작품의 가치를 평가하는 보편적이고 객관적인 기준이 될 수 없다.

'예술'이라는 개념이 '학문', '도덕성', '형식', '정치 사회' 등과 같은

개념들과 구별되어 쓰이는 한, 그리고 '예술 작품'이라고 불리는 물
건들이 다른 제작품들과 지속적으로 구분되어지고 있는 한 '예술'이
라는 개념을 다른 낱말들과 다른 별개의 의미를 갖고, 그러한 예술
작품은 다른 제작품들과는 동일시될 수 없는 독특하고 유일한 기능
이 있음에 틀림없다. 그런 작품들에 대해서 예술 작품으로서 예술적
가치 평가가 예술계에서 이루어지고, 예술사가 다른 분야의 역사와
구별되어 독립된 분야로서 존재하고 있는 한, 예술만이 가질 수 있
는 무엇인가의 유일하고 보편적 기능일 있을 것이다. 예술 작품을
어떤 종류의 존재로 볼 때, 그것들이 다른 제품들과 구별되는 근거
가 밝혀질 수 있으며, 예술의 독특한 기능을 어떻게 봐야 예술 작품
들이 평가되고 예술사가 계속 씌어지는 부정할 수 없는 사실이 이
해될 수 있으며, 그런 비평의 기준이 제시되어야 할 것인가?

　예술 작품이라는 존재는 그것이 어떤 종류의 매개를 사용하고 있
던 간에 넓은 의미에서 그 매개체는 '언어'라고 봐야 한다. 예술 작
품은 그냥 물질적으로만, 지각적으로 존재하지 않고 필연적으로 무
엇인가의 의미를 갖고 있다. 그것이 무엇을 뜻한다는 점에서, 즉 무
엇인가를 상징하고, 표상하고 표현하는 매개체라는 점에서 그것은
언어로서만 존재한다고 봐야 한다. 따라서 예술 작품이 '감상'의 대
상물이라고 한다면 '예술 작품'은 그냥 감각적으로 쾌감을 느끼는
데에만 있지 않고 최소한으로나마 지적으로 이해하는 작업이다. 문
학과 같이 문학 언어로 된 예술 작품은 말할 것도 없고 비문자 언
어로 된 모든 예술 작품들도 일종의 언어로서 무엇인가를 이야기하
고 표상한다. 그러나 언어가 예술 작품으로서 사용될 때에는 예술과
는 상관없는 목적을 위해서 사용될 때와는 다른 기능을 갖는다. 예
컨대 똑같이 "하늘은 푸르다"라는 말이 사용될 때라도 그것이 어떤
시의 일부로서 사용될 때와 구체적인 하늘의 색을 남들에게 전달하
기 위해서 사용될 때에 그 말의 기능은 다르다. 그 말은 후자의 경

우 어떤 사실을 전달하는 서술적 기능, 즉 정보적 기능을 하고 있지만 전자의 경우에는 똑같은 그 말이 그러한 기능과는 전혀 다른 기능을 한다. 예술 작품으로서 사용될 때에 언어는 실재하는 어떤 사실을 서술함에 있지 않고 "있을 수 있는", 즉 "생각해 볼 수 있는" 사실 혹은 세계 혹은 경험을 나타낸다. 다시 말해서 예술 작품으로서의 언어는 '가능한 세계', 즉 여태껏 있지는 않았지만 존재할 수 있는 세계 혹은 경험을 나타낸다. 비예술적으로 사용된 언어가 뜻하는 것이 '실재'하는 것이라면 예술적으로 사용된 언어는 필연적으로 가정적, 즉 가상적인 사실이나 경우만을 가리킨다. 예술이 상상력과 뗄 수 없는 밀접한 관계를 갖고 있는 이유는 가상적인 것은 지각의 대상이 아니라 상상력의 대상일 수밖에 없기 때문이다. 또한 예술 작품을 창조된 것으로 각별히 호칭하는 이유는 창조가 상상력을 떠나서는 생각할 수 없기 때문이다. 한마디로 예술 작품을 상상력으로 만들어진 가능한 세계를 표상하는 언어로 봤을 때에만 비로소 '예술'이라는 개념이 그 밖의 모든 개념들과 구별되어 이해되고, 어떤 것들을 '예술 작품'이라는 범주에 묶어서 그 밖의 다른 모든 것들과 구별하게 되는 사실의 근거가 비로소 납득된다.

예술 작품을 창조한다든가 아니면 예술 작품을 감상한다든가 할 때 느낄 수 있는 특수한 기쁨도 위와 같이 해석된 예술 작품의 특수한 기능으로서 풀이된다. 가상적 세계, 가능한 세계인 예술 작품은 필연적으로 상상 속에서나마 모든 면에서 우리들의 시야를 넓히고 따라서 그만큼 우리들을 과거의 모든 관습적 세계, 관습적 시각으로부터 해방시켜 준다. 따라서 그만큼 우리는 자유를 체험한다. 예술 작품이 주는 기쁨, 흔히 '미학적'이라고도 막연하게 불리는 '예술적' 기쁨은 다름 아니라 '해방'과 '자유'가 가져오는 기쁨에 지나지 않는다. 예술에서 발견할 수 있는 '해방'과 '자유'의 기쁨은 '진실' 또는 '진리'가 우리에게 줄 수 있는 기쁨과 통한다. 왜냐하면 우리의 지적, 감성적 세계가 해방되고 자유롭게 됨으로써 우리는 보다 참된 세계와 보다 진실한 모습을 발견할 수 있기 때문이다.

예술의 고유한 그리고 근본적 기능이 '가능한 세계'를 통해서 우리를 '해방'시켜 주는 데 있다면 한 예술 작품의 가치 평가는 그것이 얼마나 참신하고 열린 세계를 제시하며 따라서 얼마만큼 우리를 해방시켜 주느냐에 의해 결정되어야 할 것이다. 다시 말해서 예술 작품의 가치는 그것이 얼마만큼 새로운 것인가, 즉 얼마만큼 창조적인 것인가의 관점에서 측정되어야 할 것이다. 이와 같이 볼 때 예술 작품의 평가를 위한 그 밖의 모든 기준이나 근거들은 엄격히 말해서 근본적인 기준이 될 수 없으며 오로지 부차적 기준으로 봐야 한다. 즉 예술 작품의 '깊이', '기술성', '형식' 등의 소질(素質)들은 보다 참신한 가상적 세계를 표현하기 위해 동원된 예술 매개체, 즉 표현 언어에 대한 평가 개념으로 봐야 하기 때문이다. 독창성이 예술 작품의 가치를 결정하는 데 결정적인 척도가 된다고는 하지만, 따라서 예술 작품의 기술적, 형식적 그리고 그 밖의 요소들이 부차적, 즉 수단적 가치만으로 평가된다고는 하지만, 이러한 요소들은 예술 작품이 만들고자 하는 상상적 세계, 즉 내용은 그것을 표현하는 언어 즉 예술적 매개와 떨어질 수 없는 관계를 갖고 있다. 예술에 있어서는 물론 모든 표현에 있어서 표현의 내용과 매개는 분리될 수 없는 하나를 이루고 있다. 즉 내용에 따라서 그것을 표현하고자 하는 언어는 즉 매개체가 결정되고 언어 즉 매개체에 따라 그것이 표현하고자 하는 내용이 결정된다. 그렇지만 예술 작품의 가치가 그것이 제시하는 가상적 세계, 가능한 세계의 독창성에 의해서 결정된다는 주장은 예술 작품이 보여주는 예술가의 기술성, 그 작품의 형식성, 그 작품이 다루는 내용의 성격 등이 그 작품의 가치를 결정하는 데 중요한 역할을 하지 않는다는 말은 결코 아니다.

예술 작품의 가치 기준이 독창성에 있다고 한다면 그 독창성은 어떻게 측정되어야 하는가? 독창성이란 개념은 상대적이다. 그것은 기존하는 어떤 것에 비추어볼 때에만 의미를 갖는다. 아인슈타인의 상대성 이론의 독창성은 그 이전의 물리학적 이론들, 특히 뉴턴의 이론에 상대적으로 비추어서만 이해된다. 그뿐만 아니라 독창성은 반드시 어떤 문제 내지 어떤 분야에 있어서만 생각될 수 있는 개념이다. 그냥 독창성이라는 말은 의미를 잃는다. 아인슈타인의 생각은 물리학이라는 관점에서만 의미를 갖지 그의 상대성 이론이 베토벤의 음악과 비교해서 독창적이라는 말은 언어도단이다. 마찬가지로 예술 작품의 가치가 독창성에 의해서 평가되어야 한다지만, 그것은 오로지 예술 작품으로서의 독창성을 의미할 뿐이지 철학이나 물리학이나 경제학적 각도에서 독창성이 될 수 없다. 따라서 예술 작품의 독창성은 예술 작품으로서의 독창성에만 입각해서 평가되어야 하며, 그러한 평가는 예술 작품의 전통 속에서만 가능하다. 만약 예술 작품의 제작과 감상과 평가가 없었더라면 예술 작품의 독창성을 말할 수 없다.

예술의 전통은 예술사라는 형태로서 나타난다. 더 구체적으로 말해서 각기 다른 형식을 가진 예술들은 그것대로의 고유한 예술사를 형성한다. 미술사는 문학사나 음악사와 같은 관점에서 씌어질 수 없다. 같은 미술사라 해도 서양 미술사와 동양 미술사는 완전히 똑같은 안목에서 만들어지지 않았다. 따라서 예술 작품의 독창성은 물론 모든 독창성은 각기 그 분야의 전통과 역사를 떠나서는 의미가 없다. 독창성이야말로 예술 작품의 가치를 결정하는 근본적 기준이 되어야 하는 만큼, 다른 것들의 평가에 있어서와는 달리 예술 작품을 평가함에 있어서 역사성은 절대적으로 중요하다.

가까운 예로 세잔의 그림들이 중요한 이유는 그의 그림이 새로운 표현 형식을 개발함에 있으며, 피카소의 그림이 가치가 있는 중요한 이유는 그가 세잔에게서 발견할 수 없는 입체파의 표상법을 개발했기 때문이다. 서양 미술을 형성하는 이른바 작품들이 중요하게 취급되는 이유도 똑같은 맥락에서 풀이된다. 아무리 다빈치의 「모나리자」가 위대한 예술 작품이라고 해도 만일 오늘날 똑같은 식으로 누군가가 그러한 그림을 그렸다면 그것은 예술 작품으로서 중요한 의미를 갖지 않는다. 아무리 피카소와 똑같은 그림을 누군가가 오늘날 그린다고 해도 그것의 가치는 별로 없다. 「모나리자」나 피카소의 「게르니카」와 같은 그림을 오늘날 누군가가 그렸다면 그러한 그림들이 기술적으로 아무리 뛰어나다 해도 그것들은 독창성을 가진 작품, 즉 예술의 근본적 기능을 충족시킨 작품이 아니라 하나의 모방, 즉 키치에 불과하다. 반복 혹은 모방은 예술의 가장 큰 적이다.

예술 작품의 가치가 그것의 독창성에 있고, 독창성은 역사의 테두리 밖에서는 거론될 수 없다면 예술 작품의 가치는 예술사라는 컨텍스트를 고려하지 않고 가장 지각될 수 있는 대상 자체만으로는 결정될 수 없다. 마찬가지로 한 예술 작품의 예술적 가치는 예술사를 알지 못하고는 불가능하다. 한마디로 한 예술 작품의 가치는 눈으로 볼 수 없다. 그것은 지각의 대상이 아니라 전통에 대한 지식이라는 지적 배경을 필요로 한다. 예술의 전통 즉 예술사를 모르고는 한 예술 작품의 가치 평가에 대한 위와 같은 견해를 따르면 한 예술 작품의 가치는 그것이 그것을 감상하는 사람들에게 얼마만큼 미학적으로 마음에 든다고 해도 그것이 그만큼 가치가 저절로 있게 되지 않는다는 결론이 나온다. 달리 말해서 미학적 가치와 예술적 가치가 엄격히 구별되어야 한다.

그러나 보다 어려운 평가의 문제가 남아 있다. 미술이란 예술의 전통이 있고 따라서 미술사가 존재하지만 크게 나누어 서양 미술 전통과 미술사는 동양 미술 전통과 미술사와는 동일하지 않다. 그렇다면 오늘날 어떤 한국의 화가가 어떤 그림을 그렸을 때 그 그림의 가치는 서양과 동양, 두 개의 다른 전통과 역사 가운데서 어떤 전통과 역사의 조명을 통해서 그 독창성이 측정되어야 하는가의 문제가 나온다. 서양 미술사의 맥락에서 볼 때 독창성 즉 새로움이 없는 작품도 동양, 더 좁게는 한국 미술사의 맥락에서 볼 때는 극히 독창적일 수 있으며, 역으로는 똑같이 생각될 수 있기 때문이다.

만일 여러 문화권의 미술사가 서로 다르다면, 그러한 차이점을 초월해서 보편성을 가질 수 있는 세계 미술사가 씌어질 수 있느냐의 문제가 남는다.

대부분의 분야에 있어서와 마찬가지로 오늘날 거의 모든 세계는 서양적 전통 즉 서양의 정신사가 보편적인 것으로 자리를 잡아왔다. 그러나 이러한 사실로서 오늘날 정착되어 있는 서양 미술사 혹은 예술사를 객관적인 것으로 수용해야 하는가라는 의문이 던져질 수 있다. 모든 분야의 기존의 미술사나 예술사가 다시 씌어질 수 있는 것과 같이 지배적 위치 즉 하나의 전형처럼 세계적으로 자리 잡아 가고 있는 서양 미술사도 전혀 달리 씌어질 수 있기 때문이다. 만일 그렇다면 기존하는 전통과 역사에 비추어 어느 정도 객관적으로 평가되었다고 전제되는 한 예술 작품의 가치도 전혀 새롭게 재평가되어야 할 것이다. 이와 같이 볼 때 예술 작품의 가치 평가는 극히 복잡한 논리를 갖고 있으며, 그만큼 불확실하다. 아무리 객관적인 듯한 예술 평가도 평가자가 처해 있는 역사적, 시대적 상황을 완전히 극복할 수 없다.

위와 같은 문제 외에도 한 예술 작품을 평가하는 데 있어서 보다 실제적 어려움이 있다. 가령 어떤 미술 작품을 한국의 미술사 즉 한국의 미술 전통에 비추어 평가해야 한다는 데 이의가 없다 해도 보다 구체적으로 어떤 기준을 바탕으로 어떻게 그 작품의 독창성, 그 작품의 예술적 가치를 측정하고 다른 작품들의 가치와 비교할 수 있느냐의 문제가 남는다. 과거 당대의 권위적 평론가들에 의해서 혹평을 받았던 예술 작품들이 후대에 와서 위대한 예술 작품으로 예

술사에 중요한 자리를 잡게 된 적지 않은 예가 예술 작품의 객관적
평가의 어려움을 입증한다.

예술과 포스트모더니즘

새로운 세기의 문턱에 서서 지난 한 세기를 뒤돌아볼 때 세계사적 차원에서 문화는 어떻게 서술되고 평가될 수 있는가. 문화는 다양하고 방대한 현상이다. 그러므로 이를 이야기함에 있어 어느 한 분야만을 거론한다는 것은 무리이다. 그러나 문화의 전부는 아니지만 문화의 꽃이라는 데는 이의가 있을 수 없는 예술, 그 흐름을 살펴본다는 것은 곧 그 꽃을 심고 가꾼 사람들의 감수성과 의도를 추적할 수 있고 그 꽃이 뿌리박고 있는 땅의 성질을 추리해 낼 수 있다는 점에서 한 세기의 문화를 뒤돌아보는 데에 상징적 방법이 될 수 있겠다.

일찍이 19세기의 시인 보들레르에서 두드러지게 나타난 감수성에서 싹이 튼 예술적 경향, 특히 미술 운동을 가리켜 '모더니즘'이라 불러왔다. 최근에는 대략 1950년대 이후의 새로운 사조 일반, 특히 예술 작품의 성격을 가리켜 1960년대부터 '포스트모더니즘'이라 널리 호칭하게 되었다. 그러니까 예술이라는 꽃을 통해서 본 20세기 문화의 특징과 의미는 모더니즘과 포스트모더니즘을, 그리고 그것들 간의 관계를 파악함으로써 이해할 수 있게 될 것이다.

모더니즘은 문학이나 초현실주의나 다다이즘 같은 운동과 조이스, 카프카, 엘리엇 등의 작품으로 구현되었으며 미술에서는 세잔의 후기 인상파와 피카소, 브라크 등의 큐비즘 운동에서 꽃을 피웠고 음악에서는 쇤베르크의 무조(無調) 음악 이론과 스트라빈스키의 작곡에서 나타났다. 덧붙여 건축에서의 그로피우스나 코르뷔지에의 작품들을 모더니즘의 예로 들 수 있다.

바로 이 시기의 철학에서는 후설의 현상학, 하이데거와 사르트르의 실존철학, 그리고 비트겐슈타인이나 카르납에 의한 분석철학이 새로 등장하였고 과학에서는 아인슈타인의 상대성 이론, 리만의 비유클리드 기하학이라는 혁명적이고도 위대한 창조적 발명이 있었다. 그러나 예술 분야에서 모더니즘이 이룩한 혁신적이고 창조적인 업적은 다른 어느 정신 활동의 분야에 뒤지지 않는 것이었다. 모더니즘은 그 이전의 예술에 비추어 너무나 혁명적이며 활발하고 풍요한 예술적 열매를 맺는다. 그 열매는 시대가 멀리 흘러간 후, 그리고 사조가 여러 차례 바뀐 뒤에라도 인류의 정신적 보배로 남을 것임에 틀림없다.

모더니즘의 가장 일반적 특성과 업적은 과학과 도덕으로부터의 예술적 자율성을 선언하고 실천한 데 있다. 그것은 모더니즘 예술 작품의 이념, 형식, 철학 그리고 감수성의 신선한 혁명적 성격에서 나타난다.

첫째, 모더니즘은 이념적으로 기존 사회의 도덕적 가치와 세계관을 부정한다. 이미 19세기 보들레르에서 시작된 전통이 되었거니와 조이스의 『율리시스』와 엘리엇의 『황무지』, 로렌스의 『채털리 부인의 사랑』에서 위선적 부르주아지의 도덕관이 고발되고, 다다이즘이나 쉬르레알리슴 같은 조류와 베케트나 로브그리예의 문학 작품에서 편안하게 수용되었던 기존의 세계관이 비판된다. 한편, 고갱, 루소, 레제 등의 그림에 의해서 정신보다도 관능적 감성을 강조하는 미학이 대치되고 쇤베르크나 스트라빈스키의 음악은 감성만을 강조하면서 음악의 표상성을 절제하는 예술관을 부정하고 나섰다. 이렇

듯 서구 시민 사회의 부르주아적 도덕관과 그것을 뒷받침하는 기독
교적 세계관을 비판하고 대치하려는 데에 있어 모더니즘의 예술 운
동은 참신하고 혁명적이었다.

둘째, 모더니즘의 위대한 창조성은 과거의 표현 양식과는 다른 혁
명적으로 참신한 표현 양식을 개발한 데 있다. 그것은 문학에서 자
유시의 보급, 다다이스트들이 시도한 우연에 의존한 시작품, 조이스
에 의한 무의식의 독백 양식을 도입한 시험적 작품에서 나타났다.
그것은 또한 쇤베르크에 의한 무조 음악의 혁명적 발명에서 뚜렷한
실례를 볼 수 있다.

모더니즘 예술 형식의 혁명은 미술에서 가장 두드러지게 나타난
다. 예술 일반은 물론 미술 작품의 기능은 자연의 복사가 아니다.
모더니즘 미술은 주어진 어떤 대상의 자연적 표상, 즉 복사이기를
거부한다. 그리하여 큐비즘에 있어서 그 대상은 작품 속에 분석되어
재구성된다. 반자연주의적 미술 형식은 큐비즘에서 추상 미술로 발
전함에 따라 더욱 급격하게 나타난다. 그것은 어떠한 지적 생산과도
구별되는 예술로서의 고유한 자율성을 확보하고 내재적 가치를 찾
는다.

셋째, 모더니즘은 기존의 이념과 예술관, 예술 형식을 비판하고
파괴했음에도 불구하고 그것은 예술에 대해 과거 어느 때보다도 깊
은 철학적 의미를 부여하려 했다. 예술의 자율성, 즉 '예술을 위한
예술'은 예술의 특수하고 깊은 인식적 기능이 있음을 의미한다. 예
술가들은 예술이 상식적이거나 과학적으로 또는 철학적으로 도달할
수 없는 실체 혹은 존재를 드러내는 기능을 갖고 있다고 믿게 되었
다. 조이스의 문학은 인간의 무의식적 세계를 탐구하고 엘리엇은 현
대의 황량한 정신적 세계를 의식시키며 카프카나 베케트는 인간, 아
니 존재의 궁극적 신비를 우리에게 전달한다. 피카소는 물체의 다원
성을, 클레는 인간의 원초적 의식 세계를 들추어내려 한다. 어쩌면

쇤베르크의 무조 음악도 관습적 음악에 가려진, 그것과는 다른 원초적 차원에 위치한, 우리에겐 익숙지 않았던 음향의 세계를 열어주기 위한 수단이었을지 모른다. 아무튼 모더니즘의 예술 운동은 예술가들의 활동에 엄숙하고 심각한 의미를 부여했다. 예술은 결코 단순한 쾌감을 위한 수단이나 오락일 수 없었다.

넷째, 모더니즘의 예술 작품은 이념적으로나 형식적으로나 그리고 기능적으로 심각하고 혁명적이면서 그와 동시에 화려하고 세련된 감수성으로 나타낸다. 이 시대의 중요한 예술 작품들은 그것이 문학 작품이든 미술 작품이든 혹은 음악작품이든 일반 대중이 쉽사리 이해하고 감상할 수 있는 성질의 것은 결코 아니다. 조이스의 『율리시스』나 엘리엇의 『황무지』, 피카소의 「게르니카」나 스트라빈스키의 「봄의 의식」, 그리고 추상 미술 작품을 감상하기 위해서는 고도의 교양과 극히 세련된 감수성을 갖추어야 한다. 이런 모더니즘 예술은 민중의 예술이 되기에는 너무나 고차적이고 너무나 난해하다.

그러나 시대의 흐름과 함께 모더니즘 예술은 어느덧 혁명성이나 충격성을 잃어갔으며 기성 체제의 부정적 이념으로 작용하기를 끝내고 오히려 그 체제의 이념으로 변신하게 되었다. 오늘날 모더니즘의 미술 작품들은 과거 어느 파의 미술 작품보다도 많이 선호되어 상류 사회의 응접실이나 큰 기업의 사장실을 장식할 뿐만 아니라 그런 작품들의 사진 복제품들이 교수와 학생들의 방 아니면 직업인들의 가정 응접실을 장식하게끔 되었다.

이런 사실은 한때 충격적이고 혁명적인 모더니즘의 이념과 감수성이 어느덧 모더니즘이 비판하고 부정했던 이념과 감수성을 대신해서 기성 체제의 규범으로 자리 잡게 되었음을 의미한다. 이러한 모더니즘 예술 운동의 결과는 기성세대의 붕괴를 의미하지 않는다. 기성세대는 기존 질서를 부정하는 모더니즘에 자신을 적절히 적응시켜서 오히려 그것을 자신의 것으로 흡수했다. 이런 과정에서 모더니즘 예술은 본래 뜻했던 대로의 자율적 사회 비판과 혁명적 기능을 상실하게 되고 근본적으로는 달라진 것이 없는 자본주의적 사회의 장식적 역할을 맡거나 아니면 상품화되고 말았다. 모더니즘의 자율이라는 이념은 바로 산업 사회의 이념으로 변신하고 모더니즘의 세련되고 화려한 감수성은 그 사회의 상층 문화를 대변하면서, 그 두 가지가 아울러 서구 자본주의 정신 문화의 확고부동한 보편적 규범으로 굳어갔다.

이렇듯 예술의 자율성을 통해서 종래의 억압적 이념과 감수성으로부터 인간을 해방하고자 했던 모더니즘은 비평과 해방의 기능은 커녕 거꾸로 어느덧 억압적 체제와 이념을 대표하는 기능으로 변신하게 되었다.

20세기 후반의 정신적 동향 특히 예술적 경향을 대변해 준다고 볼 수 있는, 최근 유행되어 사용되는 예술에 있어서의 포스트모더니즘의 의미는 이처럼 변신해 온 모더니즘의 맥락에서만 비로소 이해될 수 있다.

사상적 특색으로서의 포스트모더니즘은 프랑스의 푸코, 리오타르, 데리다, 미국의 로티 등의 상대주의적 철학으로 나타났고 문화적 감수성으로서의 포스트모더니즘은 1960년대 말 필립 존슨의 AT빌딩 건축에서 나타났다. 또 순수 예술 분야에서는 이미 1940년대에 선보인 뒤샹의 「샘」이라고 부르는 작품인 변기, 1950년대에 앤디 워홀에 의해서 널리 보급된 팝아트, 존 케이지의 소리 없는 음악 그리고 미셸 뷔토르나 더 가까이는 쿤데라 혹은 칼비노 등의 소설, 로브그리예의 영화 그리고 환경 조각가라 부를 수 있는 크리스트의 작품 등에서 그 구체적 예를 찾을 수 있다.

포스트모더니즘은 흔히 모더니즘과 대립되어 거론되지만 20세기의 이 두 가지 예술적 경향은 반드시 일방적 관계로서만 풀이되지 않는다. 포스트모더니즘은 모더니즘과 언뜻 보아 서로 모순 되는 듯한 두 가지 관계를 맺고 있다. 포스트모더니즘 예술은 기존 체제에 흡수되어 반발하지만, 원래 모더니즘이 뜻했던 예술적 자율성을 통한 기존 사회의 이념과 감수성에 대한 비판과 저항 정신을 고집하는 한에서 오히려 모더니즘의 근본 정신의 전통을 곧바로 지키고자 한다. 이런 점에서 포스트모더니즘은 모더니즘의 우연적 계승이 아니라 오히려 논리적 발전으로 보인다.

예술의 자율성과 비평 정신에 충실해서 기성 체제를 비평하고 부정하려 했으나 결국엔 기성 체제에 흡수되어 지배 세력의 대변자로 변신한 모더니즘에 맞서 포스트모더니즘은 그것을 비판하고 부정하려 한다. 모더니즘은 예술의 새로운 규범으로 정착되어 예술과 비예술의 구별 및 예술적 가치 평가의 척도로 굳어가고 있었고, 이런 과정에서 예술은 기성 이념과 질서의 비평자이거나 사회의 자유로운 정신적 개혁자이기는커녕 오히려 기존 질서를 대변하고 옹호하는 보수주의자로 변절하게 되었던 것이다. 포스트모더니즘이 규탄하고 파괴하려는 것은 이렇듯 기성 질서에 흡수된 모더니즘의 규범성이다.

포스트모더니즘은 예술의 자율적 비평 정신을 예술 자체에까지 적용하면서 예술과 비예술의 엄격한 구별에 의문을 던지고 고급 예술과 대중 예술을 구별하는 예술 평가의 규범을 부정한다. 포스트모더니즘의 이러한 입장은 다양한 예술 작품들에서 두루 나타나는데, 특히 미술, 조각 그리고 음악 예술 작품에서 두드러지게 드러난다. 뒤샹의 「샘」이라고 불리는 예술 작품인 변기가 예술 작품의 범주에 들지 않는 다른 수많은(똑같은) 변기와 어떻게 다른지가 구별되지 않으며, 어째서 워홀의 「캠블 수프 깡통」이란 그림이 예술 작품이며 똑같은 종류의 무수한 광고 포스터가 예술 작품이 아닌지가 의문시된다. 크리스트의 이른바 환경 예술은 어째서 플로리다 주의 섬들이 주홍빛 천으로 둘러싸였을 때 예술 작품이며 똑같은 섬이 캠핑하는 사람들이 텐트를 쳤을 때나 혹은 어디선가 버려진 플라스틱 쪼가리

같은 것들이 흘러와서 둘러싸게 되었을 때는 예술 작품이 아닌가에 대한 문제를 제기한다. 케이지가 피아노 앞에 앉아 그냥 보낸 4분 33초가 어째서 음악이며 그 밖의 시간들에 생기는 상황이나 사건 혹은 음향은 음악이 아닌가를 전혀 알 수 없게 되었다.

포스트모더니즘은 예술적 가치를 결정하는 규범에 대해서도 아울러 의문을 제기한다. 뒤샹의 「샘」이라고 부르는 예술 작품을 비롯해서 라우셴버그의 「침대」라고 부르는, 예술 작품으로서의 페인트가 묻은 더러운 진짜 침대는 예술 작품의 평가의 척도로 전제되어 온 '아름다움'에 대한 평가의 규범에 근본적인 문제가 있음을 대변한다.

예술과 비예술의 경계가 무너지고 고급 예술과 대중 예술의 평가 규준이 흔들리면서 그 어느 것 하나 확실한 것이 없어지고 절대적 권위를 갖는 규범도 사라져가고 있다. 이와 더불어 (이른바) '해프닝 예술' 혹은 '개념 예술'에서 볼 수 있듯이 보기에 따라 모든 것이 예술 작품이 될 수 있고 차츰 대중 예술이 (이른바) 고급 예술을 대치해 가면서 예술에 의한 예술의 해체 현상이 일어나고 있다. 이렇듯 20세기를 통한 예술의 해체 과정은 모든 것의 불확실성을 강조하는 푸코, 데리다, 로티 등으로 대표되는 이른바 포스트모더니즘의 철학과 병행하면서 또한 뒷받침된다.

예술과 철학에서 나타난 이러한 서구의 문화 현상은 지금까지 세계를 지배해 오던 서양 중심주의의 내재적 붕괴를 의미하고 일원적이 아니라 다원적, 서양 중심적이 아니라 다양한 민족과 역사의 잡탕적 문화가 열리고 있음을 의미한다. 20세기의 예술이 화려하고 값이 있었다 해도 그것은 서양 중심 문화의 마지막 꽃이 될 것이다.

생태학과 예술적 상상력

1 생태계와 탈인간 중심주의

강과 바닷물이 썩고 도시와 마을의 공기가 탁하다. 썩은 물 속에 사는 물고기들과 짐승들이 병들어 가고 그런 짐승들을 식탁에 올려 놓는 사람들도 이상한 병에 걸려 쓰러진다. 탁한 공기를 마실 수밖에 없는 도시인들의 신체는 기형적 현상을 나타내기 시작했다. 머지 않아 태양의 자외선을 막아주는 오존의 기층에 큰 구멍이 나면 인류는 생명의 위협을 받게 되며, 태양의 열이 가해져서 남북극의 빙산이 녹게 되면 많은 부분의 지구가 물에 침몰되리라는 것이다.

이와 같은 종류의 자연 환경의 해로운 현상은 인간이 자신의 욕구만을 추구하는 과정에서 나타났다. 이러한 해로움을 공해라고 부르고 환경오염이라고 일컫는다. 공해는 모든 존재의 생태학적 관계를 입증해 주는 좋은, 그러나 부정적 예가 된다. 생태학적 입장에서 볼 때 모든 개별적 존재는 사실상 서로 끊을 수 없이 밀접한 관계의 고리에 의해서 연결되어 있다. 따라서 한 존재의 변화는 다른 모든 존재에 대해서 직접 또는 간접적으로 연쇄적 영향을 미치고 변화를 일으킨다. 이러한 관계는 특히 인간을 포함한 생물의 영역에서 더욱 두드러지게 나타난다. 우리는 서로 다른 모든 생물들의 종들을 비롯해서 모든 사물들도 각기 영원히 개별적인 원자와 같은 독립된 존재로 생각해 왔다. 그러나 생태학은 개별적으로 보이는 모든 것들이 궁극적으로는 '하나'임을 주장한다. 현재 전 세계가 실감하기 시작한 공해의 문제는 생태학적 자연관, 그것이 함의하는 생태학적 형이상학이 옳음을 구체적으로 증명해 준다.

우리가 체험하고 있는 공해는 생태학적 자연관, 생태학적 형이상학의 정당성을 의미할 뿐 아니라 불행히도 자연의 생태학적 질서가 파괴되고 있음을 뜻한다. 싫건 좋건 우리는 생태학적 자연관을 수용해야 한다. 왜냐하면 이 자연관이야말로 진리이기 때문이다. 생태학적 질서의 파괴를 막아야 한다. 왜냐하면 이러한 파괴는 생태학적 고리 속에 얽혀 있는 한 생명체로서의 인간 자신의 멸종, 아니면 엄청난 재난을 직접 의미하기 때문이다.

사실 오늘날 세계 어느 곳에서나 공해 문제를 절실히 느끼고 있으며 긴급한 해결의 필요성도 안고 있다. 그 이유, 아니 원인은 공해가 인류의 존속, 아니면 복지를 근본적이며 전체적으로 위협함을 의식하게 됐기 때문이다. 한마디로 인류가 공해의 문제에 주의를 갖고 따라서 은연중에 생태학적 자연관을 받아들이고 있는 이유는 근본적으로 인간의 이기심에 있다. 그러나 이러한 태도를 갖는 한에서 인간은 아직도 인간 중심주의적이다. 인간 중심적이란 말은 반생태학적이라는 말에 지나지 않는다.

공해의 문제 해결이 다급하지만 그 이유가 인간의 존속, 아니면 복지에만 있다면, 그것은 잘못이다. 그런 생각은 근본적인 모순을 내포한다. 왜냐하면 공해가 인간을 위협함을 인정한다는 사실이 인간이 크나큰 하나의 자연 체계의 일부임을 전제함에도 불구하고, 오로지 인간의 이익을 위해서, 즉 인간 중심적인 이유에서 공해를 해결하려는 입장은 인간이 어느 차원에서는 자연의 연쇄적 관계에서 빠져 있는 특별한 존재로 보는 반생태학적 자연관을 토대로 하기 때문이다.

각자 '나'의 입장에서 볼 때 내 개인의 생명은 둘도 없이 중요하다. 그러나 내 개인적 생명보다는 종으로서의 인류의 생명은 더 중요하다. 사실 내 한 개인의 삶은 인류의 존속을 위해 있는 하나의 제약된 존재라고 할 수 있다. 인류와 그 밖의 모든 생명체의 관계도 똑같은 각도에서 설명될 수 있다. 인간에게 종으로서의 인류의 존속이 귀중함은 틀림없다. 그러나 인류는 다른 허다한 생물의 종들의 하나에 불과하고, 생태학적 관점에서 볼 때 인류의 존재는 무한한 수의 고리 가운데의 단지 하나의 고리에 불과하다. 자연의 생태계의 존속은 인류의 존속보다 더 근본적이며 더 귀중하다. 그러므로 공해의 문제를 해결하고 자연의 생태학적 위기를 극복해야 하는 이유는 인간 중심주의적 관점을 넘어 생태학적 관점에서 제시되어야 한다. 이러한 관점은 편의상 인간 중심주의와 대조해서 생태 중심주의라고 부를 수 있다.

2 생태학과 과학

인류뿐만 아니라 지구상의 모든 동물, 아니 모든 생명체를 위협하는 생태계 파괴의 결정적 원인은 다름 아닌 인간이다. 보다 더 구체적으로 말해서 자연을 대하는 인간의 시각과 관계된다.

자연에 대한 인간의 시각, 다시 말해서 자연의 인간에 의한 인식적이며 서술적인 접근은 여기서 우리의 편의상 서로 잠정적으로 상반되는 두 가지 시각으로 나누어 고찰할 수 있다. 그 시각을 각기 과학적 그리고 예술적이라 부를 수 있다. 오늘날 직면한 공해와 그에 기인된 생태계의 파괴 위험은 과학적 시각과 밀접한 관계가 있다.

눈으로 볼 수 있는 공해의 직접적 원인은 물질적 소비욕을 충족시키기 위한 자연의 무분별하고 무제한적인 개발 때문이며, 그때에 그 법칙은 '이론'의 기능을 한다. 그리고 이러한 이론은 사물 현상에 관해 '예측'을 가능케 하고, 그런 예측에 근거해서 자연현상은 인간의 의도에 따라 크게 조작될 수 있다.

이와 같은 과학적 지식에 비추어 기술이 개발되고 기술의 힘을 빌려 인간은 자신의 계획, 의도 혹은 욕망에 따라 자연을 오로지 인간 욕망의 충족을 위한 도구로서 굴복시키고 이용한다.

이와 같이 발달되고 나날이 급속도로 발달을 더하고 있는 과학 기술은 물리적으로는 오히려 빈약한 인간에게 스스로도 믿어지지 않을 만큼의 힘을 갖게 하였고 과학 기술에 의한 자연에 대한 인간의 힘은 그 한계가 보이지 않게 커가고 있다. 과학 기술의 힘으로 자연이 개발되어 인류는 스스로도 믿을 수 없을 만큼 물질적 풍요를 누리게 되었다. 그만큼 인류는 많은 고통을 극복해서 즐거움을 더 가질 수 있게 되었으며, 생물학적으로 생명을 훨씬 연장시켜 평균적으로 장수를 누리게 되었다.

과학적 지식이 인류의 욕망을 가장 잘 충족시킨다는 점에서 과학은 성공적인 세계관이라 해도 마땅하다. 그리고 그것이 성공적인 한에서 과학이 수식으로 표상하는 자연이 자연에 대한 가장 객관적인 표상이며, 따라서 자연의 본질을 보여준다고 말할 수 있게 되었다. 신화적, 종교적 혹은 문학, 예술적으로 표상된 자연과는 달리 과학이 믿고 있는 자연, 과학에서 말하는 자연만이 진리라고 믿게 되었다.

그러나 과학적 지식 그리고 그에 뿌리를 둔 과학에 의존된 인간의 물질적 풍요와 복지 따위의 이러한 과학의 성공은 오늘날 공해와 이 때문에 발생한 생태계의 파괴라는 대가를 치르게 했다. 그래서 과학이 어쩌면 역설적으로 인류에게 불행뿐만 아니라 멸망까지를 초래할 가능성을 갖고 있음을 이제 누구나 잘 알게 되었다.

이러한 것이 사실이라면 과학자들은 물론 과학의 경이적 성공에 압도된 대부분의 사람들이 믿고 있는 것과는 달리 과학이 이야기학 보여준 자연은 사실인즉 자연의 본질이 아닐지도 모르겠다는 의심이 생긴다. 자연에 대한 과학적 견해가 가능한 관점이라고 양보하더라도 그것은 결코 유일한 그리고 완전한 진리가 아니기 쉽다는 생각이 들게 된다.

과학적 지식의 객관성을 부정하지 않더라도 과학적 진리는 구체적인 자연에 대한 한 가지 기술 형태 이상으로는 볼 수 없다. 그것이 틀린 기술이 아니더라도 과학적 기술 그리고 그 기술의 진리는 인간이 자연을 통제하고 조작하기에 가장 유능한 그러나 다양한 아니 무한한 수로 가능한 기술 방식의 한 가지 방식에 불과하다고밖엔 달리 생각할 수 없다. 아인슈타인의 $E=MC^2$이라는 수식이 물리 현상에 대한 총체적이고 가장 일반적인 과학적 기술을 대변한다면 그것이 가장 포괄적인 자연의 물리 현상에 대한 과학적인 진리일 테지만, 그 간단하고 극히 추상적인 수식이 우리가 구체적으로 지각을 통해서 체험하는 물리 현상을 표상해 준다고 어떻게 단언할 수 있겠는가? 과학이 보여주는 자연은 결코 구체적인 자연 그 자체가 아니라 필연적으로 과학적 시각에서 지성에 의해 수학과 논리라는 극히 추상화된 언어의 개념적 틀에 의해서 인위적으로 가려내진 자연의 한 측면에 불과하다.

자연에 대한 기술이 철저하게 지적으로만 이해될 수 있는 추상적 개념에 의존하는 한에서 과학은 자연에 대해 대립적이다. 왜냐하면 그것은 인식 주체로서의 인간의 지성이 자연과 결코 융합될 수 없는 완전히 개별의 존재임을 전제하기 때문이다. 이러한 과학적 인식에 전제된 인간관은 인간의 특수성을 절대시하는 나머지 인간 중심주의적이 되기 쉽다. 사실 공해 그리고 생태학적 문제는 과학적 지식, 과학적 기술의 발달로서만은 설명되지 않는다. 그것은 원칙적으로 과학적 세계관에 내포된 일종의 인간 중심주의에 기인한다.

　물론 완전하지는 않지만 자연현상을 그 나름대로 설명해 주는 과학적 지식이 있고, 또 그런 지식에 의존해서 과학적 기술이 개발되어 자연을 인간 마음대로 개발하고 이용할 수 있게 되었더라도, 인간이 자신의 모든 욕망을 충족시키려는 노력이 과도하지 않았더라면 인간은 현재 볼 수 있는 관계와는 다른 자연과의 관계를 맺고 있을 것이다. 오늘날 공해 문제에 부닥치고 생태계 파괴를 초래하게 된 것은 인간이 자연을 자기 자신의 욕망 충족을 위한 도구로서만 대하여 자연과의 조화와 공존에 대한 배려 없이 맹목적으로 개발이라는 구실하에 폭력을 가했기 때문이다.

　여기서 우리는 공해와 생태계의 파괴를 근본적으로는 자연에 대한 인간 중심주의적인 세계관과 그러한 인간의 자연에 대한 과학적 태도, 과학적 지식과 과학적 기술에 돌리고 있음에 틀림없다. 그러나 그것이 곧 과학적 태도, 과학적 지식, 과학적 기술 자체를 무조건 규탄함을 뜻하지 않는다. 과학이 인간의 복지를 위해 이룩한 공헌을 한번이라도 전적으로 부정하는 사람이 있다면 그는 누구보다 편협적이며 객관적 사실을 왜곡하려는 사람으로서 정직하지 못한 자이다. 문제는 과학이 이룩한 성취에 눈이 어두워 오로지 과학적 태도만이 옳고, 오로지 과학적 지식만이 진리이고 오로지 인간만이 중요하다는 근본적으로 그릇된 생각을 갖고 현재도 그런 입장을 쉽사리 버리지 못하는 데 있다. 자연에 대한 과학적 태도는 타당한 것이지만 그것은 다른 가능한 태도들 가운데의 한 가지 태도에 불과하다. 과학적 지식은 자연현상에 대한 진리, 즉 서술을 밝혀주긴 하지만 그것은 오로지 다른 가능한 자연에 대한 진리, 즉 서술 가운데의 하나에 불과하다.

　그렇다면 자연에 대한 다른 태도는 어떤 것일 수 있으며, 자연에 대한 다른 종류의 진리는 어떻게 서술될 수 있는가? 만약 공해, 그리고 생태계의 파괴가 인간의 자연에 대한 한 가지 태도, 그리고 인간이 발견한 자연에 대한 한 종류의 진리와 관계가 있다면, 공해, 그리고 생태학적 문제의 해결을 위해서는 과학적 태도와는 다른 태도를 취함으로써 풀릴 수 있고, 그 문제를 해결할 가능성이 찾아질 것이다. 생태학적 문제의 원인이 과학과 뗄 수 없는 관계를 갖고 있다면 자연에 대한 다른 태도, 자연의 진리에 대한 다른 해석을 제공할 수 있는 것은 예술에서만 찾을 수 있을 것이다.

3 생태학과 예술

지식으로서의 과학이 일종의 표상이듯이 작품으로서의 예술은 과학적 표상과 구별되고 대립되는 또 다른 형태의 표상이다. 이와 같은 표상으로서의 예술의 밑바닥에는 생태학적 자연관, 아니 생태학적이라고 호칭할 수 있는 인간의 태도와 인식론과 형이상학이 깔려 있다. 이와 같은 시점에서 볼 때 오늘날 인류, 더 나아가 지구상의 생태의 파괴는 특히 지난 200년간에 걸쳐 과학적 세계관이 '예술적 세계관'을 완전히 지배한 데서 기인했다고도 해석된다. 이와 같이 볼 때 생태학적 자연관을 예술적이라 부를 수 있는 동시에 거꾸로 예술적 표상을 '생태학적'이라 이름지을 수 있다. 그렇다면 우리가 체험하고 있는 문제는 과학적 세계관을 완전히 버리고 그곳에 예술 속에 내포된 자연관을 대치함으로써가 아니라도 적어도 예술적 자연관을 그것에 적절한 만큼 인간의 세계관, 자연관 속에 회복시켜 주어야 한다.

그렇다면 어떤 관점에서 생태학적 자연관이 '예술적'이며, 예술적 표상이 '생태학적'일 수 있는가?

첫째, 생태학적 관점에서 볼 때 적어도 지구상의 모든 생물체, 그리고 더 나아가 모든 현상은 유기체뿐만 아니라 생물체에까지도 비교될 수 있는 단 하나의 체계를 형성하고 있다. 따라서 자연의 모든 현상, 특히 생물체들은 그 커다란 체계 속에서만 비로소 이해되고 의미가 부여될 수 있다.

그러나 과학적 인식은 자연의 모든 현상이 독립된 원자나 한 기계의 부속품처럼 기계적으로 떼어 분석해서 파악됨으로써만 가능하다. 자연현상에 대한 분석적 접근이 현대의 경이롭고 또 경이로울 만큼의 과학적 지식을 가능케 했다. 과학적 지식의 위대한 성취를 보고 과학은 오로지 과학적 지식만이 참다운 뜻에서의 지식이라고까지 차츰 믿게 되었다.

이러한 자연에 대한 과학적 표상은 이른바 예술적 표상과 대립된다. 어떤 관점에 따르면 예술도 한 형태의 지식이다. 예술도 과학과는 다르지만 그것대로의 진리를 찾아준다는 것이다. 예술적 진리는 단순히 과학적 진리와 다른 진리에 그치지 않고 보다 더 깊고 참된 진리를 나타낸다는 주장도 있다. 예술의 인식적 기능에 대한 이와 같은 높은 평가는 많은 예술가들, 특히 로맨티시즘을 주장하는 예술가들에 의해서 자명한 것으로 믿어졌고 많은 일반 사람들도 막연하게나마 그와 비슷한 생각을 해왔던 것으로 짐작된다.

예술은 과학과 비교되고 대립될 수 있는 지식의 형태로 볼 수 있는가 아닌가의 문제가 있다. 그러나 이런 문제에 대한 대답은 뒤에 미루어 검토하기로 한다고 해도 표상으로서의 예술의 근원적 성질에서 볼 때 예술은 생태학적이다. 어떤 대상을 예술적 표상의 시각에서 접근할 때 그 접근의 수단은 이성 혹은 지성에만 의존하는 개념의 틀에 의해서가 아니라 그것에 앞서 감각, 더 구체적으로 말해서 감각적 지각에 의존한다. 한마디로 말해서 예술적 표상은 그리스어의 어원적 뜻으로서 미학적(aesthetic) 즉 감성적이다.

어떤 대상에 대한 인식을 할 수 있는 인간이 선천적으로 갖고 있는 두 가지 기능이 있다면 그것은 한편으로 직관과 관념적으로 추상적 사고를 가능케 하는 이성과 또 다른 한편으로는 구체적으로 사물 현상과 접촉할 수 있는 감성이 있다. 이성은 사물의 일반성 다시 말해서 추상을 도출하여 투명하고 분명한 차원에서만 파악하고자 한다. 반면 감성은 사물의 구체적 개별성에 초점을 두고 그 사물을 구체적이며 개별적으로 파악하려 한다. 이러한 결과로 감성에 의한 사물에 대한 인식은 보편성 즉 한 가지 뜻에서의 객관성을 갖추지 못하고 혼탁한 상태를 완전히 극복할 수 없게 마련이다.

그럼에도 불구하고 모든 자연현상은 언제나 필연적으로 개별적이고 구체적으로만 존재한다. 지적으로 만족할 만한 설명을 얻기 위해서, 그리고 인간에 필요한 어떤 실천적 필요성을 충족시키기 위해서, 사물 현상의 구체성을 무시하고 오로지 일반성을 찾아 그것을 파악하는 수학적 언어로 서술하는 작업으로서의 이른바 과학적 표상이 인간에게 반드시 요구된다. 그럼에도 불구하고 우리는 과학적 표상의 성질과 잠재적으로 갖고 있는 실천적 기능을 주저하지 않고 인정하면서 과학적 표상은 사물 현상을 있는 그대로, 그 사물 현상을 가장 구체적이고 개별적 상태로 표상해 주지 못함을 또한 명확히 알고 있다. 인간은 사물 현상에 관해, 있는 그대로의 진리를 파악하고 그것을 있는 그대로 표상하고 싶은 지적 요청에서 벗어날 수 없다. 그와 같은 욕구를 충족시키려는 욕구는 예술적 표상에서 나타나고, 예술적 표현은 사물 현상에 대해 이성, 다시 말해서 지적 접근으로서가 아니라 감각적 즉 미학적 즉 감성적 접근에 의해서만 가능하다. 이성 혹은 지성이 순전히 관념적인 어떤 기능을 지칭한다면 감성 혹은 미학적 시각은 살아 있는 육체적 기능을 지칭한다. 따라서 과학이 비육체적인 관념에 의한 인식이라면 예술은 육체적 즉 몸에 의한 인식이라고 말할 수 있다.

지성 대신 감성에 의존해서 어떤 대상을 '미학적', 즉 '감성적'으로 인지하고 표상하려는 예술은 자연현상에 대한 생태학적 관점과 마찬가지로, 존재하는 것은 언제나 구체적이어서 궁극적으로는 분석될 수 없으며 개별적이어서 추상적일 수밖에 없는 개념으로는 파악될 수 없음을 전제한다.

둘째, 생태학적 입장에서 볼 때 모든 존재, 특히 생물학적 존재들은 절대적 지배와 복종 그리고 우월성과 열등성을 가려낼 수 없는 관계를 갖고 있다. 모든 것들은 오로지 하나의 커다란 고리로 매어져 각기 자신의 특수한 곳에서 특수한 때에 특수한 역할을 함으로써 생태학적으로 하나의 전체적 조화를 위한 기능을 담당할 뿐이다. 우주 전체, 아니면 생물 전체는 개별적 삶에 이바지하는 동시에 모든 개별적 생물체들은 한 유기적 체계로서의 생태계의 전체적 조화에 이바지한다.

전체와 부분간의 조화를 이루는 관계는 예술 작품의 이상이다. 예술은 사실상 전체와 부분간의 하나로서의 작품과 그것을 구성하는 개별적 요소와의 다양하고 새로운 관계를 찾는 작업이라고 볼 수 있다. 어떤 매개나 형식을 갖춘 것이든 간에 모든 예술 작품은 독자적이면서 자율적인 하나의 전체, 하나의 유기적 체계가 되고자 하며 또한 그렇게 존재함을 자처한다. 하나의 예술 작품에 있어서 그것들을 구성하는 모든 요소들은 작품 전체로부터 떼어 독립된 것으로서는 그 의미가 파악되지 않는다. 모든 부분, 모든 요소들은 단 하나의 유기적 의미를 갖고 있는 작품 전체의 구성 요소로서 그 속에 통합됨으로써만 그 기능이 나타난다. 바꿔 말해서 하나의 예술 작품에 있어서 전체는 언제나 그 구성 부분에 선행된다. 어떤 작품을 예술 작품으로 대한다는 것은 그것을 전체적 관점에서 접근할 때만 의미가 있다는 말에 지나지 않는다. 다시 말해서 생태학적 자연관이 자연을 여러 구성 부분으로 완전히 분리시켜서는 이해될 수 없는 하나의 통일된 전체, 하나의 유기적 질서로 보듯이 예술 작품에 대한 예술적 관점에서 볼 때 작품을 구성하고 있는 모든 요소, 모든 구성 부분들은 서로 뗄 수 없는 하나의 질서를 이룬다. 그래서 사물에 대한 과학적 태도와 비전이 분석적이라면 생태학이나 예술적 사물에 대한 태도와 관점은 종합적이라고 말할 수 있다.

공해와 생태계 파괴의 원인이 우리가 자연현상, 특히 생물계 현상들을 과학적 관점에서만 분석적으로 보는 데 있다면, 즉 생태학적으로 보지 못하는 데 있다면, 공해나 생태계 파괴의 열쇠는 무엇보다도 생물 현상뿐만 아니라 자연현상과 모든 사물들을 생태학적으로 보는 데서 우선 찾아야 할 것이다. 그런데 생태학적 관점이나 태도는 예술 작품의 창작과 감상의 활동에서 나타난다. 그렇다면 우리 모두가 생태학적인 시야를 의식하고 그것을 채택하도록 하는 작업에 있어서 예술의 기능은 결정적인 무게를 갖는다.

셋째, 예술이 지향하는 목적의 관점에서 볼 때 그것은 또 한번 생태학적이다. 생태학적 입장에 설 때 인간과 자연은 분리되지 않는다. 인간은 자연의 일부로서 존재할 뿐, 자연 속에서 그 밖의 존재를 지배하고 활용하는 자연의 중심도 아니며 주인도 아니다. 인간은 자연과 떨어질 수 없다.

근본적으로 지향하는 것은 자연과 인간, 인간의 의식과 그 대상이 서로 분리될 수 없는 화해적 하나임을 확인함에 있다. 이런 점에서 예술적 의도는 모든 존재에 대한 생태학적 비전을 반영한다.

예술은 무엇보다도 먼저 한 형태의 표상이다. 언어를 떠난 표상이 생각될 수 없는 이상 예술은 일종의 표상어이다. 그래서 예술은 작품이라는 의미체의 생산에서 비로소 구체적으로 확인된다.

표상은 그 대상을 포착하는 데 그 목적이 있다. 다시 말해서 모든 대상은 그 대상 있는 그대로 파악하고자 한다. 그래서 모든 표상 언어는 그 대상과 일치되기를 동경한다. 그러나 모든 표상 언어와 그 대상, 바꿔 말해서 인식자의 의식과 그 인식 대상은 논리적으로 결코 일치할 수 없다. 한 인식 대상은 그것이 의식의 대상으로 기능할 때에만, 즉 언어적 표상의 대상으로서만 파악되었을 때 인식 대상의 의미를 가질 수 있다. 따라서 모든 인식, 모든 인식적 표상의 전제 조건은 의식과 그 대상, 표상적 언어와 그 대상의 분리를 논리적으로 전제한다.

과학적 표상이 이러한 사실을 적극적으로 인정하고 있는 데 반해서 예술 작품의 형태로 구체화되는 예술적 표상에는 이런 논리적 조건을 극복하려는 의도가 내재해 있다. 예술 작품의 이와 같은 의도가 완전히 절대적으로 실현될 수 없음은 자명하다. 왜냐하면 표상적 언어와 그 대상의 논리적 분리, 인식적 의식과 그 인식 대상과의 존재학적 구별이 모든 표상과 모든 의식의 전제 조건이기 때문이다. 예술 작품의 형태로 나타나는 예술적 인식과 표상이 인식적이며 표상적인 한 예술도 예외일 수 없다. 그럼에도 불구하고 의식과 그 대상, 표상적 언어와 그 대상 그리고 인간과 자연이 궁극적으로 분리될 수 없다는 사실, 인식과 표상의 과정에서 개념화되기 이전의 구체적 인식 대상, 표상 대상을 표상코자 하는 지적 욕구 따위를 포기할 수 없다. 예술적 표상 즉 예술 작품은 논리적으로 보아 결코 완전히 성공할 수 없는 충동을 나타낸다. 이와 같이 볼 때 예술적 표상은 인간과 자연 간의 의식과 그 대상 간의 실현 불가능한 생태학적 꿈의 나타냄이라고 해석할 수 있다.

넷째, 마지막으로 예술은 앞서 고찰한 세 가지 이유와는 다른 이유에서 생태학적이다. 그 이유는 모든 예술 작품이 허구적이라는 데 있다. 한 통일된 표상, 즉 언명(言命)으로서의 예술 작품은 그것이 표상하는 구체적인 대상을 갖고 있지 않다는 말이다. 뒤집어 말한다면 예술 작품으로서의 표상 언어는 사실인즉 그것이 지칭하는 것처럼 보이는 대상을 갖고 있지 않다. 한마디로 예술적 표상은 그 구조상, 그리고 그 기능상 이미 기존하는 현재의 사실이나 기존했던 과거의 사실을 이야기하거나 표상하지 못하고 또한 하지도 않는다. 그것이 지칭하는 것처럼 보이는 대상을 갖고 있지 않다. 한마디로 예술적 표상은 그 구조상, 그리고 그 기능상 이미 기존하는 현재의 사실이나 기존했던 과거의 사실을 이야기하거나 표상하지 못하고 또한 하지도 않는다. 예술적 언어는 문자 그대로 서술적 기능을 하지 않고 따라서 인식적 의미를 갖지 못한다. 예술 작품은 진리를 직접 보여주지 않으므로 정보적이 아니라는 말이다.

예술은 우리에게 무엇인가를 표상하고 무엇인가에 대해서 말한다. 그러나 예술이 보여주는 세계, 예술이 표상하는 것들은 실제로 존재하는 것이 아니라 오로지 가능한 세계, 가능한 사실에 불과하다. 따라서 예술의 세계와 사실 혹은 현상은 상상력에 의해 만들어졌다고 말하면 가장 적절하다. 어째서 예술과 상상력이 필연적으로 밀접한 관계가 있느냐를 여기서 알 수 있다.

우리들이 대체로 믿고 있는 바와는 달리, 그리고 많은 예술가 자신들이 확신하고 있는 것과는 거꾸로 예술은 그 성격상 인식적인 정보적 역할을 가질 수 없다. 왜냐하면 예술의 세계는 오로지 상상의 세계이기 때문이다. 그것도 기존하는 세계가 아니다. 사실상 예술은 이미 존재한 상상의 세계, 상상의 사물들을 표상하지 않고 그러한 세계, 그러한 현상들을 제작, 즉 만들어낼 뿐이다.

상상의 세계의 의미를 분석해 보면 아직 존재하지 않은 세계의 의미를 드러낸다. 어떠한 세계고 언어 없이는 생각도 상상도 될 수 없다면 여태까지 없었던 세계를 상상할 경우 새로운 언어, 아직 존재하지 않았던 언어를 발명해야 할 것이다. 이와 같이 사고나 상상, 세계나 존재, 그리고 언어는 서로 뗄 수 없이 얽혀 있다. 그중 한 가지를 떠나서 다른 것을 알지도, 생각지도 못한다. 그러나 새로운 언어를 만들어낸다는 것은 여태까지 발견할 수 있는 것들과는 다른 언어, 예를 들어 '에스페란토'와 같은 말을 처음부터 만들어낸다는 말은 아니다. 그것은 다만 기존하는 언어를 새로이 조합하고 새로운 방식으로 사용함으로써 기존하는 범주를 깨뜨리고 기존하는 관점, 개념, 견해, 비전, 가치들을 검토, 때로는 비판, 그리고 어떤 때는 부정하여 새로운 개념, 새로운 관점, 새로운 비전을 제시하는 작업을 의미한다. 가능한 새로운 상상의 세계, 현상, 관계, 사건들을 만들어 낸다는 것은 기존의 세계를 언제나 비판적으로 보고 그것과는 다른 세계의 가능성을 찾는다는 의미를 갖는다. 이와 같이 해서 예술은 그 성질상 필연적으로 모든 차원에서 반체제적이고 긍정적으로는 혁명적일 수밖에 없다. 그래서 사실주의 예술이라는 개념은 내재적으로 모순된 개념이다.

이와 같은 예술의 기능은 생태학적이다. 우리가 알고 있다고 믿고 있는 세계나 현상 등은 한결같이 언어에 묶여 있다. 그것은 모든 인식, 표상이 언어와 떨어질 수 없는 관계를 갖고 언어를 통해서만 가능하기 때문이다. 그러나 언어를 통해 나타나는 세계나 현상은 필연적으로 관념화되고 일반화되어 언어에 의한 인식, 표상 이전의 세계나 현상과는 필연적으로 다를 수밖에 없다. 생태학적으로 볼 때 세계나 모든 현상은 언어에 의해 개념화된 것과는 달리 아무것도 서로 완전히 그리고 투명하게 분리할 수 없다. 예술이 뜻하고자 하는 바는 비록 그 자신이 하나의 표상이긴 하지만, 그렇게 표상됨으로써 개념화되기 이전의 구체적이고 아무것도 서로 구분할 수 없는 세계와 현상을 인식하고 표상하고자 한다는 점에 생태학적 자연관을 전제로 한다. 어떻게 보자면 예술 작품이란 과학적, 분석적, 인간 중심적 세계관을 부단히 부정하면서 그것을 극복하는 방법의 구체적인 예로도 볼 수 있다. 예술은 또한 자연으로부터 스스로 소외된 인간이 자연과의 화해와 조화를 되찾으려는 영원한 꿈의 표현이라고도 얘기할 수 있다.

공해와 생태계의 파괴가 오늘날 인류 다시 말해서 산업 사회가 당면한 극히 어려운 문제라면 그것은 어쩌면 과학의 기계적 사고력에 무디어진 미학적 감수성을 회복하고, 예술적 세계관을 되살리지 않고는 문제의 궁극적 해결은 불가능하다. 왜냐하면 공해나 생태학적으로 당면한 문제는 인간이 생태학적 세계관을 갖지 못하는 것에 있는데, 생태학적 세계관은 곧 예술 속에 담겨 있는 세계관이며, 자연에 대한 생태학적 태도는 곧 예술을 낳게 하는 태도에 지나지 않기 때문이다.

4 과학과 예술의 관계

생태학적 문제를 근본적으로 해결하기 위해서는 예술적 감수성과 예술적 자연관, 예술적 세계관이 필요하며 우리의 주장은 예술적 세계관이 곧 생태학적 세계관이라는 논리에 근거한다.

그러나 이러한 입장은 과학적 지식이 보여주는 자연이나 과학적 기술의 유지나 계속적인 개발을 무조건 거부함을 의미하지 않는다. 언뜻 보기와는 달리, 그리고 과학자 자신이나 그 밖의 대부분의 사람들이 공통적으로 믿고 있는 바와는 달리 과학과 예술은 사실상 대립되지 않는다. 이 두 가지 분야를 대립시켜 보는 이유는 과학적 지식의 성격에 대한 그릇된 소박한 믿음에 근거를 두기 때문이다. 이러한 믿음에 의하면 과학적 지식 더 정확히 말해서 과학적 지식만이 자연을 가장 객관적이고 근본적으로 표상해 주는 진리이다. 그러나 과학이 보여주는 자연, 과학이 표상하는 존재는 구체적으로 존재하는 자연 그 자체, 존재 그 자체가 아니다. 과학은 사실상 사물 현상에 대한 형이상학적인 본질적 문제에 대해서 겸허하게 입을 다문다. 그러므로 과학적 지식은 가장 좋은 의미에서 자연 자체, 존재 자체의 한 측면을 보여줄 뿐이다. 그리고 우리가 그러한 과학적 자연에 대한 지식을 존중하는 이유는 그것이 형이상학적인 측면에서 자연과 존재 일반에 대한 진리를 발굴해 주어서가 아니라 그러한 지식이 인간의 욕망을 충족시키는 데에 가장 유용한 도구로서 가장 효율적으로 이용할 수 있는 것으로 보이기 때문이다. 과학적 지식은 도구적인 의미만을 갖고 있다.

반대로 생태학적인 예술적 자연과 존재 일반에 관한 믿음은 좁은 의미에서의 '지식'이 아니라 과학적으로는 증명할 수 없는 하나의 총괄적 비전에 지나지 않는다. 과학적 지식과 예술적 비전은 똑같은 자연, 똑같은 존재 일반에 대한 상반되는 신념이나 주장이 아니라, 서로 다른 측면에서 본 관점, 서로 다른 각도에서 접근된 서술에 불과하다. 그러므로 과학과 예술, 즉 과학적 지식과 예술적 비전은 반드시 갈등 관계에 있지 않고 공존할 수 있다. 다만 중요한 문제는 과학적 지식이 자연이나 존재 일반에 대한 궁극적이며 결정적인 유일한 진리가 아님을 깨닫는 데 있다.

과학은 한 형태의 자연에 대한 지식이라는 사실 그 자체로서만도 한없이 귀중하고, 과학적 기술이 인류에게 가져온 지금까지의 혜택은 이성적인 사람에게는 아무리 해도 부정될 수 없다. 앞으로도 보다 많고 보다 정확한 과학 지식과 보다 고도로 개발된 과학적 기술이 필요하다. 그러나 문제의 핵심은 생태학적, 즉 예술적 자연관, 존재 일반에 대한 넓고 새로운 시각, 포괄적인 맥락에서 과학적 지식과 기술의 의미에 눈을 뜨고 그러한 지식과 기술을 활용함에 있다. 그렇지 않고 오늘날과 같은 추세로 그러한 지식과 기술이 인간의, 인간만의 당장의 욕망을 위해서 인간 중심적으로 개발하고 이용한다면, 그 효과는 당장에는 인간에게 만족스럽다 해도 머지않아 자연의 파괴뿐만 아니라, 인간적 삶의 파괴, 그리고 궁극적으로는 인간 자신의 멸망을 초래하고 말 것이다. 한마디로 우리에게 지금 필요한 것은 과학적 비전과 과학적 기술의 의미를 보다 포괄적인 관점에 서 있는 생태학적, 즉 예술적 비전의 맥락에서 이해하는 작업이다.

이러한 작업을 과학의 예술화라고 불러도 적절할 것 같다.

이와 같이 볼 때 예술이 차지했던 역할이 인간 생활에 있어 적지 않았지만, 오늘날 예술의 중요성은 더 절실하고 결정적이다. 흔히 생각해 왔던 바와는 달리, 예술의 기능은 장식적이 아니다. 예술의 기능은 형이상학적이며, 사회적이며 정치적인 의미를 갖고 있다.

공해, 자연 환경의 파괴 그리고 생태학적 문제 따위의 지구의 엄청난 병을 치료하는 처방으로서 예술적 감수성, 예술적 세계관 그리고 예술 작품의 제작을 제시하는 바다. 그러나 이러한 나의 입장은 오늘날 실제로 예술의 기능이 옳게 인식되어 있다는 말도 아니며 예술이 옳게 그러한 기능을 하고 있다는 뜻도 아니다.

불행히도 속일 수 없는 상황은 오히려 그 반대인 듯하다. 오늘날 예술 작품은 투자의 대상으로, 재산 축적의 수단으로 상품화되어 가고 있다. 예술 작품은 그 밖의 모든 상품들과 마찬가지로 상품적 매매의 대상으로 변했다. 예술의 상품화에는 예술적 가치의 장식적 평가가 깔려 있다. 예술의 기능이 장식적으로 이해되고 그렇게 취급되고 있다.

이런 상황에서 예술가 자신들도 스스로를 상업 문화 앞에 굴복하여 그러한 물결에서 헤어나지 못하고 수동적으로 끌려가고 있다는 인상이다. 이러한 사실은 예술적 세계관이 과학적 세계관에 흡수되고 있음을 의미한다.

그러나 앞서 보았듯이 오히려 과학적 세계관은 예술적 세계관의 맥락에서만 옳게 이해될 수 있다. 예술의 본질적 기능은 기존하는 체제, 기존하는 가치, 기존하는 세계관을 추종하며 그것들에 자신을 적응시키는 데 결코 있지 않다. 오히려 정반대다. 예술의 근원적 기능은 기존하는 체제, 기존하는 가치, 기존하는 세계관을 항상 평가하고 비판하고 의식적으로 파괴하면서 보다 구체적인 사실에 바탕을 둔 체제, 가치관, 세계관을 제시하는 데 있다. 그래서 예술의 본질적 기능은 저항적이며, 부정적이다. 예술을 두고 흔히 창조적이라 얘기하지만, 창조적이란 바로 예술의 이와 같은 기능을 두고 말함에 지나지 않는다. 그리고 이러한 창조적 기능은 예술에서 발휘되는 끝없고 참신한 인간의 상상력에 뿌리를 박고 있다.

  생태학적 문제는 인류 생존의 문제이며, 궁극적으로 지구상의 모든 생명체의 존속의 문제와 직결된다. 인간의 생명이 귀중하고 모든 생명 자체가 더 이상 생각할 수 없는 궁극적 가치라면 우리는 이 문제의 해결을 위해서 머뭇거릴 수 없다. 예술적 세계관이 생태학적 문제의 열쇠라면 우리는 예술적 기능을 이해하고 그것의 결정적 중요성을 인정해야 한다. 예술적 기능의 발휘가 이렇게도 중요하다면, 그러한 기능을 직업적으로 맡고 있는 예술가들은 예술의 본래적 기능을 새삼 의심하고 그 기능을 충분히 맡기 위해서는 과학적 세계관, 기존의 모든 체제, 가치관 등에 종속되어 추종하고 싶은 유혹을 깨뜨리고 언제나 저항적 자세를 가져야 하며 언제나 신선한 시각을 버리지 말아야 한다.

박이문 선집 2

이카루스의 날개와 예술

1판 1쇄 찍음 2003년 11월 1일
1판 1쇄 펴냄 2003년 11월 5일

지은이 박이문
펴낸이 박맹호
펴낸곳 (주) 민음사

출판등록 1966. 5. 19. 제 16-490호
서울 강남구 신사동 506번지 강남출판문화센터 5층 (우)135-887
대표전화 515-2000 팩시밀리 515-2007
www.minumsa.com

ⓒ 박이문, 2003. Printed in Seoul, Korea

값 13,000원

ISBN 89-374-1185-7 04800
ISBN 89-374-1183-0 (세트)